COLLECTION
FOLIO CLASSIQUE

Hans Christian Andersen

Contes choisis

Présentation d'Alain Faudemay

Professeur à l'Université de Fribourg

Traduction de P.G. La Chesnais

Gallimard

PRÉFACE

Les Contes *d'Andersen sont un des livres le plus traduits dans le monde. Parfois, un même volume les associe aux* Contes *des frères Grimm ou à ceux de Perrault. De tels mélanges risquent de masquer la spécificité d'Andersen. L'écrivain danois n'a pas maintenu son projet initial, le « cycle de contes populaires » qu'il envisageait d'écrire en 1830, lorsqu'il livrait au public, en même temps que des poèmes, un premier conte,* Le revenant. *Il a puisé parfois dans les contes populaires (par exemple pour les trois premiers contes, parus en 1835) mais aussi aux sources les plus diverses : Anacréon inspire* Le méchant garçon, L'elfe des roses *offre une variation sur une nouvelle de Boccace, comme* L'ombre *un écho du* Peter Schlemihl *de Chamisso ; allusions aux amitiés et aux amours, souvenirs de voyages et souvenirs d'enfance rattachent de nombreux contes à l'expérience vécue de l'écrivain ; les histoires traditionnelles elles-mêmes font partie des souvenirs d'enfance lorsque le conteur narre des récits populaires qu'il n'a pas recueillis, dans son âge adulte, en folkloriste, mais entendus dès l'enfance. La diversité des sources, pour peu qu'on la connaisse, renforce donc encore a contrario l'impression d'unité qui se dégage des* Contes, *le sentiment d'un* narrateur inéliminable : l'idée, formulée par les frères Grimm en 1819, qu'il faudrait refuser dans des contes toute élaboration littéraire ou intervention personnelle, perd ici son sens.

La référence, même intermittente, au conte populaire, conserve cependant son impact, replacée dans le contexte du romantisme européen. A la suite de Brentano et d'Arnim, en Allemagne, d'Oehlenschläger, au Danemark, les traditions collectives où s'exalte la conscience des identités nationales sont pieusement recueillies. L'individualité romantique se prend à rêver des temps où l'individualisme n'avait pas été inventé ; dans l'anonymat populaire perce déjà, cependant, une individualité, celle, collective, de la nation : à travers les ballades populaires, les contes populaires, les chansons et les croyances d'autrefois, les mythologies et les sagas, les romantiques saisissent cette émergence de la nation dans le peuple. Or le nationalisme anime aussi Andersen. Il écrit des chants patriotiques pendant la guerre de 1848-50*. Il évoque dans plus d'un conte le paysage danois (ainsi dans La fée du sureau), l'histoire (par exemple dans Un morceau de collier de perles ou Le livre d'images de parrain) et, avec La comète, la géographie du Danemark. A la différence de tant de contes où l'incertitude géographique atténue l'exigence de vraisemblance et alimente la rêverie, le récit d'Andersen est souvent très précisément situé.

Mais le patriotisme doit être chez Andersen, au moins en partie, un patriotisme de compensation. Souvent en effet il a dû s'entendre dire ce que Knud lit dans une lettre de ses parents : « Tu n'es pas vraiment danois, comme nous autres ici [...] Tu n'aimes que les pays étrangers » (Sous le saule) ou ce que le poteau télégraphique dit à l'hirondelle : « Vous partez toujours hors du pays quand

* Cf. notre chronologie.

il commence à faire froid ; vous n'avez pas de patriotisme ! » (Les coureurs). *Il voyage sans cesse. Il vit ailleurs, invité ou de passage. Pourquoi part-il ? Pourquoi n'a-t-il pas un lieu à lui, où rester ?*

A l'étranger il peut être « sans réserve lui-même » (En Espagne) *: anonyme ou célèbre, il n'y est pas, en tout cas, méjugé ; il n'y est pas déformé par le regard des autres. A-t-il le monde pour foyer* (Journal, *le 31 mai 1831) ? Ou ceci revient-il à dire qu'il n'est chez lui nulle part, que le foyer est toujours loin, éloigné par un exil auquel rien ne mettra fin, parce que l'écrivain le porte en lui ? « Ma patrie est là-bas où moi je ne suis pas », nous dit un poème intitulé* Hiemvee* *(« Le Mal du pays » ou en allemand « Heimweh » ; l'épigraphe empruntée à Jean-Paul évoque « une créature aux ailes de lumière », « collée à l'infecte glèbe »).*

Un motif des Contes *— partir dans le vaste monde —, fréquent dans les* Mille et une nuits *et chez les frères Grimm, s'enrichit ainsi de résonances autobiographiques. D'autre part, le premier voyage d'Andersen fait apparaître une raison essentielle de sa relation malaisée au* lieu *: Hans Christian a quatorze ans, il quitte sa mère, il part seul, en diligence, pour Copenhague. Comme dans les récits légendaires, tel Moïse ou Œdipe, il passe d'une famille à une autre, mais l'adoption par la famille Collin survient alors qu'il est déjà devenu un adulte. Et l'adoption a deux faces : tantôt les* Contes *nous montrent l'accueil (pour l'enfant recueilli par le bourgeois âgé dans* Le sanglier de bronze, *pour le petit escargot ordinaire recueilli par les vieux escargots blancs dans* L'heureuse famille*), tantôt ils insistent sur l'abandon (à la suite de la*

* Nous nous sommes appuyé pour la compréhension de ce poème sur le dictionnaire danois-français de Blynkenberg et sur les indications de M. Jesper Jarmbaek, de Copenhague, que nous voulons ici remercier.

mort du père dans Le camarade de voyage, *du rejet de la part de la mère dans* Le vilain petit canard *ou* Anne Lisbeth*). L'adoption totale aboutirait à une fusion. Dans* Papotages d'enfants *comme dans un des romans d'Andersen,* Rien qu'un violoneux, *un enfant pauvre contemple, ébloui, des enfants élégants qui s'amusent ; une vitre sépare la petite marchande d'allumettes des décorations et des bombances de la nuit de Noël. Plus âgé, le fils du tambour fréquente un temps la fille du maire* (Bijou d'or) *et Maren l'étudiant riche* (Elle n'était bonne à rien), *mais la distance sociale rend impossible le mariage ; Andersen aurait-il pu épouser Riborg Voigt, bien plus riche que lui, ou Louise Collin, fille de son protecteur ?*

La connivence entre la personnalité d'Andersen et les contes n'est donc pas seulement celle qui, universelle, les lierait aux fantasmes de l'enfance (d'où des interprétations psychanalytiques bien connues du conte de fées, chez Bruno Bettelheim ou Marc Soriano). Une vie qui s'est déroulée, nous assure l'auteur, comme un conte, a renforcé les liens entre l'expérience vécue et le choix du conte comme mode d'expression. Paradoxalement, les Contes *corrigent quelque peu le côté « féerique » du* Conte de ma vie, *l'autobiographie de 1855. C'est dans ses contes, peut-être, et dans certains de ses romans, qu'Andersen s'avance le plus loin en lui-même, parce qu'il sait qu'il s'y avance masqué.*

Ainsi la vanité de l'écrivain danois, mais aussi son humour — témoignage d'un doute persistant et refus douloureux de souffrir —, sa « nervosité presque féminine » (Le conte de ma vie), *ses insuccès répétés en matière sentimentale s'expliquent un peu mieux à la lecture des* Contes. *Ces récits qui nous parlent de l'enfance nous disent aussi l'insatisfaction de l'adulte et en quels sens il est vrai qu'il n'a « pas eu de jeunesse » (cf.*

Le conte de ma vie*). Les spectateurs parisiens ont pu voir, il y a quelques années, une pièce de Per Olov Enquist (sous le titre* Les serpents de pluie*), où le dramaturge suédois tâchait d'imaginer Andersen dans sa vie affective, en s'appuyant en particulier sur* La reine des neiges. *Tâchons nous aussi de voir, ou de constituer, un peu de cette « réalité » à partir des* Contes, *à la charge, si nous ne l'avons pas tout entière inventée, qu'elle les éclairera en retour.*

Pris entre deux lieux, entre deux milieux, le personnage andersénien risque de demeurer à jamais séparé de tous. Les uns l'ont perdu de vue, les autres ignorent le sacrifice qu'il a fait pour les rejoindre, nulle part il ne sera plus reconnu. *L'oubli manifeste un tel refus de la « reconnaissance ». N'est-il pas fautif, étant oubli de l'amour qui habite l'autre, étant manque d'amour envers l'autre ? « Elle regarda Knud en pleine figure, mais ne le reconnut pas »* (Sous le saule) *: Johanne a été aimée par Knud, il l'aime encore, mais elle, elle ne l'aime plus, et c'est pour cela qu'elle ne le reconnaît pas. « Il la regarda, mais sans dire un mot. Il ne la reconnaissait pas, évidemment »* (Anne Lisbeth). *Ici encore, si le jeune comte ne reconnaît pas son ancienne nourrice, ce n'est pas tant parce que l'enfant d'autrefois a grandi que parce que — du moins le conte le suggère — le jeune homme a cessé d'aimer celle à laquelle il était naguère attaché. Être vu, mais n'être pas regardé, n'être pas reconnu, loué, aimé, pour ce qu'on a de meilleur, la tendresse, la délicatesse, c'est être voué à la* méconnaissance : *une princesse échevelée qui frappe à la porte par une nuit de tempête, comment deviner qu'un petit pois suffirait à l'empêcher de dormir, comment reconnaître d'emblée en elle la princesse* (La princesse au petit pois) *? Une pâquerette a beau avoir éprouvé un sentiment profond pour un petit oiseau, elle périt ignorée,* *elle demeure « une pauvre fleur méprisée »* (La pâquerette). *Andersen eut sans doute très tôt la conviction d'être méconnu : injustice, ingratitude des autres. Écrire, plus tard, lui permettrait d'être enfin reconnu, lui attirerait, de la part de milliers de lecteurs, la « reconnaissance ».*

L'oubli des objets qui nous entourent peut figurer notre méconnaissance des hommes. Les objets s'imprègnent de l'amour qu'on leur porte, ils gardent la trace de la main et de la pensée humaines, jusqu'au jour où ils redeviennent des choses, où ils meurent. Car il y a une mort des objets, une ultime transformation au sein de l'oubli : l'aiguille noircit dans le ruisseau, le vieux réverbère est mis au rancart, l'homme de neige fond et n'amuse plus, la théière brisée se souvient du passé au fond d'une cour. Peu d'objets magiques, instruments ou enjeux, comme les clefs ou les bottes de Perrault (La barbe bleue, La belle au bois dormant) *et des frères Grimm* (L'enfant de Marie, Les bottes de buffle). *Beaucoup d'objets quotidiens, dont le menu destin reflète dérisoirement le nôtre. Andersen est si sensible à la douleur qu'il imagine celle des insectes, celle des objets. Les allumettes et les étoiles meurent, comme la petite marchande trop tôt consumée. Le conteur s'en souvient-il, sur le Pincio ? « J'ai vu ici pour la première fois une luciole. Elle s'est posée sur moi, j'ai voulu la chasser, mais je l'ai tuée. Elle est tombée par terre, et je l'ai écrasée, pour qu'elle n'ait pas à souffrir, et ce fut, tout autour, de la lumière. Je me suis senti très malheureux à cause de cela »* (Journal, *12 avril 46). La mort incomplète, la blessure vive maintiennent la conscience du manque dans la souffrance et font de tous les mutilés des* Contes *— humains et objets — des handicapés affectifs : la petite ondine souffre de n'avoir plus ni langue ni queue, comme elle souffre de n'être pas aimée ; la jeune Karen, coupable de s'être fermée à l'amour des* *autres, se fait trancher les pieds par le bourreau* (Les souliers rouges) ; *le goulot, séparé du reste de la bouteille, est évidemment incomplet* (Le goulot de bouteille), *tout comme le corps d'homme du plus jeune frère d'Élisa dont un bras est remplacé par une aile de cygne. Ce dernier détail n'a pas été inventé par Andersen : on le trouve déjà dans une version antérieure de la même légende, celle qu'en donnent les frères Grimm. Il n'en est pas moins caractéristique de l'œuvre du conteur danois.*

Figurer le destin humain sous la forme d'un objet, c'est aussi frapper d'impuissance la sensualité et le mouvement. Cette mise à l'écart de ce qu'il y a en l'homme, pour Andersen, de plus dangereux, apparaît particulièrement bien lorsque l'objet, précisément, représente un être humain : ainsi dans La bergère et le ramoneur *et dans* La Psyché. *Le sculpteur de la Psyché de marbre n'a pas le droit de songer à la princesse de chair qui lui sert de modèle; ou sinon c'est lui qui court le risque d'être pétrifié : « Et elle lui tourna le dos. Son beau visage ressemblait à la tête foudroyante aux cheveux de serpents. » La statue pétrifie, la glace fige : il suffit de quelques baisers de la reine des neiges ou de la vierge des glaces pour faire de Kay ou de Rudy des êtres privés de vie, c'est-à-dire d'abord insensibles, incapables d'aimer; ce n'est pas un hasard si l'ultime baiser mortel est donné la veille du mariage de Rudy : la vierge cruelle se substitue à Babette, la fiancée, comme avait déjà tenté de le faire la reine des neiges pour la petite Gerda; elle virginise à jamais le jeune héros masculin, elle tue en lui la vie amoureuse c'est-à-dire qu'elle le tue. De même, encore, pour n'avoir pas su aimer, Inger* (La petite fille qui marche sur le pain) *devient statue en enfer.*

Mais les larmes de la petite fille pieuse arrachent l'orgueilleuse Inger à sa damnation pétrifiante. Et la chaleur des larmes de Gerda fait fondre la glace autour du cœur de Kay. La glace insensibilise, et pourtant l'insensibilité elle-même cause de la douleur, comme si dans cet hiver intérieur les âmes avaient froid : tout au moins il en va ainsi lors du premier baiser de la Reine, ou lorsque Kay, à l'inverse, recouvre le don des larmes grâce à l'amour de Gerda. Andersen a comme incarné dans ses personnages ce moment de la nature nordique, évoqué dans Rien qu'un violoneux, *où la glace, rompue et bientôt dissoute, est charriée par les eaux printanières ; cette rupture, la langue française l'appelle, donnant au mot également un sens figuré, la « débâcle ». Ainsi les larmes, comme la parole à laquelle elles se substituent, délivrent dans la douleur ; et la parole du conteur, surmontant ses sanglots, nous pousse, sinon aux larmes (telles auditrices de l'écrivain danois ont pourtant pleuré en l'écoutant dire certains contes), tout au moins à l'envie de pleurer : car l'humour s'accommode mal des larmes, mais fort bien de l'envie de pleurer. Et plus pathétique encore que la « débâcle », le moment inverse, hivernal, est celui où s'encroûtent, enfouis sous le gel comme une sorte de subconscient cosmique, le mouvement et la vie. Deux passages des contes, l'un dans* Le vilain petit canard, *l'autre dans* La reine des neiges, *nous font assister à la lutte toujours nécessaire contre l'encroûtement, l'insensibilité et le gel : « L'hiver fut extrêmement froid ; le caneton dut tout le temps nager dans l'eau pour l'empêcher de geler complètement ; mais chaque jour le trou dans lequel il nageait se rétrécissait davantage ; une croûte s'y formait, qui craquait ; le caneton* [...] *finit par être si épuisé qu'il ne bougea plus, et resta gelé, pris dans la glace. » L'affreux destin du cygne mallarméen est épargné au faux canard : un paysan survient, brise la glace, recueille l'enfant oiseau. De même, le petit Kay sera arraché par Gerda à l'oublieuse raideur du froid, mais dès le début de* La reine des neiges, *un jeu préfigure la victoire ultérieure du chaud sur la glace brillante et dure ; ici encore il s'agit de « faire son trou » : « Les fenêtres étaient souvent tout à fait givrées, ils chauffaient alors des pièces de cuivre sur le poêle, posaient la pièce chaude sur le carreau glacé, et cela faisait un excellent trou d'observation, tout rond, tout rond. » Il faut lutter contre le froid parce que celui-ci représente une* tentation *; Andersen imagine à plusieurs reprises le paradoxe d'un « baiser glacial » en lequel se rejoindraient le contact et la perte du sentiment tactile.*

Le Journal *également atteste une attirance, une répugnance à l'égard du contact physique. Une nappe de brume dans la campagne romaine peut rendre métaphoriquement le malaise : « C'était comme si la fille des elfes m'entourait de son manteau* [...] *Je serrai fortement les lèvres, pour ne pas recevoir son baiser » (26 octobre 1833). Face à cette fille pourtant toute vaporeuse, le voyageur imagine déjà l'enfantine terreur que susciteront les séductrices glaciales des* Contes. *Andersen n'a, semble-t-il, jamais consommé l'amour. Il est demeuré jusqu'au bout « innocent ». Les belles insensibles qu'il a créées dans ses* Contes, *ou rencontrées dans la vie, s'accordent merveilleusement avec sa volonté de se réprimer lui-même (ou avec l'impossibilité, qui est la sienne, de ne pas se réprimer). Il courtise des femmes qui ne peuvent pas l'aimer ; et s'il croit pouvoir en aimer une, parmi celles que se sont plu à représenter les peintres, c'est la* Madone *de Raphaël au musée de Dresde, parce qu'elle est « l'innocence même » (19 juillet 34). Redoute-t-il vraiment la froideur ? A-t-il à s'en plaindre ? Ce qu'il ressent véritablement comme un péril, comme une faute, ce qui ne doit pas exploser, c'est le Vésuve qui brûle dans ses veines : ainsi lorsque, significative coïncidence, un soir à Naples d'éruption du volcan, deux hommes lui proposent de coucher avec une femme (28 février 34). On croirait presque lire* Octavie, *de Nerval.*

L'attirance vers les femmes n'est pas un simple alibi sans doute, mais elle sert peut-être aussi à masquer d'autres inclinations. Sur les bords de la Méditerranée, il admire, avec, au fil du Journal, *des précisions qui auraient pu ne pas sembler nécessaires, des pêcheurs napolitains (le 27 février 34), un de ses bateliers qu'il nomme (le 5 mars) et dont il note l'absence le lendemain, des rameurs turcs (le 4 mai 41). En 1846, un des portraits d'Andersen, celui d'August Grahl, fait bien apparaître une certaine féminité. Qu'il y ait eu, chez lui, une composante homosexuelle, c'est fort probable, mais le plus important tient encore à ce que, quelles que fussent ses orientations, il ait vécu dans l'inaccomplissement affectif. A cet égard, il n'a peut-être pas tort de se plaindre de la « froideur » à laquelle il est condamné.*

Un passage du Journal, *reprochant à Jenny Lind sa froideur, use d'une image dont la vulgarisation de la psychanalyse nous rendrait aujourd'hui l'emploi presque impossible : « A Berlin, elle a tranché la chair malade avec un couteau glacé » (24 décembre 45). C'est ici, sous la plume d'Andersen, un reproche ; elle n'a pas « assaini » leurs relations, elle a « tué » en lui quelque chose. Ce « meurtre » rend compte de celui, incompréhensible s'il n'avait valeur symbolique, perpétré, dans l'œuvre de l'écrivain, par de multiples mères infanticides : les nonnes de Valdstena, meurtrières de leurs enfants qu'elles ont enterrés sous un arbre (*Journal, *le 25 juillet 49), la jeune fille qui consulte une sorcière pour ne pas être mère* (Rien qu'un violoneux), *ou Anne Lisbeth se reprochant comme un crime le fils mort en mer, accidentellement, après qu'elle l'a abandonné* (Anne Lisbeth). *La reine des neiges, bien plus âgée que le petit Kay, Anne Lisbeth, qui abandonne son enfant, sont des figures maternelles au même titre que l'héroïne de l'*Histoire d'une mère*; et Anne Marie s'était élevée contre la vocation d'artiste de* *son fils : « Ma mère songea à me faire faire ma première communion afin de pouvoir m'envoyer en apprentissage chez un tailleur. Elle m'aimait tendrement mais ne comprenait rien à mes aspirations »* (Le conte de ma vie *ajoute, tempérant avec le recul : « Moi-même je n'y comprenais pas grand-chose »).*

La méconnaissance *maternelle pourrait du même coup expliquer en partie l'intérêt si souvent manifesté par l'écrivain pour le mythe d'Aladin. La lampe merveilleuse et l'accès au sultanat manifestent la faveur du ciel tout en récompensant l'habileté : Aladin est un « enfant du bonheur », tel que nous en présente aussi l'un des contes de Grimm* (Le diable aux trois cheveux d'or). Le briquet, *le premier des contes d'Andersen, transpose le récit des* Mille et une nuits *; il fait du soldat favorisé par le destin un être hardi et entreprenant, comme Aladin. L'étincelle du briquet magique permet à celui qui la suscite d'obtenir tout ce qu'il désire ; la lueur éphémère des allumettes n'offre en revanche à la petite marchande que des consolations purement imaginaires : la magie n'a lieu que dans l'esprit halluciné de la mourante. Le conteur a-t-il songé qu'il écrivait là comme la parodie pathétique du* Briquet *? De surcroît, il paraît que* La petite fille aux allumettes *fut inspiré par un épisode de la vie d'enfant de sa mère, acculée à la mendicité et à la faim. Andersen est devenu pour finir Aladin, et non une misérable créature délaissée ; il s'émeut du destin de sa mère, qui aurait pu la faire mourir enfant, qui aurait pu être le sien. Mais dans le récit même des* Mille et une nuits, *la mère apparaît bien différemment : elle profite de la richesse de son fils. Et lorsque le conteur évoque Aladin (par exemple dans son discours de remerciements de 1867, après avoir été nommé citoyen d'honneur d'Odensé), il aime à citer, plutôt que les* Mille et une nuits, *le poème d'Oehlenschläger qui s'en inspire : or*

Aladin romantiquement y figure le génie isolé par sa supériorité, face auquel la mère — ici encore présente — partage les préjugés de la foule. « La pauvre femme, qui a toujours vécu dans son humble retraite, filant sa quenouille ou causant avec son brutal mari, ne comprend rien aux merveilles produites par la lampe » (X. Marmier). Andersen ne s'est pas fait tailleur, comme le voulait sa mère, et comme le fut, dans la légende, Mustapha, le père d'Aladin. En souhaitant faire de lui un tailleur, Anne Marie « ne comprenait rien » à ses aspirations. En quoi elle réincarnait l'autre mère, celle d'Aladin, qui « ne comprend rien » au « génie » de son fils.

Sans femme ni enfants, sans liaison d'aucune sorte, « méconnu », étranger, Andersen, jusqu'au bout, demeure donc seul. *Il n'est pas à la lettre seul, il voit et il fréquente une foule de gens, il est seul de cette solitude essentielle à laquelle le vouent son inassouvissement affectif et son sentiment d'être à part. A maintes reprises, le* Journal *note cette solitude : comme si elle ne se faisait sentir, malgré tout, que par intermittence, ou comme s'il l'éprouvait à chaque fois comme neuve, ainsi que l'on éprouve la douleur. Dans cet abîme se répercutent, grossis par l'angoisse et parfois peut-être fomentés par elle, les mille maux de la vie quotidienne : maux de tête et maux de dents, doutes, remords obscurs, agitation des « nerfs », fatigue intense, insomnies. Il se sent vieux : c'est lui, « le vieil homme amusant qui habitait tout en haut de la maison et qui vivait tout seul », ou « le vieux d'en face », à qui un petit garçon fait cadeau d'un de ses deux soldats de plomb, « car je sais, dit-il, qu'il est terriblement seul ». Qu'à l'époque de* Sous le saule *et de* La vieille maison *Andersen n'ait en réalité qu'une quarantaine d'années, ne doit pas nous étonner. Adulte, le conteur sait qu'il est, de ce fait même, pour les enfants, « un vieux » ; mais il l'est aussi pour lui-même, pour de tout autres raisons : c'est la*

« mélancolie » qui le mue en vieillard. Il a ressenti cette « mélancolie maladive » (Le conte de ma vie) *dès sa jeunesse, dès l'âge où les premiers piétinements de l'échec donnent à la vie plus clairement l'apparence d'un destin. Beaucoup plus tard,* La Vierge des glaces *en atteste encore la violence : en vain Rudy a défié le vertige, arraché l'aiglon à son nid, il tombe pour finir « dans la claire eau bleue ». Les souvenirs des voyages en Suisse ont ravivé, pour ce conte, des légendes nordiques dont la « réalité » psychologique sous-tend le surnaturel du récit : « Chez nous dans les pays du Nord, on raconte des histoires sur de profonds lacs sombres qui attirent les hommes vers eux et où, pour finir, séduits par une puissance invisible, les mélancoliques se jettent vers les profondeurs tentatrices »* (En Espagne).

Entre le gouffre des eaux et le regard s'interpose plus d'une fois, salutairement, l'image du moi. L'abîme devient miroir, le héros voit, sur la surface réfléchissante, un autre, et cet autre il comprend que c'est lui-même ; il voit une image, il l'aime, il s'identifie à elle. Ainsi l'épouse du roi de la vase, remontant des profondeurs, devient image bénéfique qui permet à sa fille de se reconnaître elle-même : « La petite Helga crut se voir elle-même : réfléchie par le miroir de l'eau calme, c'était sa mère qu'elle voyait » (La fille du roi de la vase). *De même, le vilain petit canard a d'abord admiré les cygnes, avant de se voir cygne. Et Andersen, s'est-il vu en Napoléon, en Goethe ? Quelle image lui a renvoyée son miroir ? A Trianon, il visite la chambre à coucher de l'empereur : « Je me suis regardé dans le miroir qui a si souvent montré son visage » (*Journal, *24 mai 1833). L'humour maintient cependant l'écart. Dans* La reine des neiges, *on trouve trois fois le motif du miroir. Lorsque Gerda a fait resurgir les roses de dessous terre, dans le jardin de la vieille enchanteresse, les fleurs racontent leur histoire.*

Chaque histoire parle, d'une façon ou d'une autre, de celle de Kay et de Gerda, la dernière, à première vue plus obscure, se situe au cœur même du conte : c'est l'histoire du narcisse. Entre le miroir déformant du méchant troll et ce que la reine des neiges appelle « le miroir de la raison », il y a place pour un autre regard sur soi-même, celui du narcisse ; celui-ci se voit en danseuse : « Là-haut, dans la petite mansarde, à demi habillée, se tient une petite danseuse [...] *La danseuse met la robe, et autour de son cou le fichu jaune safran, qui fait ressortir la blancheur de la robe. La jambe en l'air ! La voilà dressée sur une seule tige ! je peux me voir moi-même ! je peux me voir moi-même ! » On reconnaît ici l'ambiguïté humoristique de* L'inébranlable soldat de plomb *: le joujou de métal imagine la danseuse pourvue, comme lui, d'une seule jambe ; il aime en elle une image plus flatteuse de lui-même. Suffit-il de se voir, ou de se croire vu, autrement, pour effectivement* devenir *un autre ? Non sans malice ni profondeur, Perrault suggérait déjà une interprétation « allégorique » de* Riquet à la houppe *: « La Princesse n'eut pas plus tôt prononcé ces paroles, que Riquet à la houppe parut à ses yeux l'homme du monde le plus beau* [...] *Quelques-uns assurent que ce ne furent point les charmes de la Fée qui opérèrent, mais que l'amour seul fit cette Métamorphose. » Cliché, certes, mais qui pourrait aussi bien rendre compte de* La belle et la bête *(de Mme Leprince de Beaumont) ou même* de Cendrillon *: c'est l'amour du prince qui transforme une fois pour toutes la souillon en princesse. Or Andersen connaît ce conte depuis son enfance. Devant Mme Schall, danseuse étoile du Théâtre Royal, il choisit précisément de jouer le rôle de Cendrillon ; il a quatorze ans, et comme il veut entrer dans le corps de ballet, il joue ce rôle en le dansant. Il n'est pas malaisé de supposer, à l'origine du goût profond de l'enfant pour le ballet, une part de narcis-*

sisme ; le narcisse, nous l'avons vu, se rêve danseuse. Non sans raison.

Le vilain petit canard *se rattache lui aussi, par ce regard porté sur soi, à l'autobiographie romantique, parce qu'il nous offre comme elle une réflexion sur le sentiment de la singularité et sur la solitude. Il est remarquable que le* Journal *transcrive, dès 1825, une anecdote où le jeune Andersen s'éprouve comme un homme pas comme les autres et où ce sentiment est matérialisé par une question de plumage — si l'on peut dire : le jeune homme est invité à une réception qu'honorent les princes de la famille royale ; il n'a qu'un habit gris à se mettre : « Irruption du flot de la compagnie. Ils étaient tous en noir, moi seul en gris, je ne pouvais ni rester ni partir [...] » (23 décembre). Le « vilain petit canard » ne porte pas jusqu'au bout un habit gris, il est devenu pour finir comme les autres, et en même temps, devenu comme les meilleurs d'entre eux, il se distingue. Il est sorti du doute et de l'enfance, ayant cessé d'être cette chose non identifiable, ni canard ni dindon, qu'est un être jeune et sans attaches. Une contre-épreuve, non moins humoristique, nous est donnée dans* Laquelle fut la plus heureuse ? *: tel un véritable canard qui se prendrait au milieu des cygnes pour l'un d'eux, une rose difforme s'enorgueillit parmi ses sœurs de sa singularité ;* Le vilain petit canard *joue sur le doute, sur la dénégation de soi-même, l'humour de* Laquelle fut la plus heureuse ? *porte à l'inverse sur la vanité, c'est-à-dire s'interroge encore sur les images (laquelle est la vraie ?) qu'on se forme de soi-même : « Elle avait le sentiment d'être faite un peu autrement que les autres roses, et une feuille verte poussait dans son cœur, ce qu'elle considérait comme une grande distinction. »*

L'humour réduit ici la « réalité » au sentiment ; en matière affective, les choses, d'une certaine façon, ne sont jamais que ce qu'on croit qu'elles sont : « Chaque rose croyait et s'imaginait être la plus heureuse, et la foi rend bienheureux. » Un récit mauresque, qu'Andersen aurait entendu de la bouche du consul britannique à Tanger, nous ramène à ce subjectivisme sceptique — à travers une autre histoire de plumage : les jeunes corbeaux, raconte la légende, naissent blancs ; d'où l'étonnement, naguère, d'un père corbeau : « Le père fut on ne peut plus mécontent, mais après avoir volé quelque temps il se mit à penser : " Ai-je bien vu ? Il faut que je retourne et que je regarde à nouveau ", et quand, de retour, il regarda à nouveau, le plumage blanc était devenu gris. " Ce n'est pas blanc, dit-il, mais tout de même, on ne peut pas dire non plus que ce soit noir. Ni Mère ni moi nous n'avons l'air de cela ! " et il s'envola derechef. Mais il revint une fois encore et cette fois-ci le jeune oiseau était noir. » Lorsqu'en 1862 Sir Drummond Hay raconte à Andersen cette histoire, il connaît Le vilain petit canard. *Veut-il encourager l'auteur danois à écrire en quelque sorte une seconde version d'un de ses contes les plus célèbres ? Mais* Le vilain petit canard *comporte aussi une autre réflexion, plus positive : il narre en apparence l'itinéraire qui mène Andersen — comme Aladin ou Cendrillon — d'une enfance dure et pauvre à un magique triomphe, et du même coup il raconte une victoire non moins importante, celle qui se déroule sur un plan psychologique, et qui surmonte le sentiment de la* méconnaissance, *dont le héros se sent ou se croit la victime de la part des autres, en le conduisant à une* reconnaissance de soi.

Dans Le vilain petit canard, *le souvenir de la souffrance subsiste, souffrance lui-même, par-delà la victoire. L'on peut interpréter en ce sens le titre final du conte (il s'intitulait d'abord* Le jeune cygne*), qui, non sans humour, n'insiste pas sur l'heureuse transformation,* *mais sur le malheur auquel elle a arraché le héros. La mémoire demeure donc une mémoire vive; elle n'est pas épuisée par l'écriture où elle s'exprime, parce que ce qu'elle raconte ne peut cesser de constituer le présent de celui qui la raconte. Ce qui aspire, dans la douleur, dans l'obscurité, à être rappelé, n'arrivera jamais à être entièrement dit, ne cessera jamais d'avoir besoin d'être dit. Il faut que la mémoire soit aussi, comme l'écriture même, un obstacle, pour devenir ce qu'Andersen appelle magnifiquement « une meilleure mémoire spirituelle »* (Les galoches du bonheur), *marque distinctive de l'écrivain à ses yeux. Pas plus que Chateaubriand ou Proust il ne croit au primat, ou à l'autonomie, de « l'imagination ».*

En rattachant, comme souvent ils le font, l'imaginaire au domaine du rêve, les romantiques invitent à ramener la « fantaisie » créatrice et l'un de ses objets non moins « mystérieux », le surnaturel, à des données de la conscience (particulièrement la mémoire), en même temps qu'ils élèvent ces données psychologiques à des significations spirituelles; ils se montrent ainsi à la fois les contemporains des débuts de la psychiatrie et les témoins d'un renouveau de la sensibilité religieuse. Andersen fait souvent rêver les personnages des Contes. *Ces rêves ne sont pas tous conventionnels; l'un d'entre eux correspond même étroitement à une notation du* Journal *(10 juillet 1850) : dans* Tante mal-de-dents, *l'héroïne rêve qu'une de ses dents est tombée. En revanche, sentir peser sur son cœur un vampire (*Journal, *28 juin 1857), ce serait faire un rêve bien « littéraire », proche de la littérature fantastique? Rien n'indique pourtant qu'on ait là un souvenir frelaté. D'autres songes hantent le sommeil du conteur, tout aussi angoissés, et très proches : le 1er janvier 1834, juste avant l'éveil, il est attaqué par une chauve-souris, dont les ailes ne cessent de grandir; quelques années plus tôt, il s'était vu progres-*

*sivement écrasé entre des maisons, tragiquement immobile (*Journal, *20 mai 1831 ; un fantasme similaire a sans doute inspiré à Apollinaire la seconde strophe de* La chanson du mal-aimé*). Pourquoi note-t-il ses cauchemars ? Pour s'en délivrer, comme d'une faute ? Ou parce qu'ils ont une parenté avec certaines pages de ses récits, ou avec certaines œuvres d'art ? Ou parce qu'ils contribuent à dessiner l'identité, incertaine et complexe, que le* Journal *s'efforce de saisir ? On trouvera aussi des récits de rêves dans le* Journal *de Kafka.*

*Le rêve demeure perçu par Andersen comme rêve, il n'envahit pas la vie réelle. Il en va de même pour les hallucinations, ou les délires fugitifs suscités par l'angoisse à la suite d'une incertitude des sens. L'angoisse pose ici la question que l'humour feint de ne pas prendre au sérieux : où est la vérité, quelle est la bonne interprétation ? L'interprétation délirante est repoussée, mais non sans une « lutte » intérieure. Ainsi chez des amis à Paris, en 1843 : « Je voyais les flammes et je n'étais pas absolument sûr, si c'était le tapis qui avait pris feu ou si cela venait d'une chaufferette. Devais-je les avertir ? Je luttai contre moi-même, mais je fis preuve de prudence et je me dis : je vais seulement voir si les flammes deviennent plus grandes. Il n'en fut pas ainsi » (le 25 mars). Ou encore dans une auberge du Jutland, en 1850 ; c'est la nuit, le conteur s'est éveillé au milieu d'un rêve, il a comme l'impression d'être attaqué : « Je regardai par la fenêtre et j'aperçus en bas, du côté de la grève, deux êtres — hommes ou arbres — qui se mouvaient lentement. Ils s'approchaient toujours plus, paraissaient vouloir se glisser dans la maison. Puis disparurent. Un peu plus tard, l'un d'eux revint, se dirigea de l'autre côté. Il regarda plusieurs fois en direction de ma fenêtre, comme s'il remarquait quelque chose » (le 7 juin). Voici qui donne un singulier relief à tel passage d'*Anne

Lisbeth, *publié neuf ans plus tard, ou de* Pierre le chanceux, *un roman paru en 1870 : « Peer, à demi endormi, regardait. Les buissons avaient des silhouettes tantôt humaines, tantôt animales, ils restaient immobiles tandis que les vapeurs ondulaient comme des voiles agités. » Le fantastique a partie liée avec la mort, dont la hantise plane sur les* Contes. *Dans* Pierre le chanceux *cependant, la rêverie se mue bientôt en souvenirs de sylphides et de danseuses : Andersen goûte, dans le théâtre, le ballet et l'opéra de son époque, les effets de surnaturel et de terreur accordés à ses propres angoisses, mais désamorcés par l'art ; il aime à voir se relever de leurs tombes pour une danse infernale les nonnes pécheresses dans* Robert le diable *de Meyerbeer, il admire* La somnambule *de Bellini.*

Comme par l'art, l'angoisse est exprimée, apaisée par la pensée religieuse. Mais d'abord alimentée. Le christianisme d'Andersen affleure partout dans son œuvre. Il aiguise son sentiment de culpabilité. L'orgueil perd Valdemar Daae, le remords agite Anne Lisbeth et la petite Inger, le repentir les ramène à Dieu. A des années de distance, Les souliers rouges *rappellent un vieux péché de jeunesse, jamais oublié, de Hans Christian ; il avait reçu pour sa confirmation la première paire de bottes de sa vie : « Ma dévotion était troublée. Je m'en rendais compte et étais torturé parce que mes pensées allaient autant vers mes chaussures que vers le bon Dieu. » L'humour, une fois de plus, n'exclut pas le sérieux, et Andersen songe, pour nombre de ses personnages comme pour lui-même, à « l'ascension vers Dieu » (cf.* Le conte de ma vie*). La bonté divine (on sait qu'Andersen était lui-même très sensible à la bonté) nous est attestée par le pardon, mais aussi par la splendeur du monde, dont le Créateur nous fait don. Les* Contes *ne se lassent pas d'en admirer les merveilles : tel est le véritable miracle, et voilà aussi sans* *doute ce qui explique que le merveilleux proprement dit tende à s'effacer des* Contes, *au fil des années. « Son plaisir était de s'instruire des forces de la nature, du soleil et des étoiles, aucun conte n'était pour lui plus charmant. » Le conte intitulé* Deux frères *(1859) évoque ici la grande figure d'un autre Hans Christian, Oersted, l'inventeur de l'électro-magnétisme. Oersted fut aussi un penseur à qui l'on doit un livre* Sur la physique du beau *et, pour Andersen, un maître spirituel, une personnalité protectrice et paternelle qu'il avait rencontrée dès ses années de jeunesse à Copenhague. Roman publié en 1857,* Être ou ne pas être *se ressent également de son influence ; un théologien momentanément tenté par le matérialisme y revient à la foi à travers un christianisme sans dogmes, où s'exalte le sentiment de la nature : la foi et la science ne s'excluent pas. Paru en 1851, l'année de la mort du physicien, le conte intitulé* Le montreur de marionnettes *fait dire à un personnage d'ingénieur : « Le monde entier est une série de merveilles* [...] *mais nous y sommes tellement habitués que nous les trouvons banales. » Ce monde tel qu'il est, admiré par le conteur, est un monde transformé par des hommes de science comme Oersted. Les chemins de fer, les machines à vapeur, les aérostats, le gaz, le télégraphe, autant de « merveilles » qui ont droit de cité dans les* Contes *: il nous arrive d'y quitter l'époque lointaine du « Il était une fois... ».*

Le christianisme apporte donc une réponse plus satisfaisante que la « pensée magique » ; la Providence vaut mieux que les fées. On peut aussi envisager de façon chrétienne la part de l'enfance dans les Contes. La reine des neiges *fait de la petite Gerda une figure de l'innocence enfantine ; le début et la fin du conte évoquent l'enfant Jésus. L'innocence possède un pouvoir ; on songe au sourire de la petite fille dans* Ordet *(l'un des plus beaux films de Dreyer) lorsque le miracle de la résurrec-*

tion de sa mère a lieu. Grâce à la petite Gerda, Kay ressuscite sur le plan spirituel. L'innocence enfantine existe également du point de vue de l'homme tourmenté et culpabilisé qu'est Andersen, parce que l'enfance ignore — pense-t-on à son époque — la sexualité ; Freud n'est pas encore venu, inventant la sexualité infantile. L'enfance, selon une conception conventionnelle, serait un âge heureux de l'existence, déchargé des tracas de l'âge adulte : « délicieux monde enfantin » (La pierre philosophale), *« heureuse, joyeuse enfance » (*Journal, *8 décembre 1825). Cependant, Andersen n'avait pas eu une enfance facile, comme il le notait cette même année 1825, le 25 septembre : « Je suis certes plus heureux que pendant mon enfance. » Mais cette enfance malheureuse ne lui a pas donné pour autant l'envie de devenir adulte — au contraire. « Je ne veux pas voler », dit un oisillon dans les* Contes (Les cigognes). *Kay et Gerda sont devenus pour finir des adultes, tout en restant « tout de même des enfants ». Andersen lui-même, vers l'âge de quarante ans, est vu par plusieurs de ses contemporains comme un enfant prolongé, ce qui signifie tantôt qu'on loue en lui une sorte de vertu d'enfance (« Oui, c'est à cela que ressemble un véritable poète, enfantin et bon ! »,* Journal, *19 mai 1843) et tantôt qu'on déplore son immaturité (dans la bouche de Jenny Lind, la cantatrice suédoise vainement aimée,* id., *26 et 31 décembre 1845).*

Cette part persistante en lui de l'enfance explique qu'il ait aimé écrire pour des enfants et sur l'enfance — tout au moins une partie de ses contes. Il converse sur les fleurs avec la petite Ida Thiele — d'où Les fleurs de la petite Ida, *paru en 1835 (trente ans plus tard, une autre petite fille, Alice Liddell, inspire à Lewis Carroll son « pays des merveilles »). Il improvise pour des enfants* Les sauteurs, *publié en 1845. Une sympathie profonde, où il entre une part de séduction réciproque, lie le conteur à son jeune* *public : il lit des contes au petit garçon du poète Mosen, et l'enfant éclate en sanglots à son départ ; il note avec plaisir les coquetteries et les singeries en son honneur de quelques petits comédiens. Autant de jeunes présences affectueuses autour de cet homme sans famille. Mais du coup, on attend de lui qu'il les édifie, ou que du moins il ne les pervertisse pas. Comme la fable, autre genre destiné à l'enfance, le conte est alors censé offrir un enseignement moral. Les frères Grimm espèrent, dans leur préface de 1819, que leur livre aura une utilité éducative ; ils ont supprimé toutes les expressions jugées inconvenantes pour des enfants. La reine de Suède loue les « germes de bonne moralité » que le conteur danois aurait semés dans les cœurs enfantins (*Journal, *13 juin 1849), et déjà en 1836, un critique s'interroge sur la moralité, à ses yeux répréhensible, de* La princesse au petit pois. *En fait, Andersen n'a pas voulu se limiter à un public enfantin. Il lit parfois des contes à des enfants, mais parfois aussi devant un auditoire d'adultes. Dès 1837, il indique à propos de* La petite ondine *: « Chacun des précédents [contes] convient peut-être aux enfants mieux que celui-ci, dont les grandes personnes comprennent seules le sens plus profond ; j'ose croire, pourtant, que les enfants en seront contents. »* La petite ondine *n'est donc pas à proprement parler un conte « pour enfants », et une telle précision a été supprimée pour les* Nouveaux contes *publiés à partir de 1843. En même temps, Andersen s'adresse à plusieurs publics à la fois, qu'il souhaite atteindre de manières diversifiées. Il n'est pas sûr, du reste, que les adultes comprennent toujours les significations qui leur sont destinées... Le 30 décembre 1845, le conteur danois lit, à Berlin,* Le rossignol, *chez le juriste Savigny : « Personne n'a ri. J'eus une étrange impression, comme s'ils n'avaient pas du tout compris l'histoire. » Le 22 mars 1846, il est invité à déjeuner chez le consul*

Guebhardt, à Trieste : « J'ai lu Le vilain petit canard, *qu'ils n'ont pas du tout compris de façon exacte. »*

La référence au monde de l'enfance passe aussi par la littérature enfantine. Peut-on y inclure les livres d'images, mentionnés dans une quinzaine des Contes ? *Les livres d'images font appel à des activités antérieures à la lecture : dessin (cf.* Le fils du concierge*), découpages (cf.* Les fleurs de la petite Ida*). On a conservé un grand nombre de dessins d'Andersen, certains grotesques ou fantastiques ; et il a aimé jusqu'au bout les découpages, comme en témoigne celui d'une silhouette blanche sur fond bleu qu'il fit pour Mme Melchior, un an avant de mourir. Dans le livre d'images, le texte, lorsqu'il existe, est subordonné à l'image. Mais lorsqu'il n'existe pas, les parents, ou l'enfant, doivent faire parler les dessins : ainsi passe-t-on des* images *aux* histoires *dans* La reine des neiges *ou* Ce que disait toute la famille. Le livre d'images de parrain *rappelle, par son titre même, l'origine de ce conte ; Andersen avait projeté d'écrire une comédie populaire sur l'histoire de Copenhague : « Je renonçai complètement, nous apprend l'écrivain, mais appliquai plus tard l'idée à un livre d'images, sur les pages blanches reliées duquel je collai des images recueillies çà et là, et quelques mots établirent entre elles un lien, si bien qu'elles formèrent une histoire continue : la vie de Copenhague vue à l'huile et au gaz. Beaucoup plus tard l'histoire abrégée fut imprimée, naturellement sans les images, dans le* Journal illustré *» (on saisit mieux du même coup le titre d'un autre ouvrage d'Andersen,* Le livre d'images sans images*). Il en va un peu de même pour un conte beaucoup plus célèbre :* La petite fille aux allumettes *a été composé, nous dit l'auteur, « d'après une gravure qu'un rédacteur d'almanach m'avait adressée, me demandant de m'en inspirer pour un conte ». Dans ces exemples, c'est le texte qui illustre une image.*

Les Contes *font penser bien davantage au cheminement inverse, car ils ont été illustrés, comme on sait, par des dizaines et des dizaines de dessinateurs à travers le monde. Le premier illustrateur danois des* Contes, *Vilhelm Pedersen, a été choisi par l'écrivain. Ses dessins au crayon et à la plume tendent plus d'une fois vers l'esquisse, vers l'inachevé, suggérant la rêverie. Ce monde sans épaisseur est par moments lesté d'un regard de tendresse, comme entre Élisa et le cygne* (Les cygnes sauvages). *Il arrive aussi que Pedersen fasse saisir de façon très délicate la petitesse de l'objet sur lequel repose humoristiquement le récit : le pois que la vieille reine pose sur le lit* (La princesse au petit pois), *l'aiguille élevée par un des gamins au-dessus du ruisseau* (L'aiguille à repriser).

Inspirateur d'images, le conte est fait pour la lecture à haute voix ; par ces deux aspects, il se rapproche du théâtre, auquel Andersen a voué depuis sa jeunesse un intérêt passionné. La possibilité de dire des contes ne tient donc pas seulement aux origines du conte folklorique ; elle les apparente à d'autres formes artistiques, la chanson populaire (plusieurs apparaissent dans les Contes), *le poème, le théâtre. Du vivant de l'écrivain, des acteurs ont déclamé certains des* Contes *au théâtre, et l'auteur lui-même en avait d'abord composé en songeant à un auditoire ; des premiers volumes il nous dit : « Je les avais transcrits tels que je les avais déjà contés de vive voix à des petits. » D'où leur langage souvent familier : « Le style devait faire entendre le conteur, la langue devait donc se rapprocher de la forme orale. » Andersen accompagnait sa diction de gestes et de mimiques. On imagine le théâtre de poupées, plusieurs fois présent dans les* Contes, *le théâtre de marionnettes, auquel l'écrivain assiste à Rome et à Venise, lors de son premier voyage en Italie de 1833-34. On comprend qu'il aime le goût de certains enfants pour la représentation.*

La saveur si particulière des Contes *d'Andersen tient donc surtout, et à la fois, au lien complexe qui les rattache à l'enfance et à leur enracinement dans le romantisme européen. La conjonction, éminemment romantique, de l'autobiographie, du souvenir de voyage et de l'intérêt pour le surnaturel, caractérise plus d'une œuvre de l'écrivain danois et certains aspects de ses contes : la vie intérieure, à laquelle s'ouvre l'homme seul des journaux intimes, est encore exaltée par l'inquiétude religieuse et la propension au rêve ou à la rêverie; l'étrangeté des lieux lointains conduit plus d'une fois le voyageur romantique au fantastique. Historiquement, l'œuvre, les rencontres, les connaissances linguistiques d'Andersen le rapprochent avant tout du romantisme allemand*. Une telle proximité n'a rien d'étonnant dans le contexte de la culture danoise. Une génération plus tôt, Mme de Staël la constatait dans un chapitre de son* De l'Allemagne *: « Un Danois, Oehlenschläger, a traduit lui-même ses pièces en allemand. L'analogie des deux langues permet d'écrire également bien dans toutes les deux, et déjà Baggesen, aussi Danois, avait donné l'exemple d'un grand talent de versification dans un idiome étranger. » Xavier Marmier, qui plus tard préfacera une réédition de* De l'Allemagne, *introduisit Andersen dans la vie littéraire parisienne. Le Danois l'a observée avec intérêt. Cependant il se plaint des traductions françaises de ses* Contes, *à l'occasion de son voyage en Espagne de 1862 : « Si je m'en tiens à ce que j'ai pu découvrir, seuls deux de mes récits ont été traduits [en espagnol],* La petite fille aux allumettes *et* Ogier le Danois. *Peu de gens en Espagne peuvent lire l'allemand et l'anglais, et les traductions françaises sont très mauvaises : des para-*

* Cf. notre chronologie.

graphes entiers ont été récrits, compris de travers ou entièrement omis. » Ainsi dans un des Contes, Le petit Claus et le grand Claus, *le grand Claus, avant de jeter dans la rivière le sac où est enfermé le petit Claus, décide d'écouter un psaume dans une église ; un traducteur français contemporain d'Andersen a mieux aimé faire entrer le meurtrier « dans un cabaret pour se rafraîchir ». De telles mésaventures ne risquent pas d'arriver au texte andersénien qui nous est ici présenté : un comparatiste danois, Erik Dal, jugeait naguère la traduction de P. G. La Chesnais établie « avec la plus scrupuleuse conscience ».*

On ne trouvera pas dans le volume de la collection « Folio » les 156 contes publiés par Andersen de son vivant, mais seulement 26 d'entre eux. Certains choix s'imposaient. On les a complétés par d'autres récits moins connus : l'émotion, l'humour, le souci de cohérence et de variété ont guidé nos préférences. Certains sacrifices ne nous ont pas trop coûté : tout n'est pas d'un égal intérêt dans les Contes. *Tel qu'il est, nous pensons que ce recueil offrira, au lecteur qui aurait attendu la fin de notre préface pour le lire, une* merveilleuse *récompense.*

Alain Faudemay

Contes

LE BRIQUET

Il vint un soldat qui marchait au pas cadencé sur la route : Une, deux ! Une, deux ! Il avait son sac d'ordonnance sur le dos et un sabre à son côté, car il avait été à la guerre, et il rentrait chez lui. Et il rencontra une vieille sorcière sur la route ; elle était affreuse, sa lèvre inférieure lui pendait jusque sur la poitrine. Elle dit :

— Bonsoir, soldat ! comme tu as un grand sac et un beau sabre, tu es un vrai soldat ! Tu vas avoir autant d'argent que tu voudras !

— Merci, vieille sorcière, dit le soldat.

— Vois-tu ce grand arbre ? dit la sorcière, montrant l'arbre qui était près d'eux. Il est tout à fait creux en dedans. Tu grimperas au sommet, tu verras un trou, dans lequel tu pourras te laisser glisser au fond de l'arbre. Je t'attacherai une corde autour de la taille, afin de pouvoir te remonter, quand tu m'appelleras.

— Qu'est-ce que je ferai au fond de l'arbre ? demanda le soldat.

— Tu rapporteras de l'argent, dit la sorcière. Sache que lorsque tu seras descendu, tu seras dans un grand couloir qui est très clair, car plus de cent lampes y brûlent. Et tu verras trois portes. Tu pourras les ouvrir, la clef est dessus. Si tu entres dans la première chambre, tu verras au milieu du plancher une grande caisse ; un chien est assis dessus ; il a des yeux grands comme des tasses à thé, mais ne te soucie pas de ça ! Je te donne mon tablier bleu à carreaux, tu l'étendras sur le parquet ; puis, va prendre hardiment le chien, pose-le sur mon tablier, ouvre la caisse, et prends autant de pièces que tu voudras. Elles sont toutes en cuivre. Mais si tu préfères de l'argent, tu iras dans la chambre suivante ; là est assis un chien qui a des yeux grands comme des roues de moulin ; mais ne te soucie pas de ça, pose-le sur mon tablier et prends de l'argent. Et si tu veux avoir de l'or, tu peux aussi en avoir, et autant que tu pourras en porter, en allant dans la troisième chambre. Seulement, le chien qui est assis là sur la caisse a deux yeux qui sont grands chacun comme une tour ronde. C'est un vrai chien, tu peux me croire, mais ne te soucie pas du tout de ça. Pose-le simplement sur mon tablier, il ne te fera rien, et prends dans la caisse autant d'or que tu voudras.

— Ce n'est pas mauvais, ça ! dit le soldat. Mais qu'est-ce que je te donnerai, vieille sorcière ? Car tu veux avoir aussi quelque chose, je suppose !

— Non, je ne veux pas avoir un sou, dit la sorcière. Tu prendras seulement pour moi un vieux briquet, que ma grand-mère a oublié, la dernière fois qu'elle est descendue là.

— Eh bien, mets-moi la corde autour de la taille, dit le soldat.

— La voici, dit la sorcière, et voilà mon tablier à carreaux bleus.

Et le soldat grimpa dans l'arbre, se laissa tomber dans le trou, et se trouva, comme l'avait dit la sorcière, dans le grand couloir où brûlaient des centaines de lampes.

Il ouvrit alors la première porte. Aïe, le chien était

assis là, et le fixait avec des yeux grands comme des tasses à thé.

— Tu es un bon garçon, dit le soldat ; il le posa sur le tablier de la sorcière, et prit autant de pièces de cuivre que sa poche pouvait en contenir, puis ferma la caisse, remit le chien en place, et entra dans la seconde chambre. Ouh ! Là était assis le chien aux yeux grands comme des roues de moulin.

— Tu ne devrais pas tant me regarder, dit le soldat, tu pourrais en avoir mal aux yeux, et il posa le chien sur le tablier de la sorcière, mais lorsqu'il vit les nombreuses pièces d'argent dans la caisse, il jeta bien vite toute la monnaie de cuivre qu'il avait, et remplit sa poche et son sac avec l'argent seul. Et il entra dans la troisième chambre.

Non, c'était affreux ! Le chien y avait réellement des yeux grands comme des tours rondes, et ils lui tournaient dans la tête comme des roues.

— Bonsoir, dit le soldat, et il porta la main à son képi, car il n'avait jamais vu un chien pareil ; mais lorsqu'il l'eut un peu regardé, il se dit que c'était assez, il le descendit sur le plancher, et ouvrit la caisse, non, sapristi, quelle quantité d'or, il pourrait acheter avec ça tout Copenhague et les cochons en sucre des pâtissières, tous les soldats de plomb, les fouets et les chevaux à bascule du monde ! Oui, c'était une richesse !

Alors le soldat jeta bien vite toutes les pièces d'argent dont il avait rempli ses poches et son sac, et prit de l'or à la place, toutes ses poches, le sac, le képi et les chaussures furent remplis, si bien qu'il pouvait à peine marcher ! Ah, il en avait de l'argent ! Il remit le chien sur la caisse, ferma la porte, et cria dans le tronc d'arbre :

— Remonte-moi maintenant, vieille sorcière !

— As-tu le briquet ? demanda la sorcière.

— C'est vrai, dit le soldat, je l'avais oublié, et il alla le prendre.

La sorcière le remonta, et il fut de nouveau sur la route, les poches, le sac, les souliers et le képi pleins de pièces d'or.

— Qu'est-ce que tu veux faire de ton briquet ? demanda le soldat.

— Ça ne te regarde pas, dit la sorcière, tu as de l'argent maintenant. Donne-moi seulement le briquet.

— Tatata ! dit le soldat. Veux-tu me dire tout de suite ce que tu veux en faire, ou bien je tire mon sabre et je te coupe la tête !

— Non, dit la sorcière.

Et le soldat lui coupa la tête. Elle était par terre tout de son long. Mais il serra tout l'argent dans son tablier, qu'il mit comme un paquet sur son dos, fourra le briquet dans sa poche, et alla droit à la ville.

C'était une belle ville, et il descendit dans la plus belle auberge, demanda les plus belles chambres et les plats qu'il aimait le mieux, car maintenant il était riche, puisqu'il avait tant d'argent.

Le garçon qui devait cirer ses souliers trouvait bien qu'un monsieur si riche avait de drôles de vieux souliers, mais le soldat ne s'en était pas encore acheté de neufs ; le lendemain il eut des souliers pour marcher, et des vêtements superbes. Il était devenu un monsieur élégant, et on lui parla de tout ce qu'il y avait de beau dans la ville, et du roi, et on lui dit combien était gracieuse la princesse, fille du roi.

— Où peut-on la voir ? demanda le soldat.

— On ne peut pas du tout la voir, répondait-on toujours, elle habite un grand château de cuivre avec tant de murs et de tours ! Nul autre que le roi n'a ses entrées libres chez elle, parce qu'il a été prédit qu'elle épousera un simple soldat, et le roi ne veut pas de ça.

— Je voudrais bien la voir, se dit le soldat, mais c'était tout à fait impossible.

Et il vécut gaiement, alla au théâtre, roula en voiture dans les jardins du roi, donna aux pauvres beaucoup d'argent, très gentiment, il savait bien par ses souvenirs d'autrefois combien les pauvres ont de peine à posséder quelques sous. — Il était riche, et bien habillé, il eut alors de nombreux amis qui disaient tous qu'il était un charmant homme et un vrai gentilhomme, et cela lui faisait plaisir. Mais comme il dépensait de l'argent tous les jours et n'en gagnait pas du tout, il finit par n'avoir plus que deux skillings, et dut quitter les belles chambres qu'il avait habitées, et aller loger dans une toute petite pièce sous le toit, brosser lui-même ses souliers, les rapiécer avec l'aiguille à repriser, et aucun de ses amis ne vint le voir, parce qu'il y avait trop d'étages à monter.

C'était un soir tout à fait sombre, et il ne pouvait même pas s'acheter une chandelle, quand il se rappela qu'il y avait un petit bout de chandelle avec le briquet qu'il avait pris dans l'arbre creux où la sorcière l'avait aidé à descendre. Il sortit le briquet et le bout de chandelle, mais aussitôt qu'il eut battu le briquet et fait jaillir des étincelles du silex, la porte s'ouvrit brusquement, et le chien qui avait des yeux grands comme des tasses à thé, et qu'il avait vu au fond de l'arbre, fut devant lui, et dit :

— Qu'ordonne mon maître ?

— Qu'est-ce que c'est ? dit le soldat. Voilà un drôle de briquet, si je peux avoir ainsi ce que je veux ! Procure-moi de l'argent, dit-il au chien, et houp ! le voilà parti ! et houp ! le voilà revenu ! et il tient dans sa gueule une bourse pleine de billon.

Le soldat savait désormais quel délicieux briquet c'était. S'il le battait une fois, arrivait le chien qui était assis sur la caisse aux pièces de cuivre. S'il le battait deux fois, arrivait celui qui avait la monnaie d'argent. Et s'il le battait trois fois, arrivait celui qui avait l'or. — Le soldat retourna dans ses belles chambres, mit ses bons vêtements, et ses amis le reconnurent tout de suite, et ils eurent beaucoup d'affection pour lui.

Et il se dit un jour : c'est tout de même drôle que l'on ne puisse pas voir la princesse ! Il paraît qu'elle est charmante, à ce qu'ils disent tous. Mais à quoi bon, si elle doit indéfiniment rester dans le grand château de cuivre aux nombreuses tours !... Est-ce que je ne peux absolument pas la voir ?... Où est mon briquet ? Et il battit le briquet, et houp ! le chien aux yeux grands comme des tasses à thé fut là.

— C'est vrai qu'on est au milieu de la nuit, dit le soldat, mais je voudrais tant voir la princesse, rien qu'un instant !

Le chien fut aussitôt dehors, et avant que le soldat eût le temps d'y penser, il le vit de retour avec la princesse, elle était couchée sur le dos du chien et dormait, et elle était si gracieuse que chacun pouvait voir que c'était une vraie princesse ; le soldat ne put pas y tenir ni s'empêcher de lui donner un baiser, car il était un vrai soldat.

Le chien courut ramener la princesse, mais lorsque vint le matin, comme le roi et la reine lui offraient le thé, la princesse dit qu'elle avait eu cette nuit un rêve singulier, où il y avait un chien et un soldat. Elle avait chevauché sur le chien, et le soldat lui avait donné un baiser.

— Voilà vraiment une belle histoire ! dit la reine.

Une des vieilles dames de la cour dut alors veiller près du lit de la princesse, pour voir si c'était réellement un rêve, ou savoir ce que c'était.

Le soldat éprouvait un terrible désir de revoir la

gracieuse princesse, et le chien revint la nuit, la prit et courut de toutes ses forces, mais la vieille dame de la cour mit des bottes hautes, et courut aussi vite derrière lui ; et lorsqu'elle les vit disparaître dans une grande maison, elle se dit : « Je sais maintenant où c'est », et avec un morceau de craie elle traça une grande croix sur la porte. Puis elle rentra se coucher, et le chien revint aussi avec la princesse ; mais lorsqu'il vit qu'une croix était tracée sur la porte de la maison où habitait le soldat, il prit aussi un morceau de craie et traça des croix sur les portes des maisons de toute la ville, et c'était malin, car la dame de la cour ne pouvait plus trouver la porte exacte, puisqu'elles portaient toutes des croix.

Le matin de bonne heure, le roi et la reine, la vieille dame de la cour et tous les officiers sortirent pour voir où la princesse avait été.

— C'est là ! dit le roi, lorsqu'il vit la première porte avec une croix.

— Non, c'est là, mon cher mari ! dit la reine, qui voyait la seconde porte avec une croix.

— Mais en voilà une, et en voilà une, dirent-ils tous en montrant les portes où il y avait des croix. Et ils comprirent bien qu'il était inutile de chercher.

Mais la reine était une femme très ingénieuse qui savait mieux faire que de monter en carrosse. Elle prit ses grands ciseaux d'or, coupa une grande pièce de soie en morceaux, et cousit une jolie petite bourse ; elle la remplit de farine de blé noir très fine, l'attacha au dos de la princesse et, lorsque ce fut fait, elle tailla un petit trou dans la bourse, de façon que la farine pût se répandre le long du chemin que suivrait la princesse.

Le chien revint la nuit, prit la princesse sur son dos, et courut avec elle chez le soldat, qui l'aimait tant, et qui aurait voulu être prince, pour en faire sa femme.

Le chien ne s'aperçut pas du tout que la semoule se répandait depuis le château jusqu'à la fenêtre du soldat, où il grimpait le mur avec la princesse. Le matin, le roi et la reine virent bien où leur fille avait été, ils prirent le soldat et le mirent en prison.

Hou, comme c'était sombre et lugubre, et on lui dit :

— Demain, tu seras pendu.

Ce n'était pas amusant à entendre, et il avait oublié son briquet chez lui, à l'auberge. Le matin, entre les barreaux de fer de la petite fenêtre, il put voir les gens qui se dépêchaient de sortir de la ville pour aller le voir pendre. Il entendit les tambours et vit les soldats marcher en cadence. Tout le monde courait ; il y avait aussi un apprenti cordonnier en tablier de cuir et pantoufles, qui galopait si fort qu'une de ses pantoufles sauta en l'air droit contre le mur où le soldat regardait entre les barreaux de fer.

— Hé, apprenti cordonnier, ne te presse pas tant, lui dit le soldat. Il ne se passera rien avant que je sois arrivé. Mais ne veux-tu pas courir à la maison que j'habitais et me rapporter mon briquet, tu auras quatre skillings. Mais il faut prendre tes jambes à ton cou.

L'apprenti cordonnier voulait bien avoir les quatre skillings et partit comme une flèche chercher le briquet, le donna au soldat, et... oui, on verra bien !

En dehors de la ville était maçonné un grand gibet, tout autour se tenaient les soldats et des centaines de milliers de gens. Le roi et la reine étaient assis sur un superbe trône en avant des juges et de tout le conseil.

Le soldat était déjà sur l'échelle, mais lorsqu'on voulut lui passer la corde au cou, il dit que l'on permettait toujours à un condamné, avant de subir sa peine, de satisfaire un désir inoffensif. Il aurait voulu fumer une pipe, ce serait la dernière pipe qu'il fumerait en ce monde.

Le roi ne voulut pas lui refuser cela, et le soldat prit son briquet, et battit le briquet, un, deux, trois ! et tous les chiens furent là, celui aux yeux grands comme des tasses à thé, celui aux yeux comme des roues de moulin, et celui qui avait les yeux grands comme des tours rondes.

— Aidez-moi maintenant à ne pas être pendu ! dit le soldat.

Et les chiens se précipitèrent sur les juges et tous les membres du conseil, saisirent l'un par les jambes et l'autre par le nez et les lancèrent en l'air à plusieurs brasses de hauteur, si bien qu'en retombant ils furent brisés en morceaux.

— Je ne veux pas ! dit le roi, mais le plus grand chien le prit, lui et la reine, et les lança en l'air à leur tour.

Alors, les soldats furent effrayés, et tout le monde s'écria :

— Petit soldat, tu seras notre roi et tu auras la gracieuse princesse !

Et ils placèrent le soldat dans le carrosse du roi, et les trois chiens dansèrent devant et crièrent hourra ! et les jeunes garçons poussèrent des acclamations et les soldats présentèrent les armes. La princesse sortit du château de cuivre et devint reine, et elle en était bien contente. Les noces durèrent huit jours, et les chiens se mirent à table et roulèrent de grands yeux.

LA PRINCESSE AU PETIT POIS

Il y avait une fois un prince qui voulait avoir une princesse, mais elle devait être une *vraie* princesse. Et il voyagea dans le monde entier pour en trouver une, mais toujours il y avait quelque chose à redire, les princesses ne manquaient pas, mais étaient-elles de *vraies* princesses, il ne pouvait s'en assurer tout à fait, toujours il y avait quelque chose qui n'était pas comme il fallait. Et il rentra chez lui tout chagrin, car il aurait voulu avoir une véritable princesse.

Un soir, on eut un temps affreux; éclairs et tonnerre, pluie à torrents, c'était effrayant. On frappa à la porte de la ville, et le vieux roi alla ouvrir.

C'était une princesse qui était dehors. Mais, Dieu, de quoi avait-elle l'air, avec cette pluie et ce vilain temps! L'eau lui coulait dans les cheveux et sur ses vêtements, elle lui entrait dans le nez et dans les souliers, et sortait par les talons, et elle dit qu'elle était une véritable princesse.

« Bon, c'est ce que nous allons savoir! » pensa la vieille reine, mais elle ne dit rien, alla dans la chambre à coucher, enleva toute la literie, et déposa un petit pois au fond du lit, puis elle prit vingt matelas, les étendit par-dessus le pois, et mit encore vingt couettes de plumes d'eider par-dessus les mate las.

C'est là que la princesse devait coucher la nuit.

Le matin on lui demanda comment elle avait dormi.

— Oh, terriblement mal, dit la princesse. Je n'ai presque pas fermé l'œil de toute la nuit ! Dieu sait ce qu'il y avait dans ce lit ? J'ai couché sur quelque chose de dur, et j'en ai le corps tout brun et bleu. C'est terrible !

Alors on put voir que c'était une vraie princesse, puisqu'elle avait senti le petit pois à travers les vingt matelas et les vingt couettes de plumes. Seule une vraie princesse pouvait avoir la peau si délicate.

Le prince la prit donc pour femme, car il savait maintenant qu'il avait une vraie princesse et le pois fut placé dans le cabinet des objets d'art, où il est encore, si personne ne l'a pris.

Voyez, c'est là une vraie histoire.

LES FLEURS DE LA PETITE IDA

Mes pauvres fleurs sont tout à fait mortes, dit la petite Ida. Elles étaient si jolies hier soir, et maintenant toutes les feuilles pendent, fanées ! Pourquoi cela ? demanda-t-elle à l'étudiant assis sur le sofa.

Car elle aimait beaucoup l'étudiant, il savait les histoires les plus délicieuses, et découpait des images si amusantes : des cœurs où l'on voyait des petites dames qui dansaient ; des fleurs, et de grands châteaux dont on pouvait ouvrir les portes ; voilà un agréable étudiant !

— Pourquoi les fleurs ont-elles si mauvaise mine aujourd'hui ? demanda-t-elle de nouveau, et elle lui montra un bouquet qui était complètement fané.

— Oui, sais-tu ce qu'elles ont ! dit l'étudiant. Les fleurs ont été au bal cette nuit, c'est pourquoi elles penchent la tête !

— Mais les fleurs ne savent pas danser, dit la petite Ida.

— Si, dit l'étudiant, quand il fait nuit et que les autres dorment, elles sautent joyeusement partout ; elles ont un bal presque toutes les nuits !

— Ne peut-il pas venir d'enfants à ces bals-là ?

— Si, dit l'étudiant, de toutes petites marguerites et de petits muguets !

— Où dansent les plus belles fleurs ? demanda la petite Ida.

— N'as-tu pas été souvent devant la porte du grand château, où est le beau jardin plein de fleurs ? Tu as bien vu les cygnes qui nagent vers toi quand tu veux leur donner des miettes de pain. C'est là qu'il y a bal, bien sûr !

— J'ai été là dans le jardin hier avec maman, dit Ida, mais toutes les feuilles étaient tombées des arbres, et il n'y avait pas du tout de fleurs. Où sont-elles ? J'en ai tant vu cet été !

— Elles sont dans le château, dit l'étudiant. Aussitôt que le roi et tous les gens de la cour s'en vont à la ville, les fleurs accourent tout de suite du jardin et montent au château, et elles sont bien contentes. Je voudrais que tu voies ça ! Les deux plus belles roses prennent place sur le trône, et sont ainsi roi et reine. Toutes les amarantes rouges se tiennent debout autour et s'inclinent, ce sont les gentilshommes de la chambre... Ensuite viennent toutes les plus jolies fleurs, et il y a grand bal, les violettes bleues représentent de petits cadets de marine, et dansent avec des hyacinthes et des crocus, qu'ils appellent mademoiselle. Les tulipes et les grands lis rouges sont de vieilles dames, elles veillent à ce que l'on danse convenablement, et à ce que tout se passe bien.

— Mais, demanda la petite Ida, n'y a-t-il personne qui gronde les fleurs parce qu'elles dansent dans le château du roi ?

— Il n'y a personne qui sache bien ce qu'il en est, dit l'étudiant. Quelquefois, il est vrai, arrive le vieux gardien du château, la nuit ; il doit tout surveiller, et il a une grosse trousse de clefs, mais aussitôt que les fleurs entendent les clefs cliqueter, elles restent bien tranquilles, cachées derrière les grands rideaux, et elles avancent la tête. Je sens qu'il y a des fleurs ici, dit le vieux gardien, mais il ne peut pas les voir.

— C'est amusant, dit la petite Ida, et elle battit des mains. Mais est-ce que je ne pourrais pas non plus voir les fleurs ?

— Si, dit l'étudiant, tu n'auras qu'à penser, quand tu retourneras au jardin, à jeter un coup d'œil par la fenêtre, et tu les verras. C'est ce que j'ai fait aujourd'hui, il y avait un narcisse jaune étendu tout de son long sur le canapé, c'était une dame d'honneur.

— Les fleurs du jardin botanique, est-ce qu'elles peuvent aussi venir là ? Peuvent-elles faire ce long chemin ?

— Oui, bien sûr, dit l'étudiant, car elles peuvent voler, quand elles veulent. N'as-tu pas vu les beaux papillons rouges, jaunes et blancs, ils ont presque l'air de fleurs, et ils ont aussi été des fleurs, ils ont jailli de la tige, haut en l'air, et ont agité les feuilles, comme si c'étaient de petites ailes, et ils ont volé ; et comme ils se conduisaient bien, il leur a été permis de voler aussi dans la journée, ils ne devaient pas revenir sur la tige pour s'y fixer immobiles et alors les feuilles sont devenues de vraies ailes. Ça, tu l'as vu toi-même ! Il est d'ailleurs bien possible que les fleurs du jardin botanique n'ont jamais été au jardin du roi et n'ont pas su que l'on s'y amuse la nuit. Aussi je vais te dire quelque chose dont sera bien étonné le professeur de botanique qui habite à côté, tu le connais, n'est-ce pas ? Quand tu entreras dans son jardin, tu raconteras à une des fleurs qu'il y a grand bal au château, celle-là le dira à toutes les autres, et elles s'envoleront ; si alors le professeur sort dans son jardin, il n'y aura plus une seule fleur, et il ne comprendra pas ce qu'elles sont devenues.

— Mais comment la fleur peut-elle le raconter aux autres ? Les fleurs ne savent pas parler !

— Non, elles ne savent pas, répondit l'étudiant, mais elles font de la pantomime. N'as-tu pas vu, quand le vent souffle un peu, comme les fleurs font signe de la tête, et agitent toutes leurs feuilles vertes, c'est aussi clair que si elles parlaient.

— Est-ce que le professeur comprend la pantomime ? demanda Ida.

— Oui, bien sûr ! Un matin, il est descendu dans son jardin, et il a vu une grande ortie qui faisait de la pantomime avec ses feuilles à un charmant œillet rouge, elle disait : « Tu es joli et je t'aime. » Mais le professeur n'aime pas ça du tout, et donna aussitôt une tape sur les feuilles de l'ortie, car ce sont ses doigts, mais ça le démangea, et depuis ce temps-là, il ne touche jamais à une ortie.

— C'est amusant, dit la petite Ida, et elle rit.

— Peut-on conter à l'enfant des histoires pareilles ! dit l'ennuyeux conseiller de chancellerie qui était venu en visite et était assis sur le canapé ; il ne pouvait pas souffrir l'étudiant et bougonnait toujours quand il le voyait découper les amusantes images comiques ; tantôt un homme pendu à une potence et tenant un cœur à la main, car c'était un voleur, il enlevait tous les cœurs, tantôt une vieille sorcière à cheval sur un balai, qui tenait son mari sur son nez ; le conseiller ne pouvait supporter cela, et il disait comme maintenant : « Peut-on donner à l'enfant des idées pareilles ! ce sont des inventions stupides ! »

Mais la petite Ida trouvait que c'était amusant, ce que l'étudiant disait de ces fleurs, et elle y réfléchit beaucoup. Les fleurs penchaient la tête parce qu'elles étaient fatiguées d'avoir dansé toute la nuit, elles étaient certainement malades. Elle les prit et alla retrouver tous ses autres jouets, qui étaient sur une jolie petite table, et tout le tiroir était plein de splendeurs. Dans le lit de poupée était couchée sa poupée, Sophie, qui dormait. Ida lui dit :

— Il faut te lever, Sophie, et te contenter du tiroir pour passer la nuit, les pauvres fleurs sont malades, alors elles coucheront dans ton lit, peut-être comme ça elles guériront.

Et elle prit la poupée, mais celle-ci avait un air renfrogné et ne disait pas un mot, car elle était mécontente, parce qu'elle n'allait pas garder son lit.

Et Ida étendit les fleurs dans le lit de poupée, tira la couverture sur elles jusqu'en haut, et dit qu'elles devaient se tenir bien tranquilles, et qu'elle allait leur faire du thé pour qu'elles puissent guérir et se lever demain, et elle tira étroitement les rideaux autour du petit lit, en sorte que le soleil ne pouvait pas atteindre leurs yeux.

Pendant toute la soirée, elle ne put s'empêcher de penser à ce que l'étudiant lui avait raconté, et lorsqu'elle dut elle-même se mettre au lit, elle alla d'abord derrière les rideaux des fenêtres, devant lesquelles étaient les belles fleurs de sa mère, des hyacinthes et des tulipes, et elle murmura tout bas : Je sais bien que vous irez au bal cette nuit ! Et les fleurs firent semblant de ne pas comprendre et ne remuèrent pas une feuille, mais la petite Ida savait ce qu'elle savait.

Lorsqu'elle fut au lit, elle resta longtemps à penser combien ce serait charmant de voir les jolies fleurs danser dans le château du roi. « Est-ce que vraiment les fleurs y étaient ? » Puis elle s'endormit. Au cours de la nuit elle se réveilla, elle avait rêvé des fleurs et de l'étudiant, que le conseiller rabrouait, disant qu'il donnait à l'enfant de singulières idées. Aucun bruit ne troublait la chambre à coucher où était Ida ; la veilleuse brûlait sur la table, et son père et sa mère dormaient.

« Est-ce que mes fleurs sont dans le lit de Sophie, se demandait-elle, je voudrais bien le savoir. » Elle se redressa un peu et regarda vers la porte, qui était entrebâillée, c'est là qu'étaient les fleurs et tous ses jouets. Elle écouta, et il lui sembla entendre que l'on jouait du piano dans la pièce à côté, mais tout doucement, et plus joliment qu'elle ne l'avait jamais entendu.

Sûrement toutes les fleurs dansent maintenant, dit-elle. Dieu, comme je voudrais voir ça ! Mais elle n'osait se lever, car elle réveillerait son père et sa mère. Si seulement elles venaient ici dans la chambre, dit-elle ; mais les fleurs ne vinrent pas, et la musique continuait à jouer si joliment qu'elle ne put y résister, c'était trop charmant, elle se glissa hors de son petit lit, et alla bien doucement jusqu'à la porte, et jeta un coup d'œil. Non, comme c'était amusant, ce qu'elle aperçut.

Il n'y avait pas de veilleuse dans la pièce, mais il y faisait quand même tout à fait clair, la lune éclairait par la fenêtre le milieu du plancher, c'était presque comme s'il avait fait jour. Toutes les hyacinthes et les tulipes se tenaient en deux rangées sur le plancher, il n'y en avait plus aux fenêtres, les pots étaient vides, toutes les fleurs dansaient sur le plancher et dansaient gentiment les unes autour des autres, faisaient la chaîne, et se tenaient par leurs longues feuilles vertes lorsqu'elles tournaient en rond. Et au piano était assis un grand lis rouge qu'Ida sûrement avait vu cet été, car elle se rappelait bien que l'étudiant avait dit : « Oh, comme il ressemble à mademoiselle Line ! » et tout le monde s'était moqué de lui ; mais maintenant Ida trouvait aussi que la longue fleur rougeâtre ressemblait à cette demoiselle, et avait en jouant les mêmes gestes, et inclinait sa longue figure rougeâtre tantôt d'un côté, tantôt de l'autre, battant de la tête la mesure de la charmante musique. Personne ne remarquait la petite Ida. Et voici qu'un grand crocus bleu sauta sur la table où étaient les jouets, alla droit au lit de poupée, et en écarta les rideaux ; c'est là qu'étaient couchées les fleurs malades, mais elles se levèrent tout de suite, et firent signe aux autres qu'elles voulaient danser aussi. Le vieux casse-noix, dont la lèvre inférieure était détachée, se leva et salua les jolies fleurs, elles n'avaient pas du tout l'air malade, sautèrent en bas parmi les autres et s'amusèrent beaucoup.

Il y eut comme un bruit d'objet qui tombait de la table, Ida regarda de ce côté, c'était la verge de carême qui s'élançait, il lui semblait qu'elle faisait partie des fleurs, elle aussi. Elle était d'ailleurs aussi très gentille, et dans le haut se trouvait une petite poupée de cire qui avait sur la tête un large chapeau semblable à celui que portait le conseiller ; la verge de carême sautilla sur ses trois jambes de bois rouges au milieu des fleurs, et tapa des pieds très fort, car elle dansait la mazurka, c'était une danse que les autres fleurs ne pouvaient pas danser, parce qu'elles étaient légères et ne pouvaient taper du pied.

La poupée de cire de la verge de carême devint soudain grande et longue, tournoya au-dessus des fleurs en papier, et dit à voix haute :

— Peut-on donner à l'enfant des idées pareilles ! ce sont des inventions stupides !

Et alors la poupée de cire ressembla tout à fait au conseiller, avec son grand chapeau, elle eut l'air aussi jaune et renfrogné ; mais les feuilles en papier lui donnèrent des coups sur ses jambes maigres, et elle se raccourcit de nouveau, et redevint une toute petite poupée de cire. C'était amusant à voir ! La petite Ida ne put s'empêcher de rire. La verge de carême continuait à danser, et le conseiller dut danser avec elle, rien n'y faisait, soit qu'il fût grand et long, ou qu'il devînt la petite poupée de cire jaune au grand chapeau noir. Mais les autres fleurs la prièrent de cesser, surtout celles qui avaient couché dans le lit de poupée, et elle s'arrêta. Des coups assez forts furent frappés à ce moment dans le tiroir où Sophie, la poupée d'Ida, se trouvait avec beaucoup d'autres jouets ; le casse-noix courut au bord de la table, s'étendit sur le ventre, et parvint à tirer un peu le tiroir. Sophie se leva et regarda autour d'elle avec étonnement :

— Il y a bal ici, dit-elle, pourquoi ne me l'a-t-on pas dit !

— Veux-tu danser avec moi, dit le casse-noix.

— Ah oui, tu es un beau danseur ! dit-elle, et elle lui tourna le dos.

Puis elle s'assit sur le tiroir, et se dit qu'une des fleurs viendrait bien l'inviter, mais aucune ne vint, et elle se mit à tousser, hum, hum, hum ! mais aucune ne venait quand même. Le casse-noix dansait tout seul et ne dansait pas trop mal.

Comme aucune des fleurs ne semblait voir Sophie, elle se laissa tomber du tiroir sur le parquet, ce qui fit beaucoup de bruit ; aussi toutes les fleurs accoururent autour d'elle et lui demandèrent si elle s'était blessée, et toutes furent très gentilles avec elle, surtout celles qui avaient couché dans son lit ; mais elle ne s'était pas du tout blessée, et toutes les fleurs d'Ida la remercièrent pour son lit délicieux, lui témoignèrent beaucoup d'affection, la menèrent au milieu du parquet, où la lune brillait, et dansèrent avec elle, et toutes les autres fleurs faisaient cercle autour ; alors Sophie fut bien contente, et elle dit qu'elles pouvaient conserver son lit, ça lui était tout à fait égal de coucher dans le tiroir.

Et les fleurs dirent :

— Nous te remercions grandement, mais nous ne pouvons pas vivre si longtemps, demain nous serons tout à fait mortes ; mais dis à la petite Ida qu'elle nous enterre dans le jardin, à l'endroit où repose le canari, et nous repousserons en été et serons beaucoup plus belles.

— Non, il ne faut pas mourir, dit Sophie, et elle embrassa les fleurs.

A ce moment, la porte de la salle s'ouvrit, et toute une foule de jolies fleurs entra en dansant. Ida ne pouvait comprendre comment elles étaient venues, c'était sûrement toutes les fleurs du château du roi. En tête marchaient deux roses délicieuses, qui portaient de petites couronnes d'or, c'était un roi et une reine, puis venaient des giroflées et des œillets superbes qui saluaient de tous côtés. De la musique les accompagnait, des coquelicots et des pivoines soufflaient dans des cosses de pois et en étaient tout rouges. Les campanules bleues et les petites nivéoles blanches sonnaient comme si elles avaient eu des clochettes. C'était une musique amusante. Puis venaient quantité d'autres fleurs et toutes dansaient, les violettes bleues et les pâquerettes rouges, les marguerites et les muguets. Et toutes les fleurs s'embrassaient, c'était joli à voir !

Enfin les fleurs se dirent bonne nuit, et la petite Ida se glissa aussi dans son lit, où elle rêva de tout ce qu'elle avait vu.

Lorsqu'elle se leva le lendemain matin, elle courut bien vite à la petite table pour voir si les fleurs y étaient encore, elle écarta les rideaux du petit lit, oui, elles étaient toutes là, mais elles étaient tout à fait fanées, bien plus qu'hier. Sophie était dans le tiroir où elle l'avait mise, et semblait très somnolente.

— Te rappelles-tu ce que tu devais me dire ? demanda la petite Ida, mais Sophie avait l'air très bête et ne dit pas un mot. Tu n'es pas du tout gentille, dit Ida, et elles ont pourtant dansé toutes avec toi.

Alors elle prit une petite boîte en papier, sur laquelle étaient dessinés de jolis oiseaux, elle l'ouvrit et y déposa les fleurs mortes.

— Ce sera votre jolie bière, dit-elle, et lorsque les cousins norvégiens viendront ici, ils prendront part à votre enterrement dans le jardin, pour que vous poussiez en été, et deveniez encore beaucoup plus belles !

Les cousins norvégiens étaient deux garçons gaillards qui s'appelaient Jonas et Adolphe ; leur père leur avait fait cadeau à chacun d'une arbalète, et ils avaient apporté leurs armes pour les montrer à Ida. Elle leur raconta l'histoire des fleurs qui étaient mortes, et ils durent les enterrer. Les deux garçons marchaient devant, l'arc sur l'épaule, et la petite Ida derrière avec les fleurs mortes dans la jolie boîte ; une petite tombe fut creusée dans le jardin ; Ida embrassa d'abord les fleurs, puis plaça la boîte dans la terre, et Adolphe et Jonas tirèrent avec leurs arcs par-dessus la tombe, car ils n'avaient pas de fusils ni de canons.

LA PETITE ONDINE

Loin en mer, l'eau est bleue comme les pétales du plus beau bluet, et claire comme le verre le plus pur, mais elle est profonde, trop profonde pour qu'aucune ancre puisse atteindre le fond, il faudrait poser un grand nombre de tours d'église les unes sur les autres pour monter du fond à la surface. C'est là, en bas, que les ondins ont leur demeure.

Mais n'allez pas croire qu'il y a là seulement un sol nu de sable blanc ; non, il y pousse les arbres et plantes les plus étranges, dont les tiges et les feuilles sont si souples qu'elles s'agitent au moindre mouvement de l'eau, comme si elles étaient vivantes. Tous les poissons, grands et petits, se glissent entre les branches, comme ici les oiseaux dans l'air. A l'endroit le plus profond se trouve le château du roi de la mer, les murs sont en corail, et les hautes fenêtres pointues en ambre jaune transparent, et le toit est fait de coquillages qui s'ouvrent et se ferment selon le courant de l'eau ; c'est d'un bel effet, car chaque coquillage renferme des perles brillantes, dont une seule serait un ornement superbe dans la couronne d'une reine.

Le roi de la mer était veuf depuis de nombreuses années, et sa vieille mère tenait sa maison ; c'était une femme intelligente, mais fière de sa noblesse, c'est pourquoi elle portait douze huîtres sur sa queue, les autres personnes de qualité n'en devaient porter que six. D'ailleurs elle méritait de grands éloges, parce qu'elle aimait beaucoup les petites princesses marines, filles de son fils. Elles étaient six charmantes enfants, mais la plus jeune était la plus belle de toutes, sa peau était d'un blanc éclatant comme une feuille de rose, ses yeux aussi bleus que l'océan le plus profond, mais, de même que ses sœurs, elle n'avait pas de pieds. Son corps se terminait en queue.

Toute la longue journée elles pouvaient jouer en bas, dans les grandes salles du château, où des fleurs vivantes poussaient sur les murs. Les grandes fenêtres d'ambre jaune étaient ouvertes, et les poissons entraient en nageant, comme chez nous les hirondelles volent à l'intérieur, quand nous ouvrons, mais les poissons nageaient tout droit aux petites princesses, mangeaient dans leur main, et se laissaient caresser.

En dehors du château était un grand jardin avec des arbres rouge feu et bleu sombre, les fruits resplendissaient comme l'or et les fleurs comme des flammes, et elles remuaient constamment leurs tiges et leurs pétales. Le sol était du sable le plus fin, mais bleu, comme le soufre qui brûle. Sur tout cela une étrange lueur bleue était répandue, on aurait cru que l'on se trouvait très haut dans l'air et que l'on ne voyait rien que le ciel au-dessus et au-dessous de soi, et non que l'on était au fond de la mer. Par calme plat, on pouvait apercevoir le soleil, qui semblait une fleur pourpre dont la corolle dispensait toute la lumière.

Chacune des petites princesses avait dans le jardin son petit coin, où elle pouvait creuser et planter comme elle voulait. L'une donnait à son berceau de fleurs la forme d'une baleine, une autre préférait qu'il ressemblât à une petite ondine, mais la plus jeune fit le sien tout rond comme le soleil, et n'eut que des fleurs à l'éclat rouge, telles que lui. Elle était une singulière enfant, tranquille et réfléchie, et tandis que ses sœurs ornaient leur petit domaine avec les objets les plus bizarres qu'elles avaient eus des navires sombrés, elle ne voulait avoir, en dehors des fleurs rouges qui rappelaient le soleil de là-haut, qu'une belle statue de marbre ; c'était un délicieux jeune garçon taillé dans la claire pierre blanche, et tombé au fond de la mer par suite d'un naufrage. Elle planta près de la statue un saule pleureur rouge qui poussa magnifiquement, et fit retomber ses branches fraîches autour du garçon jusqu'au sol de sable bleu, où l'ombre apparaissait violette, et s'agitait comme les branches ; on aurait dit que la cime et les racines jouaient et s'embrassaient.

La petite ondine n'avait pas de joie plus grande que d'entendre parler du monde des hommes, là-haut ; la vieille grand-mère dut raconter tout ce qu'elle savait sur les bateaux et les villes, les hommes et les animaux, la petite trouvait surtout merveilleux que les fleurs, sur la terre, eussent un parfum, elles n'en avaient pas au fond de la mer, et que les forêts fussent vertes, et que les poissons que l'on voyait sur les branches pussent chanter si haut et si joliment que c'était un plaisir de les entendre ; c'était les petits oiseaux que la grand-mère appelait poissons, car autrement elle n'aurait pas été comprise puisque les filles n'avaient jamais vu d'oiseau.

— Quand vous aurez quinze ans, dit la grand-mère, il vous sera permis de sortir au-dessus de la mer, de monter sur les rochers au clair de la lune, et de voir les grands vaisseaux qui passent, vous verrez des forêts et des villes !

Au cours de l'année, l'une des sœurs eut quinze ans,

mais les autres, — chacune avait un an de moins que la précédente, la plus jeune devait donc attendre cinq ans encore avant de pouvoir monter du fond de la mer et regarder comment c'est chez nous. Mais chacune promettait aux autres de raconter ce qu'elle aurait vu et ce qu'elle aurait trouvé le mieux le premier jour ; car leur grand-mère ne leur en racontait pas assez, elles voulaient en savoir beaucoup plus long.

Aucune n'était aussi impatiente que la plus jeune, elle qui, justement, devait encore attendre le plus longtemps, et qui était si calme et pensive. Souvent, la nuit, elle restait à la fenêtre ouverte, et regardait en haut à travers l'eau bleu sombre, que les poissons battaient de leurs nageoires et de leurs queues. Elle pouvait voir la lune et les étoiles, dont la lueur était bien pâle, il est vrai, mais qui, à travers l'eau, paraissaient beaucoup plus grandes qu'à nos yeux ; s'il glissait sous elles comme un gros nuage, elle savait que c'était ou bien une baleine qui nageait au-dessus d'elle, ou bien peut-être un vaisseau avec beaucoup d'hommes, qui ne se doutaient sûrement pas qu'une ravissante ondine était sous eux, les mains tendues vers la quille.

L'aînée des princesses eut quinze ans, et put monter à la surface de la mer.

Lorsqu'elle revint, elle avait beaucoup à raconter, mais le plus délicieux, dit-elle, était de s'étendre au clair de lune sur un banc de sable dans la mer paisible et de voir près de la côte la grande ville où scintillaient les lumières comme des centaines d'étoiles, d'entendre la musique et le bruit et le vacarme des voitures et des gens, de voir les nombreuses tours d'églises et les clochers, et d'écouter les cloches sonner ; précisément parce qu'elle ne pouvait pas y aller, c'était cela surtout qu'elle regrettait.

Oh, comme la plus jeune sœur fut attentive, et lorsqu'elle resta ensuite, le soir, à sa fenêtre ouverte, et regarda en haut à travers l'eau bleu sombre, elle se représenta la grande ville avec tout son bruit et son vacarme, et il lui sembla pouvoir entendre les cloches d'église dont le son descendait jusqu'à elle.

L'année suivante il fut permis à la seconde sœur de monter à travers l'eau et de nager où elle voudrait. Elle atteignit la surface juste au moment où le soleil se couchait, et trouva que ce spectacle était le plus magnifique. Tout le ciel semblait être d'or, dit-elle, et les nuages, elle ne pouvait assez les décrire ! Ils avaient vogué au-dessus d'elle, rouges et violets, mais bien plus rapide qu'eux volait, comme un grand voile blanc, un groupe de cygnes blancs au-dessus de l'eau, à l'endroit où était le soleil ; elle s'était mise à nager de ce côté, mais le soleil s'était enfoncé, et la lueur rose s'était éteinte sur la surface de la mer et sur les nuages.

L'année suivante, la troisième sœur monta là-haut, elle était la plus hardie de toutes, aussi nagea-t-elle vers un large fleuve qui se jetait dans la mer. Elle vit de charmantes collines vertes avec des vignes, des châteaux et des fermes se montrant au milieu de superbes forêts ; elle entendit tous les oiseaux chanter, et le soleil était si ardent qu'elle dut plusieurs fois plonger sous l'eau pour rafraîchir son visage brûlant. Dans une petite baie elle rencontra toute une bande d'enfants ; ils étaient tout nus et clapotaient dans l'eau ; elle voulut jouer avec eux, mais ils se sauvèrent effrayés ; et il vint une petite bête noire, c'était un chien, mais elle n'avait jamais vu de chien ; il aboyait si terriblement après elle qu'elle prit peur et se réfugia vers la pleine mer, mais jamais elle ne pourrait oublier les superbes forêts, les collines vertes et les jolis enfants qui savaient nager sur l'eau, bien qu'ils n'eussent pas de queue de poisson.

La quatrième sœur ne fut pas si hardie, elle resta en pleine mer, et dit que c'était là, précisément, ce qu'il y avait de plus beau : on voyait jusqu'à de nombreuses lieues autour de soi, et le ciel, au-dessus, était comme une grande cloche de verre. Elle avait vu des vaisseaux, mais de très loin, ils avaient l'air de goélands, les amusants dauphins avaient fait des culbutes, et les grandes baleines avaient fait jaillir l'eau par leurs évents, on aurait dit des centaines de jets d'eau de tous les côtés.

Et le tour vint à la cinquième sœur; son jour de naissance tombait en hiver, aussi vit-elle ce que les autres n'avaient pas vu la première fois. La mer était complètement verte, et çà et là se dressaient de grands icebergs, dont chacun avait l'air d'une perle, dit-elle, bien qu'il fût beaucoup plus grand que les tours d'églises construites par les hommes. Ils avaient les formes les plus étranges et brillaient comme des diamants. Elle s'était assise sur l'un d'eux, et tous les bateaux à voiles s'écartaient avec effroi de l'endroit où elle était assise et laissait voler au vent ses longs cheveux ; et vers le soir le ciel se chargea de nuages, il y eut des éclairs et du tonnerre, et la mer noire souleva haut les grands blocs de glace qui brillaient sous les éclairs rouges. Sur tous les vaisseaux on carguait les voiles, on était tremblant et inquiet, mais elle était bien tranquille sur son iceberg flottant, et regardait la ligne bleue de l'éclair fulgurer en zigzag et tomber dans la mer illuminée.

La première fois que l'une des sœurs montait au-dessus de l'eau, chacune était toujours ravie de ce qu'elle avait vu de beau et de nouveau, mais comme ensuite, en qualité de grandes filles, elles pouvaient monter là-haut tant qu'elles voulaient, cela leur devenait indifférent, elles avaient de nouveau envie d'être chez elles, et au bout d'un mois elles disaient que c'était tout de même là que c'était le plus beau, et que l'on était très bien chez soi.

Maintes fois, le soir, les cinq sœurs se prirent par le bras et montèrent ensemble au-dessus de l'eau ; elles avaient des voix délicieuses, plus belles que celles d'aucun humain, et lorsqu'un orage menaçait, et qu'elles pouvaient croire que des vaisseaux sombreraient, elles nageaient devant les vaisseaux et chantaient superbement la beauté du fond de la mer, et invitaient les marins à ne pas craindre d'y venir ; mais les marins ne comprenaient pas leurs paroles, ils croyaient que c'était l'orage, et il ne leur était pas donné de voir non plus la splendeur d'en bas, car lorsque le vaisseau sombrait, les hommes étaient noyés, et ne parvenaient que morts dans le château du roi de la mer.

Lorsque ainsi, le soir, bras dessus bras dessous, les sœurs montaient en haut à travers la mer, la petite sœur restait toute seule et les suivait des yeux, et elle avait comme une envie de pleurer, mais l'ondine n'a pas de larmes, et souffre d'autant plus.

— Ah, que n'ai-je quinze ans ! disait-elle, je sais que j'aimerai ce monde de là-haut, et les humains qui l'habitent !

Enfin elle eut quinze ans.

— Eh bien, tu vas t'émanciper, dit sa grand-mère, la vieille reine douairière. Viens que je te pare comme tes autres sœurs.

Et elle lui posa sur la tête une couronne de lis blancs, mais chaque pétale de la fleur était une demi-perle ; et la vieille lui fit attacher huit grandes huîtres à la queue pour montrer son haut rang.

— Ça fait mal ! dit la petite ondine.

— Il faut souffrir pour être belle, dit la vieille.

Oh, comme la petite aurait voulu se débarrasser de ces ornements et ôter sa lourde couronne ; les fleurs rouges de son jardin la paraient bien mieux, mais elle n'osait pas changer.

— Adieu, dit-elle, et, légère comme une bulle, elle s'éleva au travers de l'eau.

Le soleil venait de se coucher lorsqu'elle sortit la tête à la surface, mais tous les nuages brillaient encore comme les roses et l'or, et au milieu de l'air rose pâle étincelait l'étoile du soir claire et charmante. L'air était doux et frais, et la mer tout à fait calme. Un grand vaisseau à trois mâts était là, et une seule voile était dehors, car il n'y avait pas un souffle de vent, et çà et là sur les cordages et les vergues étaient assis les matelots. On jouait de la musique et on chantait, et à mesure que le soir s'assombrissait, des centaines de lumières de diverses couleurs furent allumées ; on aurait dit que les drapeaux de toutes les nations flottaient dans l'air. La petite ondine nagea jusqu'à la fenêtre du salon, et chaque fois que l'eau la soulevait, elle put voir par les carreaux transparents les nombreuses personnes élégantes, mais le plus beau de tous était le jeune prince aux grands yeux noirs ; il ne devait guère avoir plus de seize ans, c'était son jour de naissance, et c'est pourquoi il y avait fête. Les matelots dansaient sur le pont, et lorsque le jeune prince s'y présentait, des centaines de fusées étaient lancées, elles brillaient comme le plein jour, et la petite ondine, tout effrayée, plongeait sous l'eau, mais ne tardait pas à sortir de nouveau la tête, et alors il lui semblait que toutes les étoiles du ciel tombaient sur elle. Jamais elle n'avait vu pareille magie de feu. De grands soleils tournoyaient, de superbes poissons de feu se balançaient dans l'air bleu, et tout se répétait dans l'eau calme et claire. Sur le vaisseau lui-même, il faisait si clair que l'on pouvait voir le moindre cordage, à plus forte raison les gens. Oh, comme le jeune prince était beau, et il serrait la main des gens, riait et souriait, tandis que la musique résonnait dans l'admirable nuit.

Il se fit tard, mais la petite ondine ne pouvait détacher ses yeux du vaisseau et du charmant prince. Les lumières de couleurs variées furent éteintes, les fusées n'étaient plus lancées, on ne tirait plus de coups de canon, mais un grondement provenait des profondeurs de l'océan. Elle restait sur l'eau, balancée par les vagues, en sorte qu'elle pouvait voir dans le salon ; mais le vaisseau prit une allure plus rapide, une voile après l'autre fut déployée, les vagues devinrent plus fortes, de grands nuages s'assemblèrent, des éclairs luirent au loin. Oh, un temps épouvantable s'annonçait ! Aussi, les matelots carguèrent les voiles. Le bateau vola d'une course folle, ballotté sur la mer furieuse, les vagues s'élevaient comme de grandes montagnes noires qui voulaient rouler sur le mât, mais le vaisseau plongeait comme un cygne entre les hautes lames, et se laissait de nouveau soulever par le gonflement des eaux. La petite ondine trouvait que c'était là une course amusante, mais les marins n'étaient pas de cet avis, le vaisseau craquait à grand bruit, les épais madriers ployaient sous les coups puissants, la mer assaillait le vaisseau, le mât fut brisé au milieu comme un simple roseau, et le vaisseau pencha sur le côté, tandis que l'eau pénétrait dans la cale. La petite ondine vit alors que les gens étaient en danger, elle dut elle-même faire attention aux poutres et débris du vaisseau qui traînaient sur l'eau. Un instant l'obscurité fut si noire qu'elle ne voyait plus rien, mais s'il venait un éclair, il faisait si clair de nouveau qu'elle reconnaissait tout le monde sur le vaisseau ; chacun se débrouillait de son mieux ; elle cherchait surtout le prince, et elle le vit, lorsque le vaisseau fut brisé, s'enfoncer dans la mer profonde. Sur le moment, elle fut très contente, puisqu'il allait ainsi descendre vers elle, mais elle se rappela que les hommes ne pouvaient pas vivre dans l'eau, et qu'il ne pouvait venir que mort dans le château de son père. Non, il ne fallait pas qu'il mourût ; elle nagea donc au milieu des poutres et madriers épars sur la mer, oublia complètement qu'elle pouvait en être écrasée, plongea profondément, et revint en haut parmi les vagues, et arriva enfin jusqu'au jeune prince, qui ne pouvait presque plus nager dans la mer déchaînée, ses bras et ses jambes commençaient à être épuisés, ses beaux yeux se fermaient, il serait mort, si la petite ondine n'avait pas été là. Elle tint sa tête au-dessus de l'eau, et avec lui se laissa pousser par les vagues où elles voulaient.

Le matin, le mauvais temps passa ; du vaisseau l'on n'apercevait pas le moindre débris, le soleil se leva sur l'eau, rouge et brillant, on aurait dit que les joues du prince étaient par là ranimées, mais ses yeux demeurèrent clos ; l'ondine baisa son beau front haut, et repoussa en arrière ses cheveux mouillés ; elle trouvait qu'il ressemblait à la statue de marbre qu'elle avait en bas, dans son petit jardin, elle le baisa de nouveau, et souhaita qu'il pût vivre.

Et elle vit devant elle la terre ferme, de hautes montagnes bleues sur la cime desquelles brillait la neige, comme s'il y avait là des cygnes ; près de la côte s'étendaient de ravissantes forêts vertes, et devant elles était une église ou un couvent, elle ne savait pas au juste, mais c'était un bâtiment. Des citronniers et des orangers poussaient dans le jardin, et devant la porte se dressaient de hauts palmiers. La mer formait ici une petite anse, qui était tout à fait calme, mais très profonde, jusqu'à la roche couverte de fin sable blanc ; c'est là que nagea l'ondine avec le beau prince, elle le déposa sur le sable, et eut surtout soin que sa tête fût haute et reçût la lumière chaude du soleil.

Mais les cloches sonnèrent dans le grand bâtiment blanc, et de nombreuses jeunes filles traversèrent le jardin. Alors la petite ondine alla nager à quelque distance, derrière de hautes pierres qui émergeaient de l'eau, couvrit ses cheveux et sa poitrine avec de l'écume de mer, afin que personne ne pût voir son petit visage, et observa qui allait venir auprès du pauvre prince.

Une jeune fille ne tarda pas à s'en approcher, elle parut très effrayée, mais seulement un instant, et alla chercher d'autres personnes, et l'ondine vit le prince s'animer, il souriait à tout le monde autour de lui, mais à elle il ne sourit pas, il ne savait pas, d'ailleurs, qu'elle l'avait sauvé ; elle se sentit si désolée que, lorsqu'il fut conduit dans le grand bâtiment, elle plongea dans l'eau, toute triste, et rentra chez elle, dans le château de son père.

Toujours elle avait été calme et songeuse, mais elle le devint alors bien davantage. Ses sœurs lui demandèrent ce qu'elle avait vu, la première fois qu'elle était montée là-haut, mais elle ne raconta rien.

Le matin ou le soir, bien souvent, elle retourna où elle avait quitté le prince. Elle vit les fruits du jardin mûrir, elle vit qu'ils étaient cueillis et que la neige fondait sur les hautes montagnes, mais elle ne voyait pas le prince, et rentrait toujours encore plus désolée. Sa seule consolation était de s'asseoir dans son petit jardin et d'entourer de ses bras la belle statue de marbre qui ressemblait au prince, mais elle ne soignait pas ses fleurs, elles poussaient au hasard, jusque dans les allées, et entrelaçaient leurs longues tiges et leur feuillage aux branches des arbres, en sorte que l'endroit était sombre.

Enfin elle ne put plus y tenir, et conta son histoire à l'une de ses sœurs, et aussitôt toutes les autres la connurent, mais personne d'autre qu'elles, et deux ondines qui la dirent seulement à leurs amies les plus intimes. L'une de celles-ci savait qui était le prince, elle avait vu aussi la fête sur le vaisseau, savait d'où venait le prince, et où était son royaume.

— Viens, petite sœur, dirent les autres princesses, et, les bras sur les épaules les unes des autres, elles montèrent en une longue rangée devant l'endroit où elles savaient que se trouvait le château du prince.

Ce château était construit en pierres jaune clair brillantes, avec de grands escaliers de marbre, dont l'un descendait à la mer. De splendides coupoles dorées s'élevaient sur le toit, et entre les colonnes qui étaient sur tout le tour du monument, des statues de marbre avaient l'air d'être vivantes. Par les vitres claires des hautes fenêtres on voyait l'intérieur de salles magnifiques, où de précieux tapis et rideaux de soie étaient accrochés, et tous les murs décorés de grandes peintures que l'on avait grand plaisir à regarder. Au milieu de la plus grande salle jaillissait un grand jet d'eau qui s'élevait haut sous la coupole de verre du plafond, et par elle le soleil illuminait l'eau et les plantes ravissantes qui poussaient dans le grand bassin.

La petite ondine savait donc enfin où habitait le prince, et elle vint là sur l'eau bien souvent le soir et la nuit ; elle nageait beaucoup plus près de la terre que n'avait osé le faire aucune des autres, elle alla même jusque dans l'étroit canal qui était sous la superbe terrasse de marbre dont l'ombre se prolongeait sur l'eau. Elle se plaçait là et regardait le jeune prince, qui croyait être tout seul au clair de la lune.

Elle le vit bien des soirs voguer avec de la musique à bord de son superbe bateau où flottaient les drapeaux ; elle jetait un coup d'œil entre les roseaux verts, et le vent soufflait dans son long voile d'un blanc d'argent ; si quelqu'un le voyait, on croyait que c'était un cygne qui déployait ses ailes.

Elle entendit bien souvent les pêcheurs, la nuit, lorsqu'ils étaient en mer avec des torches, dire beaucoup de bien du jeune prince, et elle se réjouissait de lui avoir sauvé la vie lorsqu'il dérivait à demi mort sur les vagues, et elle songeait comme il avait bien reposé, la tête sur sa poitrine, et comme alors elle lui avait donné un baiser bien senti ; lui ne savait rien de tout cela, et ne pouvait même pas rêver d'elle.

Elle en vint de plus en plus à aimer les hommes, de plus en plus elle désira pouvoir monter parmi eux ; leur monde lui semblait beaucoup plus grand que le sien ; ils pouvaient sur des vaisseaux courir la mer, ils pouvaient monter sur les hautes montagnes par-delà les nuages, et les terres qu'ils possédaient s'étendaient, avec des forêts et des champs, plus loin qu'elle ne pouvait voir. Il y a beaucoup de choses qu'elle aurait voulu savoir, mais ses sœurs n'avaient pas réponse à tout ; elle interrogea donc sa vieille grand-mère, qui connaissait bien le monde d'en haut ; elle l'appelait très justement les terres au-dessus de la mer.

— Lorsque les hommes ne se noient pas, demanda la petite ondine, peuvent-ils vivre toujours, est-ce qu'ils ne meurent pas, comme nous, ici, dans la mer ?

— Si ! dit la vieille, ils doivent aussi mourir, et la durée de leur vie est plus courte que la nôtre. Nous pouvons vivre trois cents ans, mais lorsque nous cessons d'exister ici, nous devenons seulement écume sur l'eau, nous n'avons même pas une tombe ici, en bas, au milieu de ceux qui nous sont chers. Nous n'avons pas d'âme immortelle, nous ne reprenons jamais vie, nous sommes comme le roseau vert, une fois qu'il est coupé, il ne peut jamais reverdir ! Les hommes, au contraire, ont une âme, qui vit toujours, qui vit après que le corps est devenu terre ; elle s'élève dans l'air lumineux jusqu'à toutes les étoiles brillantes ! de même que nous émergeons de la mer et voyons les terres des hommes, de même ils montent vers des lieux inconnus et délicieux que nous ne verrons jamais.

— Pourquoi n'avons-nous pas d'âme immortelle ? demanda la petite ondine attristée, je donnerais toutes les centaines d'années que j'ai à vivre pour être une personne humaine rien qu'un seul jour, et avoir ensuite part au monde céleste !

— Il ne faut pas penser à cela, dit la vieille, notre vie est de beaucoup meilleure et plus heureuse que celle des hommes, là-haut !

— Il faut donc que je meure et disparaisse comme écume sur la mer, que je renonce à entendre la musique des vagues, à voir les fleurs ravissantes et le soleil rouge ! Ne puis-je rien faire pour avoir une âme immortelle ?

— Non, dit la vieille, à moins qu'un homme t'aime plus que père et mère, qu'il te soit attaché de toute sa pensée et de tout son amour, et qu'il fasse mettre par le prêtre sa main droite dans la tienne en promettant de t'être fidèle ici et dans toute l'éternité, alors son âme se déverserait dans ton corps, et tu prendrais part au bonheur des hommes. Il te donnerait une âme et conserverait pourtant la sienne. Mais c'est impossible ! Ce qui est charmant ici dans la mer, ta queue de poisson, est justement ce qu'on trouve laid, là-haut sur la terre, ils n'y entendent rien, ils croient qu'il faut avoir deux lourdes colonnes, qu'ils appellent jambes, pour être beau !

La petite ondine soupira et regarda tristement sa queue de poisson.

— Soyons satisfaites, dit la vieille, nous pouvons sauter et nous ébattre pendant les trois cents ans que nous avons à vivre, c'est une assez bonne durée, on pourra se reposer ensuite avec satisfaction dans sa tombe. Nous aurons bal de la cour, ce soir !

Ce fut une splendeur, il est vrai, telle qu'on ne la voit jamais sur la terre. Murs et plafond dans la grande salle de danse étaient de verre épais, mais clair. Plusieurs centaines de coquilles colossales, roses et vert-pré, étaient rangées de chaque côté ; il en émanait une flamme bleue qui éclairait toute la salle et brillait à travers les murs, en sorte que la mer, au-dehors, était illuminée ; on pouvait voir les innombrables poissons, petits et grands, qui nageaient vers le mur de verre ; sur les uns, les écailles luisaient rouge pourpre, sur d'autres, elles semblaient argent et or. La salle était traversée en son milieu par un large fleuve ruisselant, et c'était là que dansaient ondins et ondines sur leurs propres chants délicieux. Les habitants de la terre n'ont pas de si belles voix. La petite ondine était celle qui chantait le mieux de tous, et l'on battait des mains pour l'applaudir ; elle en éprouva de la joie en son cœur, un instant, car elle savait qu'elle avait la plus belle voix qui fût sur la terre et dans la mer ! Mais elle ne tarda pas à penser de nouveau au monde au-dessus d'elle ; elle ne pouvait oublier le beau prince et la douleur de ne pas posséder, comme lui, une âme immortelle. Et elle se glissa hors du château de son père, et tandis que tout y était chant et gaieté, elle s'assit tristement dans son petit jardin. Alors elle entendit sonner du cor à travers l'eau, et elle se dit :

Voilà sûrement qu'il vogue là-haut, celui que j'aime plus que père et mère, à qui ma pensée est attachée, et dans la main de qui je mettrais le bonheur de ma vie. Je veux tout oser pour le gagner, lui et une âme immortelle ! Pendant que mes sœurs dansent dans le château de mon père, je vais aller trouver la sorcière marine ; j'en ai toujours eu peur, mais elle pourra peut-être me conseiller et m'aider.

Et la petite ondine sortit de son jardin et se dirigea vers le gouffre mugissant derrière lequel habitait la sorcière. Jamais elle n'avait encore été par là, il n'y poussait pas de fleurs, pas d'herbe marine ; seul et nu, le sable gris s'étendait vers le gouffre, où l'eau, avec des grondements de roue de moulin, tourbillonnait en arrachant tout ce qu'elle saisissait et l'emportant vers les profondeurs ; il fallait que la petite ondine traversât ces terribles tourbillons pour arriver dans le district de la sorcière, et sur un long parcours il n'y avait pas d'autre chemin qu'au-dessus de la vase chaude, bouillonnante, que la sorcière appelait sa tourbière. On parvenait ainsi à sa maison qui était au milieu d'une étrange forêt. Tous les arbres et buissons étaient des polypes, moitié plantes, moitié animaux, qui semblaient des serpents à centaines de têtes poussant dans la terre ; toutes les branches étaient de longs bras visqueux aux doigts souples comme des vers, qui remuaient depuis la racine jusqu'à l'extrémité. Tout ce qu'ils pouvaient saisir dans la mer, ils l'enlaçaient fortement et ne le lâchaient jamais. La petite ondine demeura tout effrayée devant cette forêt ; son cœur battait de crainte, elle fut sur le point de s'en retourner, mais elle pensa au prince et à l'âme de l'homme, et elle reprit courage. Elle attacha bien serrés sur sa tête ses longs cheveux flottants, afin de ne pas laisser prise par là aux polypes, elle joignit ses mains sur sa poitrine, et vola ainsi à travers l'eau, comme le poisson sait voler, au milieu des affreux polypes qui tendaient vers elle leurs bras et leurs doigts agiles. Elle vit que chacun de ces bras et doigts tenait, comme un lien de fer, quelque objet saisi. Des hommes naufragés, descendus à cette profondeur, apparaissaient à l'état de squelettes blancs dans les bras des polypes. Ils serraient des gouvernails, des caisses, des cadavres d'animaux terrestres, et une petite ondine qu'ils avaient prise et étouffée, c'était là le plus épouvantable.

Puis s'ouvrit dans la forêt un grand espace visqueux où s'ébattaient de grandes couleuvres d'eau qui montraient leur vilain ventre jaunâtre. Au milieu de la place s'élevait une maison faite de blancs ossements humains, c'était là qu'était la sorcière marine, elle donnait à manger à un crapaud sur ses lèvres, comme les hommes font manger du sucre à un petit canari. Elle appelait les vilaines couleuvres grosses et grasses ses petits poussins, et les laissait se vautrer sur sa vaste poitrine fongueuse.

— Je sais bien ce que tu veux, dit la sorcière, c'est bête de ta part, mais ta volonté sera faite tout de même, car elle causera ton malheur, ma charmante princesse. Tu voudrais te défaire de ta queue de poisson et avoir à la place deux moignons avec quoi marcher comme les hommes, afin que le jeune prince puisse devenir amoureux de toi et que tu puisses avoir et lui, et une âme immortelle ! — Et la sorcière eut un rire si fort et si laid que le crapaud et les couleuvres tombèrent et se mirent à grouiller par terre. — Tu viens au bon moment, dit-elle, demain, au lever du soleil, je n'aurais pas pu t'aider avant une année entière. Je vais te composer une boisson, avec elle tu nageras, avant que le soleil soit levé, jusqu'à la terre, où tu t'assiéras au bord et la boiras, ta queue alors se divisera et s'étriquera en ce que les hommes appellent de jolies jambes, mais ça fait du mal, c'est comme si une épée effilée te fendait. Tous ceux qui te verront diront que tu es la plus ravissante enfant des hommes qu'ils ont vue. Tu conserveras ta démarche souple, aucune danseuse ne sera souple comme toi, mais chaque pas que tu feras sera comme si tu marchais sur un couteau tranchant, qui ferait couler ton sang. Si tu veux souffrir tout cela, je viendrai à ton aide.

— Oui ! dit la petite ondine, la voix tremblante. Elle pensait au prince et à l'âme immortelle qu'elle voulait obtenir.

— Mais rappelle-toi, dit la sorcière, que lorsque tu auras pris la forme humaine, tu ne pourras jamais plus redevenir ondine ! Jamais tu ne pourras redescendre vers tes sœurs dans le château de ton père, et si tu ne gagnes pas l'amour du prince, de sorte qu'il oublie pour toi père et mère, s'attache à toi de toute sa pensée, et fasse unir vos mains par le prêtre pour que vous soyez mari et femme, tu n'auras pas d'âme immortelle ; le premier matin après qu'il aura été marié avec une autre, ton cœur se brisera, et tu deviendras écume sur la mer.

— Je le veux ! dit la petite ondine. Elle était pâle comme une morte.

— Mais il faut aussi que tu me payes, dit la sorcière, et ce n'est pas peu que je demande. Tu as la voix la plus ravissante parmi tous ceux qui sont ici, au fond de la mer, et sans doute crois-tu pouvoir charmer le prince avec cette voix, mais il faut me la donner. Je veux avoir ce que tu as de mieux pour ma précieuse boisson ; je dois t'y donner de mon propre sang, pour qu'elle soit acérée comme une épée à double tranchant.

— Mais si tu prends ma voix, dit la petite ondine, qu'est-ce qu'il me restera ?

— Ta charmante personne, dit la sorcière, ton allure ondoyante et tes yeux qui parlent, c'est assez pour séduire un cœur d'homme. Allons, ne perds pas courage, tends-moi ta langue, je la couperai en paiement, et tu auras la puissante boisson.

— Soit ! dit la petite ondine.

Et la sorcière prit sa marmite pour faire bouillir la boisson magique.

— La propreté est une bonne chose, dit-elle, et elle frotta la marmite avec les couleuvres nouées ensemble, puis elle s'écorcha sa propre poitrine et fit couler son sang noir. La vapeur eut les formes les plus étranges, il y avait de quoi vous terrifier. A tout instant la sorcière ajoutait quelque nouvel ingrédient, et lorsque le tout fut bien bouillant, on aurait dit des larmes de crocodile. Enfin la boisson fut à point, elle avait l'aspect de l'eau la plus pure.

— La voilà, dit la sorcière, et elle coupa la langue de la petite ondine, qui alors fut muette, et ne put ni chanter ni parler.

— Si les polypes t'attrapaient quand tu traverseras ma forêt, tu n'as qu'à leur jeter une goutte de cette boisson, et leurs bras et leurs doigts se briseront en mille morceaux.

Mais la petite ondine n'en eut pas besoin, les polypes s'écartèrent devant elle, effrayés, lorsqu'ils virent la boisson lumineuse briller dans sa main comme une étoile étincelante. Elle eut ainsi bientôt traversé la forêt, la tourbière et le gouffre grondant.

Elle put voir le château de son père ; les lumières étaient éteintes dans la grande salle de danse ; tout le monde dormait sûrement, et elle n'osa pas s'y présenter, maintenant qu'elle était muette et allait se séparer d'eux à jamais. Il lui sembla que son cœur allait se briser de chagrin. Elle se glissa dans le jardin, cueillit une fleur du parterre de chacune de ses sœurs, lança du doigt mille baisers vers le château, et monta au travers de la mer bleu sombre.

Le soleil n'était pas encore levé lorsqu'elle vit le château du prince ; elle monta le magnifique escalier de marbre. La lune brillait, merveilleusement claire. La petite ondine but la brûlante et âpre boisson, et ce fut comme si une épée à double tranchant avait fendu son corps délicat, elle s'évanouit et resta comme une morte. Lorsque le soleil resplendit sur la mer, elle se réveilla, et ressentit une douleur aiguë, mais devant elle se tenait le charmant jeune prince qui la regardait de ses yeux noirs, si fixement qu'elle baissa les siens, et vit que sa queue de poisson avait disparu, et qu'elle avait les plus jolies petites jambes blanches qu'aucune petite fille pouvait avoir ; mais elle était complètement nue, aussi s'enveloppa-t-elle dans sa longue chevelure. Le prince lui demanda qui elle était, et comment elle était venue là, et elle le regarda très doucement, mais d'un air désolé de ses yeux bleu sombre, car elle ne pouvait pas parler. Alors il la prit par la main et la conduisit au château. A chaque pas qu'elle faisait, c'était, ainsi que la sorcière l'en avait prévenue, comme si elle avait marché sur des aiguilles et des couteaux affilés, mais elle supportait cela volontiers ; la main dans la main du prince, elle monta aussi légèrement qu'une bulle d'air, et lui et tout le monde admirèrent sa démarche gracieuse et ondoyante.

Elle eut de précieux vêtements de soie et de mousseline ; elle était au château la plus belle de toutes, mais elle était muette, et ne pouvait ni chanter ni parler. De jolies esclaves vêtues de soie et d'or s'avancèrent et chantèrent pour le prince et ses parents royaux. L'une d'elles chantait mieux que toutes les autres, et le prince battit des mains et lui sourit, et la petite ondine fut attristée, elle savait qu'elle aurait chanté beaucoup mieux encore. Elle se disait : Oh, s'il savait que, pour être auprès de lui, j'ai cédé ma voix à tout jamais !

Ensuite les esclaves dansèrent des danses gracieuses et légères, accompagnées d'une admirable musique. Alors la petite ondine leva ses beaux bras blancs, se dressa sur la pointe de ses pieds, se balança doucement, et dansa comme personne encore n'avait dansé ; à chaque mouvement son charme devenait plus sensible et ses yeux parlaient plus profondément au cœur que le chant des esclaves.

Tout le monde était ravi, surtout le prince, qui l'appela son petit enfant trouvé, et elle dansa de plus en plus, bien que, chaque fois que son pied touchait la terre, ce fût comme si elle eût marché sur des couteaux affilés. Le prince dit qu'elle resterait toujours près de lui, et il lui permit de dormir à sa porte sur un coussin de velours.

Il lui fit faire un costume d'homme, afin qu'elle l'accompagnât à cheval. Ils couraient à travers des forêts embaumées, où les branches vertes lui frappaient les épaules, et les petits oiseaux chantaient derrière le frais feuillage. Avec le prince elle grimpa sur les hautes montagnes, et ses pieds délicats saignaient, tellement que les autres pouvaient le voir, mais elle en riait et suivait le prince jusqu'aux sommets où l'on voyait les nuages voguer au-dessous de soi comme s'ils étaient une troupe d'oiseaux partis pour les pays étrangers.

La nuit, au château du prince, lorsque les autres dormaient, elle descendait au large escalier de marbre, et cela rafraîchissait ses pieds brûlants de les tenir dans l'eau de mer froide, et alors elle songeait à ceux d'en bas, dans les profondeurs.

Une nuit, ses sœurs arrivèrent bras dessus, bras dessous, elles chantaient un chant très triste en nageant à la surface de l'eau, et elle leur fit signe ; et les sœurs la reconnurent et dirent combien elle leur avait fait de peine à toutes. Elles vinrent la voir chaque nuit depuis lors, et une nuit elle vit, de bien loin, la vieille grand-mère, qui n'avait pas été au-dessus de la mer depuis de nombreuses années, et le roi de la mer avec sa couronne sur la tête ; ils tendaient les mains vers elle, mais n'osaient pas approcher de la terre autant que ses sœurs.

De jour en jour elle devenait plus chère au prince, il l'aimait comme on peut aimer un bon enfant affectueux, mais il n'avait pas la moindre idée d'en faire sa reine, et il fallait qu'elle devînt sa femme, sans quoi elle n'aurait pas une âme immortelle, et, le matin qui suivrait son mariage, deviendrait écume sur la mer.

— N'est-ce pas moi que tu aimes le plus de toutes ? semblaient dire les yeux de la petite ondine, lorsqu'il la prenait dans ses bras et lui baisait son beau front.

— Oui, tu m'es la plus chère, disait le prince, car c'est toi qui as le meilleur cœur. C'est toi qui m'es le plus dévouée, et tu ressembles à une jeune fille que j'ai vue une fois, mais que sûrement je ne retrouverai jamais. J'étais sur un vaisseau qui échoua. Les vagues me jetèrent à la côte près d'un saint temple desservi par des jeunes filles ; la plus jeune me trouva là et me sauva la vie ; je ne l'ai vue que deux fois ; elle était la seule que je pouvais aimer d'amour en ce monde, mais tu lui ressembles ; en mon âme, tu relègues presque son image ; elle appartient au saint temple, et c'est pourquoi mon heureuse fortune t'a envoyée à moi, jamais nous ne nous séparerons !

Hélas, il ne sait pas que je lui ai sauvé la vie ! se dit la petite ondine. Je l'ai porté sur la mer jusqu'à la forêt où se trouve le temple, j'étais derrière l'écume et je regardais si personne n'allait venir. J'ai vu la jolie fille qu'il aime plus que moi ! — Et l'ondine soupira profondément, elle ne pouvait pas pleurer. — La fille appartient au saint temple, a-t-il dit, elle ne sortira jamais dans le monde ; ils ne se rencontreront plus, je suis près de lui, je le vois tous les jours, je le soignerai, je l'aimerai, je lui dévouerai ma vie !

Or, le prince va se marier, il épousera la fille du roi voisin, racontait-on, c'est pourquoi il arme un si magnifique vaisseau. Le prince voyage pour visiter le pays du roi voisin, à ce qu'on dit, mais c'est bien pour voir la fille du roi voisin, il emmènera une grande suite ; mais la petite ondine branlait la tête et riait ; elle connaissait les idées du prince beaucoup mieux que tous les autres.

— Il faut que je parte, lui avait-il dit, il faut que j'aille voir la belle princesse, mes parents l'exigent, mais me forcer à l'amener ici comme ma fiancée, ils ne le veulent pas. Je ne peux pas l'aimer, elle ne ressemble pas à la belle fille du temple, à laquelle tu ressembles ; si je devais un jour choisir une fiancée, ce serait plutôt toi, mon enfant trouvé, muette aux yeux qui parlent !

Et il baisa ses lèvres rouges, joua avec ses longs cheveux, et posa sa tête sur son cœur, qui se mit à rêver de bonheur humain et d'âme immortelle.

— Tu n'as pas peur de la mer, au moins, mon enfant muet ! dit-il, lorsqu'ils furent sur le magnifique vaisseau qui devait le conduire dans le pays du roi voisin, et il lui parla d'orage et de bonace, d'étranges poissons des profondeurs, et de ce que les plongeurs y avaient vu, et elle sourit de son récit, elle était mieux renseignée que personne sur le fond de la mer.

Dans la nuit claire, lorsque tout le monde dormait, excepté l'homme qui était à la barre, elle se tenait contre le plat-bord, et cherchait à travers l'eau claire, et il lui semblait apercevoir le château de son père, au sommet duquel la vieille grand-mère, sa couronne d'argent sur la tête, avait les yeux fixés en haut, vers la quille du vaisseau. Et les sœurs montèrent à la surface de l'eau, et regardèrent tristement la petite ondine, et tordirent leurs mains blanches, elle leur fit signe, leur sourit, et voulait raconter que tout allait bien et heureusement pour elle, mais le mousse s'approcha et les sœurs plongèrent, et le garçon crut que la blancheur qu'il avait aperçue était de l'écume sur la mer.

Le lendemain matin, le vaisseau entra dans le port de la ville splendide du roi voisin. Toutes les cloches des églises sonnaient, et des hautes tours on sonnait dans des trompettes, pendant que les soldats étaient alignés sous les drapeaux flottants avec leurs baïonnettes reluisantes. C'était tous les jours fête, dîners et bals se succédaient, mais la princesse n'était pas encore là, elle était élevée loin de là, disait-on, dans un saint temple où elle apprenait toutes les vertus royales. Enfin elle arriva.

La petite ondine était impatiente de voir sa beauté, et dut lui rendre justice, elle n'avait jamais vu plus charmante personne. La princesse avait la peau blanche et délicate, et derrière ses longs cils foncés souriaient des yeux bleu sombre fidèles.

— C'est toi ! dit le prince. Toi qui m'as sauvé lorsque j'étais étendu sur la côte comme un cadavre ! — Et il pressa dans ses bras sa fiancée rougissante.

— Oh, je suis trop heureux, dit-il à la petite ondine, ma meilleure espérance, que je n'ai jamais osé concevoir, est remplie. Tu te réjouiras de mon bonheur, toi qui, entre tous, as le plus d'affection pour moi.

Et la petite ondine lui baisa la main, mais il lui sembla que déjà son cœur se brisait. Le matin qui suivrait la noce devait lui donner la mort et la réduire en écume sur la mer.

Toutes les cloches des églises sonnaient, les hérauts à cheval parcouraient les rues et proclamaient les fiançailles. Sur tous les autels brûlaient des huiles parfumées dans de précieuses lampes d'argent. Les prêtres agitèrent des encensoirs, et les deux fiancés se tendirent la main et furent bénis par l'évêque. La petite ondine, en robe de soie et d'or, tenait la traîne de la mariée, mais son oreille n'entendait pas la musique de fête, son œil ne voyait pas la sainte cérémonie, elle pensait à sa nuit de mort, à tout ce qu'elle avait perdu en ce monde.

Le soir même les mariés montèrent à bord du vaisseau, les canons tonnèrent, tous les drapeaux flottèrent. Au milieu du vaisseau était dressée une tente royale d'or et de pourpre, et avec les plus délicieux coussins où le couple pouvait dormir dans la nuit calme et fraîche.

Les voiles se gonflèrent au vent, et le vaisseau glissa légèrement et sans grand mouvement sur la mer limpide.

Lorsqu'il fit sombre, des lampes de multiples couleurs furent allumées, et les marins dansèrent des danses joyeuses sur le pont. La petite ondine dut penser à la première fois qu'elle avait émergé de la mer, et vu le même faste et la même joie, et elle se lança en tourbillon dans la danse, se balança comme se balance le cygne quand il est poursuivi, et tout le monde l'admira et l'acclama, jamais elle n'avait dansé si admirablement ; ses pieds délicats étaient comme meurtris par des couteaux affilés, mais elle ne le sentait pas ; elle était plus douloureusement meurtrie au cœur. Elle savait que c'était le dernier soir qu'elle voyait celui pour qui elle avait abandonné sa famille et son foyer, donné sa voix exquise, et souffert tous les jours des tourments infinis, sans qu'il s'en doutât. C'était la dernière nuit qu'elle respirait le même air que lui, qu'elle voyait la mer profonde et le ciel bleu étoilé ; une nuit éternelle sans pensée ni rêve l'attendait, elle qui n'avait pas d'âme, qui ne pouvait en gagner une.

Et tout, sur le vaisseau, fut joie et gaieté, jusque longtemps après minuit, elle dansa et rit avec la pensée de la mort dans son cœur. Le prince embrassait sa charmante épousée, qui jouait avec ses cheveux noirs, et, se tenant par le bras, ils allèrent reposer dans la magnifique tente.

Le silence et le calme s'établirent sur le vaisseau, il n'y avait que l'homme à la barre, la petite ondine posa ses bras blancs sur le plat-bord, et regarda vers l'orient, épiant l'aube ; elle savait que le premier rayon de soleil allait la tuer. Elle vit alors ses sœurs émerger de la mer, elles étaient pâles comme elle ; leurs beaux cheveux longs ne flottaient plus au vent, ils étaient coupés.

— Nous les avons donnés à la sorcière, pour qu'elle fasse que tu ne meures pas cette nuit. Elle nous a donné un poignard, le voici, vois-tu comme il est aiguisé ? Avant que le soleil se lève, il faut que tu l'enfonces dans le cœur du prince, et quand son sang chaud jaillira sur tes pieds, ils s'uniront en une queue de poisson et tu redeviendras ondine, tu pourras descendre dans l'eau vers nous et vivre tes trois cents ans avant d'être écume morte de mer salée. Dépêche-toi ! il faut qu'il meure, ou toi, avant que le soleil se lève. Notre vieille grand-mère a tant de chagrin que ses cheveux blancs sont tombés, comme les nôtres sont tombés sous les ciseaux de la sorcière. Tue le prince et reviens ! Dépêche-toi, vois-tu la lueur rouge au ciel ? Dans quelques minutes le soleil va se lever, et alors tu dois mourir !

Et elles poussèrent un profond soupir et disparurent dans les vagues.

La petite ondine écarta le rideau de pourpre de la tente, et vit la charmante mariée qui dormait, la tête contre la poitrine du prince. Elle se baissa, mit un baiser sur le beau front du jeune homme, regarda le ciel où l'aube luisait de plus en plus, regarda le poignard aiguisé, puis de nouveau fixa les yeux sur le prince, qui prononça en rêve le nom de son épousée, sa pensée n'était que pour elle, et le poignard trembla dans la main de l'ondine..., mais elle le jeta bien loin dans les vagues, qui luirent rouge à l'endroit où il tomba, comme si des gouttes de sang avaient monté à la surface de l'eau, et elle sentit son corps se dissoudre en écume.

Et le soleil s'éleva sur la mer, ses rayons tombèrent doux et chauds sur la froide écume marine, et la petite ondine ne sentit pas la mort, elle vit le clair soleil, et au-dessus d'elle planaient des centaines de charmants êtres transparents ; elle pouvait à travers eux voir les voiles blanches du vaisseau et les nuages rouges du ciel, leurs voix étaient mélodieuses, mais si immatérielles qu'aucune oreille humaine ne pouvait les entendre, de même qu'aucun œil terrestre ne pouvait les voir ; sans ailes elles flottaient dans l'air en vertu de leur légèreté. La petite ondine s'aperçut qu'elle avait un corps tel que le leur, et qu'elle s'élevait de plus en plus au-dessus de l'écume.

— Vers qui est-ce que je monte ? dit-elle, et sa voix résonna comme celle des autres êtres, si immatérielle qu'aucune musique de l'air ne peut la rendre.

— Vers les filles de l'air ! répondirent les autres.

L'ondine n'a pas d'âme immortelle, ne peut jamais en avoir à moins de gagner l'amour d'un homme ; son existence éternelle dépend d'un vouloir étranger. Les filles de l'air n'ont pas non plus d'âme immortelle, mais elles peuvent s'en créer une elles-mêmes par de bonnes actions. Nous volons vers les pays chauds où l'air empesté tue les hommes, nous y soufflons la fraîcheur. Nous répandons dans l'air le parfum des fleurs et envoyons réconfort et guérison. Lorsque nous nous sommes efforcées pendant trois cents ans de faire autant de bien que nous pouvons, nous acquérons une âme immortelle et prenons part au bonheur éternel des hommes. Tu t'es efforcée de même que nous, pauvre petite ondine, de tout ton cœur. Tu as souffert et accepté la douleur, et tu t'es élevée au monde des esprits de l'air, tu peux maintenant par de bonnes actions te créer dans trois cents ans une âme immortelle.

Et la petite ondine leva ses bras blancs vers le soleil de Dieu, et pour la première fois elle sentit des larmes.

Sur le vaisseau il n'y avait aucun bruit ni mouvement ; elle vit le prince avec sa belle épousée qui la cherchaient des yeux, ils observaient avec tristesse l'écume des vagues, comme s'ils avaient su qu'elle aurait dû devenir écume sur la mer. Invisible, elle baisa le front du jeune homme, lui sourit, et avec les autres enfants de l'air monta sur le nuage rose qui voguait dans les hauteurs.

— Dans trois cents ans nous entrerons ainsi dans le royaume de Dieu !

— Nous pouvons y arriver aussi plus tôt, murmura l'une d'elles. Nous pénétrons invisibles dans les maisons des hommes, où il y a des enfants, et pour chaque jour où nous trouvons un bon enfant qui donne de la joie à ses parents et mérite leur amour, Dieu abrège notre temps d'épreuve. L'enfant ne sait pas quand nous volons dans la salle, et quand nous sourions de joie à sa vue, nous gagnons un an sur les trois cents, mais quand nous voyons un enfant vilain et méchant, il nous faut pleurer de tristesse, et chaque larme ajoute un jour à notre temps d'épreuve !

LE COSTUME NEUF
DE L'EMPEREUR

Il y a longtemps, vivait un empereur qui raffolait tellement de beaux costumes neufs qu'il donnait tout son argent pour être bien habillé. Il ne se souciait pas de ses soldats, ne se souciait pas de théâtre, ni d'aller en voiture dans la forêt, sinon uniquement pour montrer ses vêtements neufs. Il avait un costume pour chaque heure du jour, et de même que l'on dit d'un roi : il est au conseil, on disait toujours de lui : il est dans sa garde-robe.

Dans la grande ville où il habitait, on s'amusait beaucoup, chaque jour venaient de nombreux étrangers, un jour arrivèrent deux escrocs ; ils se donnèrent pour tisserands, et dirent qu'ils savaient tisser l'étoffe la plus ravissante que l'on pût imaginer. Non seulement les couleurs et le dessin en étaient exceptionnellement beaux, mais les habits taillés dans cette étoffe avaient la propriété merveilleuse d'être invisibles à quiconque ne savait pas remplir son emploi, ou bien était d'une irrémissible bêtise.

« Voilà de charmants habits, se dit l'empereur ; en les portant, je pourrai découvrir quels hommes ne savent pas remplir leur emploi dans mon royaume ; je pourrai distinguer les gens intelligents des sots ! oui, tout de suite il faut que l'on me tisse cette étoffe ! » Et il donna beaucoup d'argent aux deux escrocs à titre d'arrhes pour leur faire commencer leur travail.

Ils installèrent bien deux métiers à tisser, et firent semblant de travailler, mais ils n'avaient rien du tout sur le métier. Bien vite ils demandèrent la soie la plus fine et l'or le plus magnifique ; ils fourrèrent le tout dans leur propre sac et travaillèrent avec les métiers vides, et même jusque tard dans la nuit.

« Je voudrais bien savoir où ils en sont de leur étoffe », se dit l'empereur, mais il se sentit un peu gêné à l'idée que celui qui était bête ou convenait mal à son emploi ne pourrait rien voir, il pensait bien qu'il n'avait rien à craindre pour lui-même, mais il voulait d'abord envoyer quelqu'un voir comment ça marchait. Tous les gens de la ville savaient quelle merveilleuse qualité l'étoffe possédait, et chacun était curieux de voir combien son voisin était bête ou incapable.

« Je vais envoyer aux tisserands mon vieux et brave ministre, se dit l'empereur, c'est lui qui peut le mieux voir l'effet que fait l'étoffe, car il est intelligent, et personne mieux que lui ne remplit sa fonction. »

Et le vieux et honnête ministre entra dans la salle où les deux escrocs travaillaient à leurs métiers vides. « Dieu ait pitié de nous, se dit le vieux ministre en écarquillant les yeux ; je ne vois rien du tout ! » Mais il ne le dit pas.

Les deux escrocs le prièrent d'avoir la bonté de s'approcher, et lui demandèrent si ce n'était pas là un beau dessin et de charmantes couleurs. Et ils montraient le métier vide, et le pauvre vieux ministre continuait à écarquiller les yeux, mais ne pouvait rien voir, car il n'y avait rien. « Grand Dieu, songeait-il, est-ce que je serais bête ! Je ne l'ai jamais cru, et il ne faut pas que personne le sache ! est-ce que je remplirais mal ma fonction ? Non, il convient de ne pas raconter que je ne peux pas voir l'étoffe ! »

— Eh bien, vous n'en dites rien ! dit l'un des deux qui tissaient.

— Oh, c'est joli, c'est tout à fait magnifique, dit le vieux ministre en regardant avec ses lunettes, ce dessin et ces couleurs !... oui, je dirai à l'empereur que cela me plaît extrêmement !

— Ah, ça nous fait plaisir, dirent les deux tisserands, et ils désignèrent les couleurs par leurs noms et expliquèrent l'étrange dessin. Le vieux ministre les écouta avec attention, afin de pouvoir répéter ce qu'il entendait, lorsqu'il serait revenu auprès de l'empereur, et c'est ce qu'il fit.

Alors les escrocs demandèrent encore de l'argent, ainsi que de la soie et de l'or qui devaient servir au tissage. Ils mirent tout dans leurs poches, et pas un fil ne vint sur le métier, mais ils continuèrent comme auparavant à tisser sur le métier vide.

L'empereur envoya bientôt un second haut fonctionnaire honnête pour voir comment allait le tissage et si l'étoffe serait bientôt prête. Ce fut pour lui comme pour le ministre, il regarda et regarda, mais comme il n'y avait rien que le métier vide, il ne put rien voir.

— Eh bien, n'est-ce pas une belle pièce d'étoffe ! dirent les deux escrocs, et ils montrèrent et expliquèrent le ravissant dessin qui n'existait pas.

Je ne suis pas bête ! songea l'homme, c'est donc mon bon emploi auquel je ne conviens pas ? C'est assez bizarre ! mais il ne faut pas que l'on s'en aperçoive ! Et il loua l'étoffe qu'il ne voyait pas, et affirma sa joie des belles couleurs et du charmant dessin.

— Oui, c'est tout à fait magnifique ! dit-il à l'empereur.

Tous les gens de la ville parlèrent de la superbe étoffe.

Et l'empereur voulut la voir lui-même pendant qu'elle était encore sur le métier. Avec tout un groupe d'hommes éminents, parmi lesquels étaient les deux vieux fonctionnaires qui déjà y étaient venus, il se rendit auprès des deux escrocs malins, qui tissaient de toutes leurs forces, mais sans le moindre fil.

— Oui, n'est-ce pas admirable ! dirent les deux fonctionnaires honnêtes. Votre Majesté veut-elle voir... quel dessin, quelles couleurs ! — Et ils montraient du doigt le métier vide, car ils croyaient que les autres pouvaient sûrement voir l'étoffe.

« Comment ! se dit l'empereur. Je ne vois rien ! C'est effrayant, suis-je bête ! Ne suis-je pas capable d'être empereur ? Il ne pourrait rien m'arriver de plus terrible ! »

— Oh, c'est très beau, dit l'empereur, je donne ma plus haute approbation !

Et il fit un signe de tête satisfait et considéra le métier vide. Il ne voulait pas dire qu'il ne pouvait rien voir. Toute la suite qu'il avait amenée regardait et regardait sans y voir plus que tous les autres, mais tous disaient comme l'empereur : « Oh, c'est très beau ! » et lui conseillaient de porter pour la première fois un costume taillé dans cette nouvelle étoffe superbe à la grande procession qui devait avoir lieu bientôt. C'est admirable, ravissant, parfait ! disait-on en chœur, et tout le monde était enchanté. L'empereur gratifia chacun des deux escrocs d'une croix de chevalier à mettre à leurs boutonnières, et du titre d'écuyers-tisserands.

Toute la nuit qui précéda le matin où la procession

devait se dérouler, les escrocs furent à l'œuvre avec plus de seize lumières allumées. Les gens pouvaient voir qu'ils se dépêchaient d'achever le nouveau costume de l'empereur. Ils firent comme s'ils ôtaient l'étoffe du métier, coupèrent l'air avec de grands ciseaux, cousirent avec des aiguilles sans fil, et dirent enfin :

— Voilà, le costume est terminé !

L'empereur vint lui-même, avec ses chevaliers d'honneur, et les deux escrocs levèrent un bras en l'air comme s'ils tenaient quelque chose, et dirent :

— Voilà le pantalon ! Voilà l'habit ! Voilà le manteau ! — et ainsi de suite. — C'est léger comme une toile d'araignée ! on croirait que l'on n'a rien sur le corps, mais c'est justement la qualité de l'étoffe.

— Oui ! dirent tous les chevaliers, mais ils ne pouvaient rien voir, puisqu'il n'y avait rien.

— Votre Majesté Impériale veut-elle avoir la bonté de se déshabiller, pour que nous lui mettions l'habit neuf devant ce grand miroir.

L'empereur ôta tous ses vêtements et les escrocs firent simplement le geste de lui donner chaque pièce des nouveaux, qui étaient soi-disant cousus, et ils le prirent par la taille, et eurent l'air d'attacher quelque chose, c'était la traîne, et l'empereur se tourna et se retourna devant le miroir.

— Dieu, comme c'est bien pris ! comme ça va parfaitement ! dirent-ils tous. Quel dessin ! quelles couleurs ! en voilà, un précieux habit !

— Les gens qui doivent porter le dais au-dessus de Votre Majesté pendant la procession sont là, dehors, dit le maître des cérémonies.

— Oui, me voilà prêt, dit l'empereur. Ça va-t-il bien ?

Et il se tourna encore une fois devant le miroir, car il

fallait qu'il eût l'air de bien contempler son costume de gala.

Les chambellans qui devaient porter la traîne touchèrent avec les mains par terre, comme s'ils la relevaient ; ils marchèrent, les mains devant eux, car ils ne voulaient pas que l'on s'aperçût qu'ils ne voyaient rien.

Et l'empereur défila dans la procession sous le magnifique dais, et tout le monde, dans la rue et aux fenêtres, disait : Dieu, comme le nouveau costume de l'empereur est splendide ! quelle belle traîne il a ! comme elle est d'un bel effet ! Personne ne voulait que l'on s'aperçût qu'il ne voyait rien, car cela aurait prouvé qu'on n'aurait pas bien rempli son emploi, ou aurait été très bête. Aucun costume de l'empereur n'avait obtenu un tel succès.

— Mais il n'a rien sur lui ! dit un petit enfant.

— Grand Dieu, entendez la voix de l'innocence, dit le père.

Et chacun de chuchoter à son voisin ce que l'enfant avait dit.

— Il n'a rien sur lui, un petit enfant dit qu'il n'a rien sur lui.

— Il n'a rien sur lui ! cria finalement tout le peuple.

Et l'empereur eut un frisson, car il lui semblait bien que ces gens avaient raison, mais il se disait qu'il lui fallait subir la procession jusqu'au bout, et il prit une allure encore plus fière, et les chambellans marchèrent, tenant la traîne qui n'existait pas.

L'INÉBRANLABLE SOLDAT DE PLOMB

Il y avait une fois vingt-cinq soldats de plomb qui étaient tous frères, car ils étaient tous nés d'une vieille cuillère de plomb. Ils étaient l'arme au bras, la tête droite, rouges et bleus, l'uniforme était assez bien. La première parole qu'ils entendirent en ce monde, lorsqu'on ôta le couvercle de la boîte où ils étaient couchés fut : Des soldats de plomb ! Un petit garçon avait poussé ce cri et battait des mains ; il les avait eus parce que c'était son jour de naissance, et se mit à les ranger sur la table. Chacun des soldats ressemblait exactement aux autres ; un seul était un peu différent : il n'avait qu'une jambe, ayant été le dernier coulé, quand il ne restait plus assez de plomb. Il se tenait tout de même solidement sur son unique jambe, comme les autres sur leurs deux, et c'est lui, précisément, dont l'histoire est curieuse.

Sur la table où ils étaient rangés se trouvaient beaucoup d'autres jouets ; mais celui qu'on remarquait le plus était un joli château de carton. Par les petites fenêtres on pouvait voir dans les salons. Dehors, de petits arbres entouraient un petit miroir qui était censé représenter un lac ; des cygnes de cire nageaient dessus et s'y miraient. Le tout était gentil, mais le plus ravissant était une petite demoiselle debout au milieu de la porte du château, elle aussi était coupée dans du carton, mais elle avait une jupe de linon très clair, et un ruban bleu sur l'épaule, comme une draperie ; au milieu du ruban était fixée une paillette brillante aussi grande que sa figure. La petite demoiselle avait les deux bras en l'air, car elle était danseuse, et elle levait si haut une de ses jambes que le soldat de plomb ne la voyait pas, et croyait que la demoiselle n'avait qu'une jambe, comme lui.

Voilà une femme pour moi, se dit-il, mais elle est d'un haut rang, elle habite un château, moi, je n'ai qu'une boîte, et nous sommes vingt-cinq dedans, ce n'est pas un endroit pour elle. Tout de même, il faut que je tâche de faire connaissance.

Et il s'étendit tout de son long derrière une tabatière qui était sur la table ; de là, il pouvait regarder la délicate petite dame qui continuait à rester sur une jambe sans perdre l'équilibre.

Lorsque la soirée s'avança, tous les autres soldats de plomb entrèrent dans leur boîte et les gens de la maison allèrent se coucher. Alors les jouets se mirent à jouer, c'est-à-dire à recevoir, à se battre et à danser ; les soldats de plomb faisaient du bruit dans la boîte, car ils voulaient en être, mais ne parvenaient pas à soulever le couvercle. Le casse-noisettes faisait des culbutes, et le morceau de craie plaisantait avec l'ardoise. Le tapage fut tel que le canari se réveilla et se mit à bavarder, et même en vers. Les deux seuls qui ne bougèrent pas de place furent le soldat de plomb et la petite danseuse ; elle se tenait droite sur la pointe du pied, les deux bras en l'air ; et lui n'était pas moins inébranlable sur son unique jambe et pas un instant il ne quittait des yeux la demoiselle.

Minuit sonna, et clac ! voilà le dessus de la tabatière

qui saute ; elle ne contenait pas de tabac, pas une miette, mais un petit troll noir, c'était une attrape.

— Soldat de plomb, dit le troll, veux-tu bien ne pas fixer les yeux comme ça !

Mais le soldat de plomb fit comme s'il n'entendait pas.

— Oui, attends à demain, tu verras, dit le troll.

Lorsque vint le matin et que les enfants arrivèrent, le soldat de plomb fut placé sur la fenêtre, et, soit que ce fût le troll ou le courant d'air, soudain la fenêtre s'ouvrit et le soldat fut précipité la tête la première du troisième étage. Ce fut un voyage terriblement rapide, il avait la jambe en l'air, et resta debout sur sa casquette, avec la baïonnette enfoncée entre deux pavés.

La bonne et le petit garçon descendirent tout de suite pour le chercher ; en bas, ils furent sur le point de marcher dessus, et ne purent pourtant pas le trouver. Si le soldat de plomb avait crié : Me voici ! ils l'auraient bien trouvé, mais il ne trouva pas convenable de crier, parce qu'il était en uniforme.

La pluie se mit à tomber très fort, ce fut une sérieuse averse ; lorsqu'elle fut passée, arrivèrent deux gamins des rues.

— Tiens, dit l'un, voilà un soldat de plomb ! il va partir en bateau !

Les gamins firent un bateau avec un journal, placèrent le soldat de plomb au milieu, et voilà le bateau qui descend le ruisseau ; les deux garçons couraient à côté et battaient des mains. Bon Dieu, quelles vagues dans le ruisseau, et quel courant ! il est vrai qu'il avait plu à verse. Le bateau de papier était ballotté, montant, descendant, parfois virant aussi, et si brusquement que le soldat de plomb en palpitait ; mais il demeura inébranlable, fit bonne contenance, et regarda devant lui, l'arme au bras.

Soudain le bateau entra sous une dalle recouvrant le ruisseau ; il y faisait aussi noir que si le soldat de plomb avait été dans sa boîte.

« Où est-ce que je vais arriver, se demandait-il ; oh, c'est la faute du troll. Si du moins la petite demoiselle était ici dans le bateau, j'accepterais bien qu'il y fît encore plus sombre. »

A ce moment se présenta un gros rat d'égout qui habitait sous la dalle du ruisseau.

— As-tu un passeport ? demanda le rat. Montre ton passeport !

Mais le soldat de plomb se tut et tint son fusil encore plus serré. Le bateau fila, et le rat derrière. Aïe, comme il grinçait des dents, et criait au secours.

— Arrêtez-le ! arrêtez-le ! Il n'a pas payé la douane ! Il n'a pas montré de passeport !

Mais le courant devenait de plus en plus fort, le soldat de plomb pouvait apercevoir déjà le jour devant lui à l'endroit où finissait la dalle, seulement, il entendait aussi un grondement dont un homme brave pouvait bien s'effrayer ; songez donc, à l'endroit où cessait la dalle, le ruisseau se déversait tout droit dans un grand canal ; pour le soldat de plomb, c'était aussi dangereux que pour nous d'être entraîné dans une grande cascade.

Il en était si près qu'il ne pouvait pas s'arrêter, le bateau fut projeté, le pauvre soldat de plomb se tint aussi raide qu'il put. Personne ne peut lui reprocher d'avoir seulement cligné de l'œil. Le bateau tournoya trois, quatre fois, et fut rempli d'eau jusqu'au bord, il ne pouvait que sombrer ; le soldat de plomb avait de l'eau jusqu'au cou, et le bateau s'enfonçait toujours ; le papier se défaisait de plus en plus ; l'eau passa par-dessus la tête du soldat..., il pensa à la petite danseuse qu'il ne verrait plus, et aux oreilles du soldat de plomb tinta :

Danger, danger, guerrier !
Tu vas subir la mort !

Et le papier creva, le soldat de plomb le transperça... mais fut avalé aussitôt par un gros poisson.

Non, qu'il faisait sombre là-dedans, c'était encore pire que sous la dalle du ruisseau, et puis, on était à l'étroit ; mais le soldat de plomb fut inébranlable ; il resta tout de son long l'arme au bras.

Le poisson s'agita, se livra aux mouvements les plus désordonnés ; il finit par rester tout à fait immobile, et il fut traversé comme par un éclair. La lumière brilla tout à fait claire, et quelqu'un s'écria :

— Un soldat de plomb !

Le poisson avait été pêché, apporté au marché, vendu, et monté à la cuisine où la bonne l'avait ouvert avec un grand couteau. Entre ses deux doigts elle avait pris le soldat par la taille et le porta au salon, où tout le monde voulait voir un homme si remarquable, qui avait circulé dans le ventre d'un poisson ; mais le soldat de plomb n'était pas fier du tout. On le posa sur la table, et... comme ce qui arrive en ce monde peut être bizarre..., le soldat de plomb se trouva dans le même salon où il avait déjà été, il vit les mêmes enfants, et les jouets étaient sur la table ; il revit le délicieux château avec la gentille petite danseuse ; elle se tenait toujours sur une seule jambe et avait l'autre haut en l'air, elle aussi était inébranlable ; le soldat de plomb en fut ému, il fut sur le point de pleurer, mais ce n'était pas convenable. Il la regarda ; et elle le regarda, mais ils ne dirent rien.

Soudain l'un des petits garçons prend le soldat et le

jette dans le poêle, sans donner aucun motif ; c'était sûrement la faute du troll de la tabatière.

Le soldat de plomb fut tout ébloui et ressentit une chaleur effroyable, mais cela venait-il vraiment du feu ou bien de l'amour, il ne le savait pas. Ses couleurs s'étaient effacées, était-ce arrivé par le fait du voyage ou par le chagrin, personne ne pouvait le dire. Il se sentait fondre, mais se tenait encore inébranlable, l'arme au bras. Alors une porte fut ouverte, le vent s'empara de la danseuse, qui s'envola comme une sylphide vers le poêle, auprès du soldat de plomb, elle s'enflamma et disparut ; puis le soldat de plomb fondit en un petit pâté, et lorsque la bonne, le lendemain, enleva les cendres, elle le trouva comme un petit cœur de plomb ; de la danseuse il ne restait que la paillette, et elle était noire comme charbon.

LES CYGNES SAUVAGES

Bien loin d'ici, au pays où s'enfuient les hirondelles quand nous avons l'hiver, habitait un roi qui avait onze fils et une fille, Élisa. Les onze frères, qui étaient princes, allaient à l'école avec une plaque sur la poitrine et un sabre au côté ; ils écrivaient sur des tables d'or avec des crayons de diamant, et ils apprenaient aussi bien, qu'il s'agît de comprendre ou de savoir par cœur, on voyait tout de suite qu'ils étaient princes. La sœur Élisa était assise sur un petit tabouret de verre et avait un livre d'images qu'on avait acheté pour la moitié du royaume.

Oh, ces enfants étaient bien traités, mais il ne devait pas toujours en être ainsi.

Leur père, qui était roi de tout le pays, se remaria avec une reine méchante qui n'aima pas du tout les pauvres enfants ; ils purent s'en apercevoir dès le premier jour ; comme il y avait grande fête au château, les enfants jouaient à recevoir des visites ; mais au lieu de leur donner, comme d'habitude, tous les gâteaux et les pommes cuites que l'on pouvait trouver, elle ne leur donna que du sable dans une tasse de thé, et leur dit de faire comme si c'était bon.

La semaine suivante elle plaça la petite sœur Élisa

chez des paysans à la campagne, et elle ne tarda pas à en faire tant accroire au roi sur les pauvres princes, qu'il ne se soucia plus d'eux le moins du monde.

— Envolez-vous dans le monde et gardez-vous vous-mêmes ! dit la méchante reine ; envolez-vous comme de grands oiseaux, mais sans voix !

Elle ne put cependant pas rendre cela aussi vilain qu'elle l'aurait voulu ; ils devinrent onze superbes cygnes sauvages. Avec un cri singulier ils s'envolèrent par les fenêtres du château au-dessus du parc et de la forêt.

Ce fut le matin de très bonne heure qu'ils arrivèrent à l'endroit où leur sœur Élisa était couchée et dormait dans la maison du paysan ; ils planèrent au-dessus du toit, tournèrent leurs longs cous, et battirent des ailes, mais personne ne le vit ni ne l'entendit ; ils durent repartir, volant haut près des nuages, loin dans le vaste monde ; ils volèrent ainsi dans une grande forêt sombre, qui s'étendait jusqu'à la côte.

La pauvre petite Élisa était dans la salle du paysan et jouait avec une feuille verte, elle n'avait pas d'autre jouet ; elle piqua un trou dans la feuille, regarda le soleil au travers, et il lui sembla voir les yeux clairs de ses frères, et chaque fois que les chauds rayons du soleil luisaient sur ses joues, elle pensait à leurs baisers.

Les jours se succédaient, monotones. Si le vent soufflait à travers la haie de rosiers devant la maison, elle murmurait aux roses : Qui peut être plus beau que vous ? Mais les roses branlaient la tête et disaient : C'est Élisa ! Et quand la vieille femme, le dimanche, était assise à sa porte et lisait son psautier, le vent tournait les pages et disait au livre :

Qui peut être plus pieux que toi ? — C'est Élisa ! disait le psautier, et ce que disaient les roses et le psautier, c'était la pure vérité.

Lorsqu'elle eut quinze ans, elle dut rentrer chez elle ; et quand la reine eut vu comme elle était belle, elle en fut courroucée et lui voua sa haine ; volontiers elle l'aurait transformée en cygne sauvage, comme ses frères, mais elle n'osa le faire tout de suite, car le roi désirait voir sa fille.

Le matin de bonne heure, la reine alla au bain, qui était construit en marbre, et orné de coussins moelleux et de superbes tentures, et elle prit trois crapauds, les baisa, et elle dit à l'un :

— Pose-toi sur la tête d'Élisa, quand elle entrera dans l'eau, afin qu'elle devienne aussi gourde que toi. — Pose-toi sur son front, dit-elle au second, afin qu'elle devienne aussi laide que toi et que son père ne la reconnaisse pas. — Repose-toi sur son cœur, murmura-t-elle au troisième, afin qu'elle devienne méchante, et en éprouve le tourment !

Et elle mit les crapauds dans l'eau claire, qui prit aussitôt une teinte verte, puis appela Élisa, la déshabilla, et la fit descendre dans l'eau, et au moment où la jeune fille s'y plongea, l'un des crapauds se posa sur ses cheveux, le second sur son front, et le troisième sur sa poitrine, mais Élisa ne parut pas du tout s'en apercevoir, aussitôt qu'elle sortit de l'eau, trois coquelicots surnagèrent à la surface ; si les animaux n'avaient pas été venimeux et baisés par la sorcière, ils auraient été mués en églantines, mais ils devinrent tout de même fleurs pour avoir reposé sur la tête et le cœur d'Élisa ; elle était trop pieuse et innocente pour que la magie eût pouvoir sur elle.

Lorsque la méchante reine vit cela, elle se mit à la frotter avec du brou de noix qui la rendit brun foncé, oignit son visage avec un onguent puant, et lui emmêla les cheveux ; il était impossible de reconnaître la belle Élisa.

Aussi, lorsque son père la vit, il fut épouvanté, et dit que ce n'était pas sa fille ; personne ne voulut la reconnaître, sauf le chien de garde et les hirondelles, mais c'étaient là de pauvres bêtes qui n'avaient rien à dire.

Alors la malheureuse Élisa pleura et pensa à ses onze frères qui étaient déjà partis. Toute triste elle se faufila hors du château, marcha toute la journée à travers champs et marais et entra dans la grande forêt. Elle ne savait pas du tout où elle irait, mais elle se désolait, et regrettait ses frères, ils étaient sûrement aussi, comme elle, chassés et errants dans le monde, elle voulait les chercher et les trouver.

Elle n'était que depuis peu de temps dans la forêt quand la nuit tomba ; elle était loin de toute route et de tout sentier ; elle s'étendit sur un doux lit de mousse, récita sa prière du soir et appuya sa tête sur une souche. Tout était calme, l'air était léger, et tout autour, dans l'herbe et sur la mousse, plus de cent vers luisants brillaient comme un feu vert ; lorsque sa main touchait une des branches, les lumineux insectes tombaient sur elle comme des étoiles filantes.

Toute la nuit elle rêva de ses frères ; ils jouaient de nouveau comme en leur enfance, écrivaient sur des tables d'or avec des crayons de diamant, et feuilletaient le magnifique livre d'images qui avait coûté la moitié du royaume. Mais sur les tables ils n'écrivaient plus, comme autrefois, seulement des zéros et des traits, non, mais les hardis exploits qu'ils avaient accomplis, tout ce qui leur était arrivé, ce qu'ils avaient vu ; et dans le livre d'images tout était vivant, les oiseaux chantaient, et les gens sortaient du livre et parlaient à Élisa et à ses frères, mais lorsqu'elle tournait la page, ils se remettaient vite en place, afin de ne pas en brouiller les images.

Lorsqu'elle se réveilla, le soleil était déjà haut ; elle ne pouvait pas le voir, les grands arbres étendaient au-dessus d'elle leurs branches touffues, mais ses rayons jouaient comme une floraison d'or ; la verdure était embaumée ; les oiseaux semblaient vouloir se poser sur les épaules d'Élisa. Elle entendit l'eau clapoter ; il y avait beaucoup de sources, qui tombaient toutes dans un étang dont le fond de sable était ravissant ; des buissons épais, il est vrai, l'entouraient, mais, à un endroit, les cerfs avaient percé une large ouverture, par où Élisa vint au bord de l'eau, qui était aussi claire que si le vent n'avait pas agité les branches et les buissons ; elle aurait dû les croire peints au fond, tellement chaque feuille se reflétait nettement, aussi bien celle que le soleil éclairait que celle qui était tout à fait dans l'ombre.

Aussitôt qu'elle vit son visage, elle fut effrayée, tant elle le trouva brun et laid, mais lorsqu'elle eut mouillé sa petite main et frotté ses yeux et son front, la peau blanche reparut ; alors elle se dépouilla de tous ses vêtements et entra dans l'eau fraîche, il n'y avait pas en ce monde plus délicieuse enfant royale.

Après s'être rhabillée et avoir tressé ses longs cheveux, elle gagna la source jaillissante, y but dans le creux de sa main, et continua sa marche à travers la forêt sans savoir où elle allait. Elle pensait à ses frères, elle pensait au bon Dieu, qui certainement ne l'abandonnerait pas ; il faisait pousser les pommiers sauvages pour nourrir les affamés ; il lui montra un tel arbre aux branches courbées par les fruits, c'est là qu'elle prit son repas, elle étaya les branches et s'en alla dans la partie la plus sombre de la forêt. Le silence y était tel, qu'elle entendait ses propres pas, entendait chaque petite feuille sèche qui craquait sous son pied ; on ne voyait pas un oiseau, et aucun rayon de soleil ne pouvait percer à travers l'épais feuillage ; les hauts troncs étaient si rapprochés qu'à regarder droit devant elle, il lui semblait que cette barrière de poutres serrées les unes contre les autres l'encerclait ; jamais elle n'avait eu l'idée d'une pareille solitude.

La nuit fut noire ; pas le moindre petit ver luisant ne brilla sur la mousse ; toute triste, elle s'étendit pour dormir ; alors, elle crut voir les branches des arbres s'écarter au-dessus d'elle, et Notre-Seigneur la regarder avec des yeux très doux, et de petits anges, au-dessus de sa tête et sous ses bras, jetaient un coup d'œil.

Lorsqu'elle se réveilla le matin, elle ne savait pas si elle avait rêvé ou si c'était réellement ainsi.

Elle fit quelques pas, et rencontra une vieille femme qui portait des baies dans son panier, et lui en offrit. Élisa lui demanda si elle n'avait pas vu onze princes chevaucher dans la forêt.

— Non, dit la vieille, mais j'ai vu hier onze cygnes avec des couronnes d'or sur leurs têtes nager vers la rivière tout près d'ici.

Et elle conduisit Élisa un peu plus loin sur une pente au pied de laquelle serpentait une rivière ; les arbres qui étaient sur ses bords étendaient leurs grandes branches verdoyantes les uns vers les autres, et lorsque leur taille naturelle ne leur permettait pas de se rejoindre, ils avaient arraché de la terre leurs racines, et se penchaient sur l'eau, leurs branches entremêlées.

Élisa dit adieu à la vieille, et longea la rivière jusqu'à l'endroit où elle atteignit le large rivage ouvert.

Toute l'admirable mer s'étendait devant la jeune fille ; mais pas une voile ne se montrait au large, on ne voyait pas une barque, comment pourrait-elle aller plus loin ? Elle considéra les innombrables petits cailloux de la rive ; l'eau les avait tous polis et arrondis. Verre, pierres, fer, tout ce qui avait été jeté par le flot avait pris forme sous l'action de l'eau, qui est pourtant beaucoup plus douce que la main délicate d'Élisa.

L'eau continue inlassablement à rouler, se dit-elle, et ce qui est dur s'assouplit, je veux être tout aussi inlassable ! Merci pour la leçon que vous donnez, ô claires vagues roulantes ; un jour, mon cœur me le dit, vous me porterez vers mes chers frères !

Sur le varech jeté à la côte se trouvaient onze plumes blanches de cygnes ; elle les assembla en un bouquet ; il y avait sur elles des gouttes d'eau, on ne pouvait voir si c'était de la rosée ou des larmes. Le rivage était solitaire, mais elle ne le sentait pas, car la mer présente une étonnante diversité, en quelques heures elle offre plus d'aspects différents que n'en peuvent montrer des lacs en toute une année. S'il survenait un grand nuage noir, la mer avait l'air de dire : moi aussi, je peux avoir sombre mine, et alors le vent soufflait, et les vagues montraient une crête blanche ; et si les nuages se coloraient en rose et si le vent dormait, la mer était comme un pétale de rose ; tantôt elle était verte, ou blanche, mais si paisible qu'elle fût, toujours il y avait quelque mouvement sur ses bords, l'eau se soulevait légèrement, comme la poitrine d'un enfant qui dort.

Lorsque le soleil fut sur le point de se coucher, Élisa vit voler vers la terre onze cygnes qui portaient des couronnes d'or sur leurs têtes ; ils planaient à la queue leu leu, on aurait dit un long ruban blanc ; Élisa se leva sur la colline et se cacha derrière un buisson ; les cygnes descendirent près d'elle et battirent de leurs grandes ailes blanches.

Au moment où le soleil tomba au-dessous de la mer, leur aspect de cygnes disparut soudain, et il y eut là onze charmants princes, les frères d'Élisa. Elle poussa un grand cri, car, bien qu'ils fussent très changés, elle savait que c'était eux, sentait que ce devait être eux ; et elle sauta dans leurs bras, les appela par leurs noms, et ils furent tout heureux de voir et de reconnaître leur petite sœur qui était devenue grande et ravissante. Ils rirent et ils pleurèrent, et ils eurent bientôt compris combien leur belle-mère avait été méchante pour eux tous.

— Nous, tes frères, dit l'aîné, nous volons, comme des cygnes sauvages, tant que le soleil est au ciel ; quand il est descendu, nous prenons notre forme humaine ; aussi devons-nous toujours faire attention d'avoir, au moment du coucher du soleil, où poser le pied ; car si nous volons, à ce moment-là, dans les nuages, nous serons, en qualité d'hommes, précipités dans l'abîme. Nous n'habitons pas ici ; de l'autre côté de la mer est un autre pays aussi beau que celui-ci ; mais le chemin pour y aller est long, il nous faut traverser la grande mer, et sur notre parcours il n'y a pas d'îles où passer la nuit, seulement un petit rocher isolé, au milieu ; il est juste assez grand pour que nous puissions nous y reposer les uns contre les autres ; si la mer est forte, l'eau jaillit haut au-dessus de nous ; mais, tel qu'il est, nous remercions Dieu pour ce rocher. Nous y passons la nuit sous notre forme humaine, sans lui, nous ne pourrions jamais rendre visite à notre cher pays, car il nous faut pour le voyage deux des plus longs jours de l'année. Une seule fois dans l'année il nous est permis de venir dans le pays de nos pères, nous pouvons y rester onze jours, et voler au-dessus de cette grande forêt, d'où nous pouvons apercevoir le château où nous sommes nés, et qu'habite notre père, nous voyons la haute tour de l'église où notre mère est enterrée. Il nous semble qu'ici les arbres et les buissons nous sont familiers, les chevaux sauvages y courent sur les plaines, comme nous l'avons vu dans notre enfance, le charbonnier y chante les vieilles chansons sur lesquelles nous dansions, enfants ; c'est notre patrie, nous sommes attirés ici, et nous t'y avons trouvée, chère petite sœur. Oh, chère petite sœur, nous pouvons rester ici encore deux jours, ensuite il nous faudra voler au-dessus de la mer pour aller dans un beau pays, mais qui n'est pas notre pays ! Comment pourrons-nous t'emmener ? Nous n'avons ni vaisseau ni barque.

— Comment est-ce que je pourrai vous sauver ! dit la sœur.

Et ils causèrent ensemble presque toute la nuit, on ne dormit que quelques heures.

Élisa se réveilla au bruit des ailes de cygnes qui s'agitaient au-dessus d'elle. Les frères étaient de nouveau mués et décrivaient de grands cercles, et finalement volèrent bien loin, mais l'un d'eux, le plus jeune, resta ; et le cygne posa la tête sur les genoux d'Élisa qui lui caressa ses ailes blanches ; toute la journée ils furent ensemble. Vers le soir les autres revinrent, et lorsque le soleil fut couché, ils reprirent leur forme naturelle.

— Demain nous nous envolons d'ici pour ne plus revenir avant un an, mais nous ne pouvons pas t'abandonner ainsi. As-tu le courage de venir avec nous ? Mon bras est assez fort pour te porter dans la forêt, n'aurions-nous pas tous les ailes assez fortes pour voler avec toi au-dessus de la mer ?

— Oui, emmenez-moi, dit Élisa.

Ils passèrent toute la nuit à fabriquer un filet avec la souple écorce du bouleau et les joncs résistants, et ce fut grand et solide ; Élisa s'y étendit, et lorsque le soleil se montra, et que les frères furent mués en cygnes sauvages, ils saisirent le filet avec leurs becs et s'envolèrent vers les nuages avec la chère sœur qui dormait encore. Les rayons du soleil lui tombaient en plein dans la figure, aussi l'un des cygnes alla voler au-dessus de sa tête afin de lui donner l'ombre de ses larges ailes.

Ils étaient loin de la terre quand Élisa se réveilla ; elle croyait encore rêver, tant cela lui parut étrange d'être portée au-dessus de la mer, haut à travers l'espace. A côté d'elle était une branche de jolies baies mûres et une botte de racines savoureuses ; le plus jeune des frères était allé les prendre et les avait déposées près d'elle, et elle lui sourit avec reconnaissance, car elle savait que c'était lui, qui volait au-dessus de sa tête et l'ombrageait de ses ailes.

Ils étaient si haut en l'air que le premier vaisseau qu'ils virent au-dessous d'eux leur paraissait une mouette blanche posée sur l'eau. Un grand nuage était derrière eux, il était comme une montagne, sur laquelle Élisa voyait l'ombre d'elle-même et des onze cygnes, tellement ils étaient grands dans leur vol, c'était un tableau plus grandiose qu'elle n'en avait jamais vu ; mais à mesure que le soleil monta et que le nuage s'éloigna derrière eux, les ombres fantastiques s'effacèrent.

Toute la journée ils volèrent comme une flèche sifflant à travers l'air, leur course était pourtant plus lente que d'habitude, parce qu'ils avaient leur sœur à porter. Un orage se forma, le soir approchait ; Élisa voyait avec inquiétude le soleil baisser, sans que l'on pût encore apercevoir le rocher isolé au milieu de la mer ; il lui sembla que les cygnes faisaient des battements d'ailes plus vigoureux. Hélas, ce serait sa faute s'ils n'arrivaient pas assez vite ; quand le soleil serait tombé, ils devaient devenir hommes, être précipités dans la mer, et se noyer. Alors, du fond de son cœur elle adressa une prière à Notre-Seigneur, mais elle n'aperçut encore aucun rocher ; le nuage noir se rapprochait, les fortes rafales annonçaient une tempête, les nuages s'assemblaient en une seule énorme vague menaçante qui s'avançait presque semblable à du plomb ; les éclairs n'arrêtaient pas.

Et le soleil fut au bord de la mer. Élisa frémit en son cœur ; alors les cygnes descendirent si vite qu'elle crut tomber ; mais ils planèrent de nouveau. Le soleil était à moitié sous l'eau ; elle aperçut enfin sous elle le petit rocher, qui n'avait pas l'air plus grand qu'un phoque sortant la tête de l'eau. Le soleil s'enfonçait vite ; voilà qu'il n'est pas plus grand qu'une étoile ; à ce moment elle toucha du pied le sol ferme, le soleil s'éteignit comme la dernière étincelle d'un papier qui brûle ; elle vit ses frères debout autour d'elle, bras dessus, bras dessous ; mais il n'y avait d'ailleurs place que juste pour eux et pour elle. La mer frappait le rocher et retombait sur eux en averse ; le ciel brillait d'un feu toujours flamboyant et les coups de tonnerre grondaient sans cesse ; mais sœur et frères se tenaient par la main et chantèrent un psaume où ils puisèrent courage et réconfort.

A l'aube, l'air fut calme et pur ; aussitôt le soleil levé, les cygnes quittèrent l'île et volèrent avec Élisa. La mer était encore agitée, il semblait, lorsqu'ils furent haut en l'air, que l'écume blanche sur l'eau vert sombre était des millions de cygnes qui nageaient à la surface.

Lorsque le soleil fut plus haut, Élisa vit devant elle, comme flottant dans l'air, un pays de montagnes avec des glaciers brillants parmi les rochers, et au milieu de ce paysage s'étendait un château, sûrement long d'un mille, avec de hardies colonnades superposées ; plus bas se balançaient des forêts de palmiers et des fleurs splendides, grandes comme des roues de moulin. Elle demanda si c'était la terre où elle devait aller, mais les cygnes branlèrent la tête, car ce qu'elle voyait n'était que le ravissant château nuageux, toujours changeant, de la fée Morgane ; ils n'osaient y mener aucun être humain. Élisa considérait ce tableau ; alors les montagnes, les forêts, le château s'écroulèrent, et elle vit se dresser vingt fières églises, toutes pareilles, avec de hautes tours et des fenêtres pointues. Il lui semblait entendre gronder l'orgue, mais c'était le bruit de la mer qui lui parvenait. Puis les églises se rapprochèrent, et elles devinrent toute une flotte qui naviguait au-dessous d'elle ; elle y regarda, et c'était simplement la brume courant à la surface de la mer. Elle avait ainsi sous les yeux un spectacle divers, puis elle vit enfin le pays même où elle se rendait ; là s'élevaient de charmantes montagnes bleues avec des forêts de cèdres, des villes, des châteaux. Longtemps avant le coucher du soleil, elle fut assise sur un rocher, à l'entrée d'une grande grotte qui était couverte de plantes grimpantes vertes et fines ; on aurait dit des tapis brodés.

— Nous allons voir ce que tu vas rêver cette nuit, dit le plus jeune frère en lui montrant sa chambre à coucher.

— Puissé-je rêver comment je pourrais vous sauver, dit-elle.

Cette pensée l'occupait sans cesse, elle priait Dieu et implorait son aide ; même en dormant elle continua sa prière ; alors il lui sembla qu'elle s'élevait haut dans les airs, jusqu'au château nuageux de la fée Morgane, et la fée venait au-devant d'elle, belle, éblouissante, et pourtant toute semblable à la vieille femme qui lui avait donné des baies dans la forêt, et lui avait parlé des cygnes aux couronnes d'or.

— Tes frères peuvent être sauvés, dit-elle, mais as-tu du courage et de la persévérance ? Il est vrai que l'eau de la mer est plus douce que tes mains délicates, et qu'elle transforme pourtant les pierres dures, mais elle ne ressent pas la douleur que tes doigts éprouveront, elle n'a pas de cœur, ne connaît pas l'angoisse et les tourments qu'il te faudra subir. Vois-tu cette ortie que je tiens dans ma main ? il en pousse beaucoup autour de la grotte où tu dors ; seules sont utilisables celles-là, et celles qui poussent sur les tombes du cimetière, retiens bien cela ; il faut que tu les cueilles, bien qu'elles doivent te brûler la peau et y faire des cloques ; écrase les orties avec tes pieds, et tu auras du lin ; tu en tisseras et tailleras onze cottes de mailles à longues manches, tu jetteras ces cottes de mailles sur les onze cygnes sauvages, et la magie sera rompue. Mais rappelle-toi bien que dès l'instant où tu auras commencé ce travail, et jusqu'à ce qu'il soit achevé, même si cela doit prendre des années, tu ne dois pas parler ; le premier mot que tu prononceras ira, comme un poignard meurtrier, droit au cœur de tes frères ; de ta langue dépend leur vie. Retiens bien tout cela !

Et la fée passa l'ortie sur la main d'Élisa, qui fut ainsi réveillée ; c'était comme un feu dévorant. Il faisait grand jour, et tout près de l'endroit où elle avait dormi se trouvait une ortie pareille à celle qu'elle avait vue en rêve. Alors elle tomba sur ses genoux, remercia Notre-Seigneur, et sortit de la grotte, pour se mettre au travail.

De ses mains délicates elle empoigna les vilaines orties, elles étaient comme du feu ; de grandes cloques lui brûlaient les mains et les bras, mais elle voulait bien endurer cela, pourvu qu'elle pût sauver ses chers frères. Elle écrasa les orties avec ses pieds et tordit le lin vert.

Lorsque le soleil baissa, les frères arrivèrent, et furent effrayés de la trouver si muette ; ils crurent que c'était une nouvelle magie de leur belle-mère ; mais quand ils virent ses mains, ils comprirent ce qu'elle faisait pour eux, et le plus jeune frère pleura, et à l'endroit où ses larmes tombaient, elle ne sentait plus de douleur, les cloques brûlantes disparaissaient.

Elle passa la nuit à son travail, car elle n'avait de cesse qu'elle n'eût sauvé ses chers frères ; toute la journée suivante, pendant que les cygnes étaient partis, elle resta dans sa solitude, mais jamais le temps ne s'était écoulé si vite. Déjà une cotte de mailles était achevée, elle commença la seconde.

Le cor de chasse sonna dans les montagnes ; elle fut très inquiète, le bruit se rapprocha ; elle entendit les chiens aboyer ; effrayée, elle se réfugia dans la grotte, lia les orties qu'elle avait cueillies et sérancées en un ballot, et s'assit dessus.

A ce moment arriva un grand chien, bondissant du hallier, et aussitôt après, un autre, et encore un ; ils aboyaient très fort, s'éloignaient en courant, et revenaient. En quelques minutes, tous les chasseurs furent devant la grotte, et le plus beau d'entre eux était le roi du pays, il s'avança vers Élisa, jamais il n'avait vu fille plus belle.

— Comment es-tu venue ici, charmante enfant ? dit-il.

Élisa branla la tête, elle n'osait pas parler, le salut et la vie de ses frères étaient en jeu ; et elle cacha ses mains sous son tablier pour que le roi ne vît pas combien elle devait souffrir.

— Viens avec moi, dit-il, il ne faut pas que tu restes ici ; si tu es bonne, autant que tu es belle, je t'habillerai de soie et de velours ; je mettrai la couronne d'or sur ta tête, et tu habiteras mon plus magnifique château !

Et il l'enleva pour la mettre sur son cheval ; elle pleura, se tordit les mains, mais le roi dit :

— Je ne veux que ton bonheur, tu me remercieras un jour de ce que je fais !

Et il partit dans les montagnes en la tenant devant lui sur le cheval, et les chasseurs couraient derrière.

Lorsque le soleil se coucha, la superbe ville royale était devant eux, avec ses églises et ses coupoles, et le roi conduisit Élisa au château, où de grands jets d'eau jaillissaient dans les hautes salles de marbre, où les murs et le plafond étaient couverts de splendides peintures ; mais à cela elle ne prêtait pas attention, elle pleurait et se désolait ; elle laissa de bon gré les femmes l'habiller de vêtements royaux, lui natter les cheveux en les parant de perles, et mettre des gants souples à ses mains douloureuses.

Une fois dans toute sa pompe, elle parut d'une beauté si resplendissante que toute la cour s'inclina encore plus profondément devant elle, et le roi l'élut pour fiancée. Bien que l'archevêque branlât la tête et murmurât que cette belle fille des bois était sûrement une sorcière, elle éblouissait tous les yeux et séduisait le cœur du roi.

Et le roi n'écouta pas l'archevêque, il fit apporter les mets les plus rares, voulut de la musique, et la danse des plus jolies filles autour d'Élisa, qui fut conduite à travers des jardins embaumés dans des salles superbes ; mais pas un sourire ne lui vint aux lèvres ou ne parut dans ses yeux, la douleur y était installée comme leur propriété perpétuelle. Puis, le roi ouvrit une petite chambre à côté de celle où elle devait dormir ; la pièce était ornée de précieux tapis verts et ressemblait tout à fait à la grotte où on l'avait trouvée ;

par terre était le ballot de lin qu'elle avait filé avec les orties, et sous le plafond pendait la cotte de mailles qui était achevée ; l'un des chasseurs avait emporté tout cela comme une curiosité.

— Ici tu pourras rêver que tu es revenue dans ta demeure précédente, dit le roi. Voici l'ouvrage qui t'y occupait ; maintenant, au milieu de tout ton luxe, cela t'amusera de repenser à ce temps-là.

Lorsque Élisa vit cela, qui lui tenait tant à cœur, un sourire joua sur ses lèvres, et le sang lui revint aux joues ; elle pensa au salut de ses frères, baisa la main du roi, qui la pressa sur son cœur, et fit annoncer par toutes les cloches d'église les fêtes du mariage. La charmante fille muette de la forêt serait la reine du pays.

Alors l'archevêque souffla des paroles méchantes à l'oreille du roi, mais elles ne pénétrèrent pas dans son cœur, la noce devait avoir lieu. L'archevêque dut poser lui-même la couronne sur la tête de la mariée, sa malveillance lui fit enfoncer fortement le cercle étroit sur le front d'Élisa, au point de lui faire mal ; mais un poids plus lourd pesait sur son cœur, c'était sa douleur à cause de ses frères, elle ne sentit pas la souffrance physique. Ses lèvres étaient muettes, un seul mot coûterait la vie à ses frères, mais ses yeux témoignaient d'un profond amour pour le beau et bon roi qui faisait tout pour lui être agréable. De tout son cœur elle l'aima de jour en jour davantage. Oh, si elle avait pu se confier à lui, et lui dire son tourment, mais muette elle devait être, muette elle devait achever son ouvrage. C'est pourquoi elle se glissait la nuit hors du lit, et le quittait pour aller dans la petite pièce décorée comme la grotte, et elle tricotait une cotte de mailles après l'autre ; mais quand elle en fut à la septième, elle n'eut plus de lin.

Elle savait qu'au cimetière poussaient les orties dont elle devait se servir, mais il fallait qu'elle les cueillît elle-même, comment pourrait-elle se rendre là-bas ?

« Oh, qu'est-ce que la douleur de mes doigts, comparée au tourment que je souffre en mon cœur ! songeait-elle. Il faut que je l'ose. Notre-Seigneur ne m'abandonnera pas. »

Avec une angoisse telle que si elle eût commis une mauvaise action, elle descendit sans bruit, par une nuit de clair de lune, dans le jardin, parcourut les longues allées, sortit dans les rues solitaires, parvint au cimetière. Là, elle vit, sur une des plus larges pierres tombales, un groupe de lamies, affreuses sorcières qui se dépouillèrent de leurs haillons, comme si elles voulaient se baigner, et se mirent à creuser avec leurs longs doigts maigres dans les tombes récentes, sortirent les cadavres et en mangèrent la chair. Élisa dut passer tout près d'elles, et elles la fixèrent de leurs yeux méchants, mais la jeune femme récita sa prière, ramassa un paquet de brûlantes orties, et rentra au château.

Une seule personne l'avait vue, l'archevêque, il était debout quand les autres dormaient ; son opinion se trouvait donc désormais confirmée ; la reine n'était pas telle qu'il aurait fallu ; elle était une sorcière, et c'est pourquoi elle avait séduit le roi et tout le peuple.

Dans le confessionnal l'archevêque dit au roi ce qu'il avait vu, et qu'il craignait, et lorsque les dures paroles furent prononcées par sa bouche, les saints de bois sculptés branlèrent la tête comme pour dire : « Ce n'est pas vrai, Élisa est innocente ! » Mais l'archevêque l'interpréta autrement ; il pensait que les saints témoignaient contre elle, qu'ils branlaient la tête à cause de son péché. Alors deux lourdes larmes coulèrent sur la joue du roi, il rentra chez lui avec le doute dans son cœur ; il fit semblant de dormir la nuit, mais le sommeil paisible n'appesantit pas ses yeux, il s'aperçut qu'Élisa se leva, et chaque nuit il en fut de même, et chaque fois il la suivit sans bruit, et vit qu'elle disparaissait dans sa petite pièce à côté.

De jour en jour sa mine s'assombrit, Élisa le remarqua, mais ne comprit pas pourquoi, elle en fut inquiète et souffrit en son cœur pour ses frères ; sur les vêtements royaux de pourpre et de velours, coulèrent ses larmes salées ; elles y restaient comme des diamants étincelants, et toutes celles qui voyaient cette somptuosité souhaitaient être reines. Mais elle allait être bientôt au bout de son ouvrage, il ne manquait plus qu'une cotte de mailles ; seulement, elle n'avait plus de lin, et plus une seule ortie. Elle devait donc retourner une fois, la dernière, au cimetière, et y cueillir quelques poignées d'orties. Elle frémit à la pensée de cette course solitaire et des effroyables lamies ; mais elle avait une ferme volonté, et confiance en Notre-Seigneur.

Élisa y alla, mais le roi et l'archevêque la suivirent, ils la virent disparaître par la grille d'entrée du cimetière, et lorsqu'ils s'en approchèrent, les lamies étaient sur la pierre tombale, où Élisa les avait vues, et le roi s'en retourna ; car il s'imaginait Élisa parmi ces sorcières, elle, dont la tête avait reposé, ce soir encore, sur sa poitrine.

— Il faut que le peuple la juge, dit-il, et le peuple la condamna à être brûlée dans les flammes rouges.

Des superbes salles royales elle fut menée dans un caveau sombre et humide, où le vent sifflait par la fenêtre à barreaux ; au lieu de velours et de soie on lui donna le paquet d'orties qu'elle avait ramassées, elle pourrait y poser sa tête, les dures cottes de mailles qu'elle avait tricotées serviraient de matelas et de couvertures. Mais on ne pouvait rien lui offrir qui lui fût plus agréable, elle se remit au travail et adressa une prière à Dieu. Au-dehors les gamins des rues chantaient des épigrammes sur elle ; pas une âme ne la réconfortait d'une parole affectueuse.

Vers le soir une aile de cygne s'agita contre les barreaux, c'était le plus jeune des frères qui avait trouvé sa sœur, et elle sanglota de joie, bien qu'elle sût que la nuit qui allait peut-être venir serait la dernière qu'elle avait à vivre ; mais son ouvrage était presque achevé maintenant, et ses frères étaient là.

L'archevêque vint passer auprès d'elle la dernière heure, il l'avait promis au roi, mais elle branla la tête, invita par ses regards et ses gestes l'archevêque à s'en aller ; car elle devait terminer son travail dans la nuit, sans quoi tout serait inutile, tout, souffrances, larmes et nuits sans sommeil ; l'archevêque partit en proférant contre elle de vilaines paroles, mais la pauvre Élisa savait qu'elle était innocente, et elle continua sa besogne.

Les petites souris couraient sur le sol, et elles traînaient les orties à ses pieds pour l'aider au moins un peu, et le merle se posa devant les barreaux de la fenêtre et siffla toute la nuit le plus gaiement qu'il put, afin qu'elle ne perdît pas courage.

L'aube s'annonçait seulement, le soleil ne devait se lever qu'une heure plus tard, lorsque les onze frères furent à la porte du château et demandèrent à être menés devant le roi, mais on leur répondit que c'était impossible, qu'il faisait encore nuit, que le roi dormait et qu'on ne pouvait pas le réveiller. Ils supplièrent, ils menacèrent, le garde vint, et le roi lui-même sortit et demanda ce que cela signifiait. A ce moment le soleil parut et il n'y eut plus de frères visibles, mais onze cygnes blancs s'envolèrent au-dessus du château.

Tout le peuple accourut à la porte de la ville, on voulait voir brûler la sorcière. Une haridelle traînait la charrette où on l'avait mise ; on lui avait donné un sarrau de toile grossière, ses beaux cheveux pendaient dénoués autour de sa jolie tête, ses joues étaient blêmes, ses lèvres remuaient légèrement, tandis que ses doigts tordaient le lin vert ; même en route pour mourir, elle ne lâchait pas l'ouvrage commencé, les dix cottes de mailles étaient à ses pieds, elle tricotait la onzième. Le peuple l'insultait.

— Regardez la sorcière, comme elle marmonne ! Ce n'est pas un psautier qu'elle tient à la main, c'est sa sale magie qui l'occupe, arrachez-lui ça des mains !

Et ils se poussaient vers elle et voulaient le lui enlever. Alors arrivèrent en volant onze cygnes blancs qui se posèrent en cercle autour d'elle sur la charrette et battirent des ailes. La foule épouvantée recula.

— C'est un signe du ciel, elle est sûrement innocente ! murmurèrent beaucoup de gens, mais ils n'osaient pas le dire tout haut.

A ce moment le bourreau la prit par la main, alors elle jeta rapidement les onze cottes de mailles sur les cygnes, et l'on vit onze charmants princes, mais le plus jeune avait une aile de cygne à la place d'un de ses bras, parce qu'il manquait une manche à sa cotte de mailles, Élisa n'avait pu l'achever.

— Maintenant, je peux parler, dit-elle, je suis innocente !

Et le peuple, voyant ce qui était arrivé, s'inclina devant elle comme devant une sainte, mais elle tomba inanimée entre les bras de ses frères, tellement l'attente, l'angoisse et la douleur l'avaient épuisée.

— Oui, elle est innocente ! dit le frère aîné, et il raconta toute l'histoire, et à mesure qu'il parlait se répandait un parfum comme de millions de roses, car chaque rameau du bûcher avait pris racine et poussé des branches ; il y avait là un buisson embaumé, haut et grand avec des roses rouges ; tout en haut était une fleur d'un blanc éclatant, qui luisait comme une étoile ; le roi la cueillit et la posa sur la poitrine d'Élisa. Et alors elle se réveilla, le cœur paisible et plein de béatitude.

Et toutes les cloches des églises sonnèrent d'elles-mêmes, et les oiseaux arrivèrent par grandes troupes ; le retour au château fut un cortège de noce tel qu'aucun roi n'en avait encore jamais vu.

LE GARÇON PORCHER

Il y avait une fois un pauvre prince ; son royaume était tout petit, mais tout de même assez grand pour qu'il pût se marier, et c'était se marier qu'il voulait.

C'était assez hardi de sa part, il est vrai, d'oser dire à la fille de l'empereur : « Veux-tu de moi ? » mais il pouvait l'oser, car son nom était célèbre au loin, et il y avait des centaines de princesses qui lui auraient répondu : « Oui, merci », mais croyez-vous qu'elle l'ait fait ?

Écoutez l'histoire :

Sur la tombe du père du prince poussait un rosier, oh, quel beau rosier ; il ne donnait de roses que tous les cinq ans, et alors il n'en avait qu'une, mais c'était une rose au parfum si exquis qu'à la sentir on oubliait tous ses chagrins et ses soucis. Et le prince avait aussi un rossignol qui savait chanter comme s'il avait toutes les plus belles mélodies dans son gosier. Cette rose et ce rossignol étaient pour la princesse ; ils furent donc mis tous deux dans de grandes caisses d'argent et lui furent adressés.

L'empereur les fit porter devant lui et entra dans la grande salle où la princesse était en train de jouer aux visites avec ses dames d'honneur ; elles n'avaient pas d'autre occupation ; et lorsque la princesse vit les grandes caisses qui contenaient les cadeaux, elle battit les mains de joie.

— Si seulement c'était une petite moumoute, dit-elle, ... et ce fut la délicieuse rose qui parut.

— Non, comme elle est joliment faite, dirent toutes les dames d'honneur.

— Elle est plus que jolie, dit l'empereur, elle est belle !

Mais la princesse la toucha et fut sur le point de pleurer.

— Fi, papa, elle n'est pas artificielle, c'est une vraie rose !

— Fi ! dirent toutes les dames d'honneur, c'est une vraie rose !

— Voyons d'abord ce qu'il y a dans l'autre caisse, avant de nous fâcher, dit l'empereur.

Et l'on vit le rossignol ; il chanta si bien que l'on n'eut rien à y redire tout de suite.

— Superbe, charmant ! dirent les dames d'honneur en français, car elles parlaient toutes français, l'une plus mal que l'autre.

— Comme cet oiseau me rappelle la boîte à musique de feu l'impératrice, dit un vieux gentilhomme ; oh oui, c'est tout à fait le même accent, la même diction !

— Oui, dit l'empereur, et il pleura comme un petit enfant.

— Je ne veux tout de même pas croire qu'il soit vrai, dit la princesse.

— Si, c'est un véritable oiseau, dirent ceux qui l'avaient apporté.

— Alors, que l'oiseau s'envole, dit la princesse, et elle ne voulut pas du tout permettre au prince de venir.

Mais il ne se laissa pas décourager ; il se barbouilla la figure avec du brun et du noir, enfonça la tête dans sa casquette, et vint frapper à la porte.

— Bonjour, empereur, dit-il, est-ce que je trouverai du service ici dans le château ?

— Oh, il y en a tant qui demandent, dit l'empereur. Mais voyons un peu... oui, j'ai besoin de quelqu'un pour garder les cochons, car nous en avons beaucoup.

Et le prince fut ainsi nommé garçon porcher impérial. Il eut une mauvaise petite chambre en bas de la sente des cochons, et c'est là qu'il dut habiter. Mais il passa toute la journée à travailler, et lorsque vint le soir, il avait fabriqué une jolie petite marmite qui portait des clochettes tout autour, et aussitôt que la marmite bouillait, les clochettes sonnaient et jouaient gentiment la vieille mélodie :

Ach du lieber Augustin,
Alles ist væk, væk, væk !

et ce qu'elle avait de plus ingénieux était que si l'on mettait le doigt dans la vapeur de la marmite, on pouvait tout de suite sentir quels plats cuisaient dans chaque cheminée de la ville ; voilà qui était autre chose qu'une rose.

La princesse vint à passer en se promenant avec toutes ses dames d'honneur, et lorsqu'elle entendit la mélodie, elle s'arrêta et eut une mine très contente, car elle aussi savait jouer : « Ach du lieber Augustin », c'était la seule qu'elle sût jouer, mais elle la jouait avec un doigt.

— C'est l'air que je sais, dit-elle ; ça doit être un garçon porcher cultivé ! Écoutez, entrez lui demander ce que coûte cet instrument.

Et l'une des dames d'honneur dut y aller bien vite, mais elle mit de gros sabots.

— Que veux-tu avoir pour cette marmite ? demanda la dame d'honneur.

— Je veux avoir dix baisers de la princesse, dit le garçon porcher.

— Dieu ait pitié de nous, dit la dame d'honneur.

— Oui, ça ne peut pas être moins.

— Eh bien, que dit-il ? demanda la princesse.

— Je ne peux vraiment pas le dire, dit la dame d'honneur, c'est horrible.

— Eh bien, tu peux le dire tout bas. Et la dame d'honneur le dit tout bas.

— Il est malhonnête, dit la princesse, qui partit aussitôt.

Mais lorsqu'elle eut fait quelques pas, les clochettes sonnèrent gentiment :

Ach du lieber Augustin,
Alles ist vœk, vœk, vœk !

— Écoute, dit la princesse, demande-lui s'il veut avoir dix baisers de mes dames d'honneur.

— Non merci, dit le garçon porcher, dix baisers de la princesse, ou bien je garde la marmite.

— Comme c'est ennuyeux, dit la princesse, mais alors il faut que vous vous teniez devant moi, pour que personne ne le voie.

Et les dames d'honneur se placèrent devant elle en tenant leurs robes élargies, et le garçon porcher eut ses dix baisers, et la princesse eut la marmite.

Ah, c'en fut un plaisir ! Toute la soirée et le jour suivant la marmite dut bouillir ; il n'y eut pas une cheminée dans toute la ville où l'on ne sût ce qui cuisait, aussi bien chez le chambellan que chez le cordonnier. Les dames d'honneur dansaient et battaient des mains.

— Nous savons qui aura du potage aux confitures et de la galette ; nous savons qui aura de la bouillie de gruau ou des côtelettes ! Comme c'est intéressant !

— Extrêmement intéressant, dit la grande maîtresse de la cour.

— Oui, mais bouche close, car je suis la fille de l'empereur !

— Dieu nous en garde, dirent-elles toutes.

Le garçon porcher, c'est-à-dire le prince, mais elles croyaient qu'il était un vrai porcher, ne passa pas la journée sans rien faire, il fabriqua une crécelle, et quand on l'agitait, on entendait grincer toutes les polkas, valses et sauteuses connues depuis la création du monde.

— Mais c'est superbe, dit la princesse lorsqu'elle passa par là, je n'ai jamais entendu plus agréable morceau ! Écoutez ! Allez lui demander ce que coûte cet instrument ; mais pas de baisers !

— Il veut avoir cent baisers de la princesse, dit la dame d'honneur qui avait été s'informer.

— Je crois qu'il est fou, dit la princesse, et elle s'en alla ; mais au bout de quelques pas, elle s'arrêta. Il faut encourager l'art, dit-elle, je suis la fille de l'empereur. Dites-lui qu'il aura dix baisers comme hier, il pourra recevoir le reste de mes dames d'honneur.

— Oui, mais nous ne voulons pas, dirent les dames d'honneur.

— Niaiseries, dit la princesse, si je peux l'embrasser, vous le pouvez bien aussi. Rappelez-vous que je vous donne traitement et entretien.

Et la dame d'honneur dut retourner chez le porcher.

— Cent baisers de la princesse, dit-il, ou chacun garde son bien.

— Entourez-moi, dit-elle, et toutes les dames d'honneur l'entourèrent, et elle se mit à l'embrasser.

— Qu'est-ce que cet attroupement là-bas, dans la sente aux cochons ? dit l'empereur, qui était sorti sur sa terrasse ; il se frotta les yeux et mit ses lunettes. Hé, ce sont les dames d'honneur qui font des blagues ; il faut que je les rejoigne !

Et il releva l'arrière de ses pantoufles, car c'était des souliers dont le contrefort ne tenait plus

Sapristi, comme il se dépêchait !

Dès qu'il fut arrivé dans la cour, il alla tout doucement, et les dames d'honneur étaient si occupées à compter les baisers, afin que le compte fût loyal, ni trop ni trop peu, qu'elles ne virent pas l'empereur. Il se dressa sur la pointe de ses pieds.

— Qu'est-ce que c'est ! dit-il, lorsqu'il vit que l'on s'embrassait, et il leur donna sur la tête un coup de sa pantoufle, au moment même où le porchei recevait le quatre-vingt-sixième baiser. Hors d'ici, dit l'empereur, car il était furieux, et la princesse et le garçon porcher furent tous deux chassés de son empire.

La princesse pleura, le garçon porcher maugréa, et il pleuvait à verse.

— Oh, que je suis malheureuse, dit la princesse ; que n'ai-je pris le charmant prince ! Je suis bien malheureuse !

Et le garçon porcher alla derrière un arbre, essuya le brun et le noir de son visage, rejeta ses vilains habits, et s'avança dans son costume de prince, si beau que la princesse dut faire la révérence.

— Je suis venu pour te faire affront, dit-il. Tu n'as pas voulu d'un prince loyal. Tu n'as pas apprécié la rose et le rossignol, mais tu as pu donner des baisers au porcher pour un joujou à musique. Amuse-toi maintenant.

Et il rentra dans son royaume, ferma la porte, et y mit le verrou. Elle pouvait bien rester dehors et chanter :

Ach du lieber Augustin,
Alles ist væk, væk, væk !*

* *Ah ! mon cher Augustin,*
Tout est foutu, foutu, foutu !

LES FIANCÉS

La toupie et la balle étaient ensemble dans un tiroir avec d'autres jouets, et la toupie dit à la balle :

— N'allons-nous pas nous fiancer, puisque nous sommes dans le même tiroir ?

Mais la balle, qui était couverte en maroquin, et se flattait d'être une haute demoiselle, ne voulut pas répondre à cette question.

Le lendemain, arriva le petit garçon possesseur des jouets, il peignit la toupie en jaune et rouge, et l'entoura d'un fil de cuivre en son milieu ; c'était superbe, quand elle tournoyait en ronflant.

— Regarde-moi, dit-elle à la belle. Qu'est-ce que tu en dis ? N'allons-nous pas nous fiancer maintenant ? Nous allons si bien ensemble. Vous sautez et je danse. On ne peut pas devenir plus heureux que nous deux.

— Ah, vous croyez, dit la balle. Vous ne savez pas que mon père et ma mère ont été des pantoufles de maroquin, et que j'ai un corps en liège.

— Oui, mais moi, je suis en acajou, dit la toupie, et c'est le maire lui-même qui m'a tournée, il a un tour, et il s'est beaucoup amusé à le faire.

— Oui, je peux en être bien sûre ! dit la balle.

— Que je n'aie jamais un coup de fouet, si je mens ! répondit la toupie.

— Vous plaidez fort bien votre cause, dit la balle, mais je ne peux pas, je suis comme à demi fiancée avec une hirondelle. Chaque fois que je suis en l'air, elle lève la tête hors du nid et dit : « voulez-vous ? voulez-vous ? » et j'ai dit oui en mon for intérieur, c'est bien comme des demi-fiançailles ! Mais je ne vous oublierai jamais, je vous le promets.

— Oui, me voilà bien avancée, dit la toupie, et les deux ne se parlèrent plus.

Le jour suivant, la balle fut sortie du tiroir ; la toupie vit combien elle montait haut en l'air, comme un oiseau, finalement on ne pouvait plus du tout la voir ; chaque fois elle revenait, mais faisait toujours un grand saut, lorsqu'elle avait touché terre ; cela pouvait venir d'un désir, ou bien de ce qu'elle avait un corps en liège. La neuvième fois la balle partit et ne revint pas ; et le garçon chercha partout, mais elle avait disparu.

« Je sais bien où elle est, soupira la toupie, elle est dans le nid de l'hirondelle et mariée avec l'hirondelle ! »

Plus la toupie y pensait, plus elle s'éprenait de la balle ; précisément parce qu'elle ne pouvait l'obtenir, son amour redoublait ; qu'elle eût pris un autre mari, c'était excitant ; et la toupie tournoyait et ronflait, mais toujours elle pensait à la balle, qui, dans sa pensée, devenait de plus en plus belle. Ainsi se passèrent de nombreuses années... en sorte que cela devint un vieil amour.

Et la toupie n'était plus jeune... ! mais un jour elle fut entièrement dorée ; jamais elle n'avait été si belle ; c'était désormais une toupie d'or qui bondissait et ronflait. Il fallait voir cela ! mais soudain elle fit un bond trop haut... et disparut.

On chercha indéfiniment, même dans la cave, pas moyen de la trouver.

... Où était-elle ?

Elle avait sauté dans le panier à ordures, où il y avait de tout, des tiges de choux-fleurs, balayures, gravois tombés de la gouttière.

« Ah, me voilà bien ! Ma dorure va bientôt s'effacer sur moi, ici. Et parmi quels gueux est-ce que je suis tombée ! » Elle était appuyée contre une longue tige de chou-fleur épluchée trop près et contre un singulier objet rond, qui avait l'air d'une vieille pomme ;... mais ce n'était pas une pomme, c'était une vieille balle qui était restée des années dans la gouttière, et que l'eau avait toute pénétrée.

— Dieu merci, on voit enfin venir ici un de ses égaux, avec qui l'on peut causer, dit la balle en regardant la toupie dorée. Je suis en maroquin, cousu par des demoiselles, et mon corps est en liège, mais on ne le dirait pas à me voir ! J'étais sur le point d'épouser une hirondelle, quand je suis tombée dans la gouttière où je suis restée cinq ans toute trempée. C'est long, vous savez, pour une demoiselle !

Mais la toupie ne souffla mot, elle pensait à son ancienne fiancée, et plus elle entendait la balle, plus elle était sûre que c'était elle.

La bonne arriva pour verser le panier à ordures.

— Hé, voilà la toupie, dit-elle.

Et la toupie revint dans la salle où elle jouit d'une haute considération, mais on n'entendit pas parler de la balle, et la toupie ne parla jamais plus de son ancien amour ; il passe, quand la fiancée est restée cinq ans dans une gouttière, toute trempée, on ne la reconnaît même pas quand on la rencontre dans un panier à ordures.

LE VILAIN PETIT CANARD

Oh, qu'il faisait bon, dehors, à la campagne ! C'était l'été. Les blés étaient jaunes, l'avoine verte, le foin était ramassé par tas dans les prés verts, et la cigogne marchait sur ses longues jambes rouges et parlait égyptien, car sa mère lui avait appris cette langue. Autour des champs et des prés il y avait de grandes forêts, et au milieu des forêts des lacs profonds ; oui, vraiment, il faisait bon à la campagne. En plein soleil s'élevait un vieux château entouré de douves profondes, et depuis le mur de base jusqu'à l'eau poussaient des bardanes à larges feuilles, si hautes que les petits enfants pouvaient se cacher debout derrière les plus grandes : l'endroit était aussi sauvage que la plus épaisse forêt, et une cane était là sur son nid ; elle couvait ses canetons qui devaient sortir des œufs, mais elle commençait à en avoir assez, car cela durait depuis longtemps, et on venait rarement la voir ; les autres canards aimaient mieux nager dans les douves que de grimper et rester sous une feuille de bardane pour bavarder avec elle.

Enfin les œufs craquèrent l'un après l'autre, on entendait : « clac ! clac ! », tous les jaunes d'œuf étaient devenus vivants et sortaient la tête.

— Coin, coin ! disait la cane, et les canetons s'agitaient tant qu'ils pouvaient, et regardaient de tous les côtés sous les feuilles vertes, et la mère les laissait regarder autant qu'ils voulaient, car le vert est bon pour les yeux.

— Comme le monde est grand, disaient tous les petits ; et ils avaient, en effet, un beaucoup plus grand espace que lorsqu'ils étaient enfermés dans leurs œufs.

— Croyez-vous que c'est là le monde entier ? disait la mère. Il s'étend loin de l'autre côté du jardin, jusqu'au champ du prêtre ! mais je n'y ai jamais été... Vous êtes bien là tous, au moins ? — Et elle se leva. — Non, je ne les ai pas tous. Le plus grand œuf est encore là ; combien de temps ça va-t-il encore durer ? J'en ai bientôt assez !

Et elle se recoucha.

— Eh bien, comment ça va ? dit une vieille cane qui venait en visite.

— Ça dure bien longtemps pour un seul œuf, dit la cane couchée ; il ne veut pas se percer ; mais tu verras les autres, ce sont les plus jolis canetons que j'aie vus ; ils ressemblent tous à leur père, ce scélérat qui ne vient pas me voir.

— Laisse-moi voir cet œuf qui ne veut pas craquer, dit la vieille. Mais c'est un œuf de dinde, tu peux m'en croire ! Moi aussi, j'y ai été pincée une fois, et j'ai eu bien du mal avec les petits, car ils ont peur de l'eau, je te dirai ! je ne pouvais pas les décider à y aller ; j'avais beau les gourmander et les houspiller, rien n'y faisait... Laisse-moi voir... mais oui, c'est un œuf de dinde ; tu n'as qu'à le laisser et enseigner la nage aux autres enfants.

— Je resterai tout de même dessus encore un peu de temps, voilà si longtemps que j'y suis, je peux bien continuer.

— Comme tu voudras ! dit la vieille cane, et elle s'en alla.

Enfin le gros œuf creva. « Pip ! Pip ! » dit le petit en sortant ; il était grand et laid. La cane le regarda.

— Voilà un caneton terriblement gros, dit-elle ; aucun des autres ne lui ressemble ; ce ne serait pas tout de même un dindonneau ; enfin, on verra ça bientôt ; il faudra qu'il aille à l'eau, quand je devrais l'y pousser à coups de patte.

Le lendemain il fit un temps délicieux ; le soleil brillait sur les bardanes vertes. La mère cane vint au bord de la douve avec toute sa famille. Plouf ! elle sauta dans l'eau. « Coin, coin », dit-elle, et les canetons plongèrent l'un après l'autre ; l'eau leur passait par-dessus la tête, mais ils revenaient tout de suite à la surface et nageaient gentiment ; leurs pattes s'agitaient comme il faut, et tous étaient là, même le gros gris si laid nageait avec les autres.

— Non, ce n'est pas un dindon, dit la cane ; regardez-moi comme il sait bien se servir de ses pattes, et comme il se tient droit ! c'est bien un petit à moi ! et, en somme, il est tout à fait beau, à bien le regarder ! Coin, coin !... venez avec moi maintenant, que je vous mène dans le monde, et vous présente dans la cour des canards, mais tenez-vous toujours près de moi, afin qu'on ne vous marche pas sur les pattes, et méfiez-vous du chat.

Et ils arrivèrent dans la cour des canards. Le vacarme y était effroyable, parce que deux familles se disputaient une tête d'anguille, et ce fut le chat qui l'attrapa.

— Voyez, c'est ainsi que va le monde, dit la mère cane, et elle se frotta le bec, car elle aurait voulu avoir la tête d'anguille, elle aussi. Jouez des pattes, dit-elle, et tâchez de vous dépêcher, et courbez le cou devant la vieille cane, là-bas ; c'est elle qui a le plus haut rang de toutes ici ; elle est de race espagnole, c'est pourquoi elle est grosse, et vous voyez qu'elle a un ruban rouge à la patte ; c'est magnifique, cela, c'est la plus haute distinction qu'une cane puisse avoir, cela signifie qu'on ne veut pas s'en défaire, et que les animaux et les hommes doivent la reconnaître. Allons, grouillez-vous,... ne vous mettez pas dans mes pattes, un caneton bien élevé marche en écartant les pattes, comme père et mère. C'est bien ! maintenant, courbez le cou et dites : coin, coin !

Et les petits obéissaient. Mais les autres canes, tout autour, les regardaient et disaient à voix haute :

— Regardez-moi ça ; nous allons avoir une famille de plus ; comme si nous n'étions pas assez nombreux déjà. Et fi ! quelle mine a l'un de ces canetons ! celui-là, nous n'en voulons pas !

Et aussitôt une cane de voler et de le mordre au cou.

— Laisse-le tranquille, dit la mère, il ne fait rien à personne.

— Non, dit la cane qui avait mordu, mais il est trop grand et cocasse, il faut le taquiner.

— Ce sont de beaux enfants que vous avez, la mère, dit la vieille cane ornée d'un ruban à la patte. Tous beaux à l'exception de celui-là ; je voudrais que vous puissiez le refaire.

— Ce n'est pas possible, madame, dit la mère cane. Il n'est pas beau, mais il a très bon caractère, et il nage aussi joliment qu'aucun des autres. Et même, j'ose ajouter que, selon moi, il embellira ou deviendra un peu plus petit avec le temps. Il est resté trop longtemps dans son œuf, c'est pourquoi il n'a pas eu la taille convenable. — Et elle lui lissa son plumage. — D'ailleurs c'est un canard, dit-elle, ça n'a donc pas autant d'importance. Je crois qu'il sera vigoureux et qu'il fera son chemin.

— Les autres canetons sont gentils, dit la vieille ; faites donc maintenant comme chez vous, et si vous trouvez une tête d'anguille, vous pourrez me l'apporter.

Et ils furent comme chez eux.

Mais le pauvre caneton qui était sorti de l'œuf le dernier, et qui était si laid, fut mordu, bousculé et nargué, à la fois par les canes et les poules. « Il est trop grand », disaient-elles toutes, et le dindon, qui, étant né avec des éperons, se croyait empereur, se gonfla comme un cargo à pleines voiles, se précipita sur lui, puis glouglouta, et sa tête devint toute rouge. Le pauvre caneton ne savait où se fourrer, il était désolé d'avoir si laide mine et d'être la risée de toute la cour des canards.

Ainsi se passa le premier jour, et ce fut de pis en pis ensuite. Le pauvre caneton fut pourchassé par tout le monde, même ses frères et sœurs étaient méchants pour lui, et disaient :

— Si seulement le chat t'emportait, hou, le vilain !

Et la mère disait :

— Je voudrais que tu sois bien loin !

Et les canards le mordaient, les poules lui donnaient des coups de bec, et la fille qui donnait à manger aux bêtes, le renvoyait du pied.

Alors il s'envola par-dessus la haie ; les petits oiseaux des buissons, effrayés, s'enfuirent en l'air : « c'est parce que je suis si laid », pensa le caneton, et il ferma les yeux, mais s'éloigna tout de même en courant. Et il parvint au grand marais habité par les canards sauvages. Il y passa toute la nuit, très las et triste.

Le matin, les canards sauvages se mirent à voler, ils virent leur nouveau camarade.

— Quelle sorte d'oiseau es-tu ? demandèrent-ils.

Et le caneton se tourna de tous les côtés, et salua du mieux qu'il put.

— Tu es vraiment laid, dirent les canards sauvages, mais ça nous est égal, pourvu que tu ne te maries pas dans notre famille.

Le pauvre ! il ne pensait guère à se marier, il demandait seulement qu'on lui permît de coucher dans les roseaux et de boire un peu d'eau du marais.

Il resta là deux jours, après quoi deux oies sauvages arrivèrent, ou plutôt deux jars sauvages, car c'étaient deux mâles ; il n'y avait pas longtemps qu'ils étaient sortis de l'œuf, aussi étaient-ils fort insolents.

— Écoute, camarade, dirent-ils, tu es si laid que tu nous plais ; veux-tu venir avec nous et être oiseau migrateur ? Il y a tout près d'ici un autre marais où sont de charmantes oies sauvages, toutes demoiselles, qui savent dire coin-coin ! tu es bien capable d'y avoir du succès, laid comme tu es !

Soudain, au-dessus d'eux, on entendit : Pif, paf ! et les deux jars sauvages tombèrent morts dans les roseaux, et l'eau devint rouge sang ; pif, paf ! résonna de nouveau, et des troupes d'oies sauvages s'envolèrent des roseaux ; et les coups de fusil éclatèrent encore. C'était une grande chasse ; les chasseurs étaient autour de l'étang, quelques-uns, même, dans les branches des arbres, qui s'étendaient jusqu'au-dessus des roseaux ; la fumée bleue formait comme des nuages au milieu des arbres sombres, et restait suspendue sur l'eau ; les chiens entrèrent dans la vase, plaf, plaf ! Joncs et roseaux s'inclinaient de tous côtés ; c'était effroyable pour le pauvre caneton, qui tourna la tête pour la cacher sous son aile, et à ce moment même un grand chien terrible se trouva devant lui ; le chien avait une longue langue qui pendait et de vilains yeux horriblement brillants ; il approcha sa gueule du caneton, montra ses dents pointues,... et plaf ! il s'en alla sans y toucher.

« Oh, Dieu merci, soupira le caneton, je suis si laid que même le chien ne veut pas me mordre. »

Et il demeura immobile pendant la grêle de plomb dans les joncs et la pétarade des coups de feu.

Le calme ne revint que tard dans la journée, mais le pauvre petit n'osa pas encore se lever, il attendit plusieurs heures avant de regarder autour de lui, et alors il se dépêcha de quitter le marais le plus vite qu'il put ; il courut à travers champs et prés, le vent soufflait si fort qu'il avançait à grand-peine.

Vers le soir il atteignit une pauvre petite cabane de paysan ; elle était si misérable qu'elle ne savait pas de quel côté elle devait tomber, si bien qu'elle restait debout. La tempête faisait tellement rage autour du caneton qu'il dut s'asseoir sur sa queue pour y résister ; et cela devenait de pis en pis ; mais il s'aperçut que la porte avait perdu un de ses gonds, en sorte qu'elle était accrochée de guingois, et que par la fente il pouvait se faufiler dans la cabane ; c'est ce qu'il fit.

C'était la demeure d'une vieille femme qui vivait avec son chat et sa poule, et le chat, qu'elle appelait Fiston, savait faire gros dos et ronronner, et même il jetait des étincelles, mais pour cela il fallait le caresser à rebrousse-poil ; la poule avait de très petites pattes basses, et pour cette raison s'appelait Kykkeki-courtes pattes ; elle pondait bien, et la femme l'aimait comme son propre enfant.

Le matin, on vit tout de suite le caneton étranger, et le chat se mit à ronronner et la poule à glousser.

— Qu'y a-t-il ? dit la femme, qui regarda autour d'elle, mais elle ne voyait pas bien, et crut que c'était une cane grasse qui s'était égarée. Voilà une bonne prise, dit-elle, je vais avoir des œufs de cane ; pourvu que ce ne soit pas un canard ! Enfin, on verra !

Et le caneton fut admis pendant trois semaines, pour voir, mais aucun œuf ne vint. Et le chat était le maître de la maison et la poule la maîtresse, et ils disaient toujours : « nous et le monde », car ils croyaient en composer la moitié, et la meilleure. Le caneton pensait que l'on pouvait être d'un autre avis, mais c'était une opinion que la poule n'admettait pas.

— Sais-tu pondre ? demandait-elle.

— Non.

— Alors, tu n'as qu'à te taire.

Et le chat disait :

— Sais-tu faire le gros dos, ronronner, et faire jaillir des étincelles ?

— Non.

— Alors tu n'as rien à dire quand les gens raisonnables parlent.

Et le caneton restait dans son coin, et il était de mauvaise humeur ; aussi vint-il à penser au grand air et à l'éclat du soleil ; il eut un singulier désir de nager sur l'eau, il finit par ne pouvoir s'empêcher d'en parler à la poule.

— Qu'est-ce qui te prend ? demanda-t-elle. Tu n'as rien à faire, c'est pourquoi il te vient des lubies pareilles. Ponds ou ronronne, et ça te passera !

— Mais c'est délicieux de nager sur l'eau, dit le caneton, ... et délicieux d'avoir de l'eau par-dessus la tête et de plonger jusqu'au fond !

— Bon, voilà-t-il pas un beau plaisir, dit la poule. Tu es fou. Demande au chat, je ne connais pas d'animal plus intelligent, s'il aime nager sur l'eau, ... ou plonger. Je ne parle pas de moi... Demande même à notre patronne, la vieille femme, il n'y a personne au monde de plus intelligent, crois-tu qu'elle ait envie de nager ou d'avoir de l'eau par-dessus la tête ?

— Vous ne me comprenez pas, dit le caneton.

— Bon, si nous ne te comprenons pas, qui est-ce qui te comprendrait ? Tu ne prétends pas, tout de même, être plus intelligent que le chat et la femme, pour ne pas me citer. Ne fais pas le fou, enfant, et remercie ton créateur de tout le bien qu'on t'a fait. N'es-tu pas entré dans une maison chaude, et n'y as-tu pas une société où tu peux t'instruire ? Mais tu es un dadais qui n'est pas amusant à fréquenter. Tu peux m'en croire, je te veux du bien, je te dis des choses désagréables, c'est à cela qu'on reconnaît ses vrais amis ; tu n'as qu'à tâcher de pondre des œufs et apprendre à ronronner ou à faire jaillir des étincelles.

— Je crois que je vais m'en aller dans le vaste monde, dit le caneton.

— Eh bien, fais-le donc, dit la poule.

Et le caneton partit ; il nagea sur l'eau, il plongea, mais tous les animaux le dédaignaient à cause de sa laideur.

Puis, l'automne arriva, les feuilles, dans la forêt, devinrent jaunes et brunes, le vent s'en empara, elles dansèrent de tous côtés, et en haut, dans l'air, on sentait le froid ; les nuages étaient lourds de grêle et de flocons de neige, et dans la haie le corbeau criait : « aô, aô ! » tant il avait froid ; il y avait de quoi geler, vraiment ; le pauvre caneton n'était certes pas à son aise.

Un soir, comme le soleil se couchait superbement, arriva tout un troupeau de beaux, grands oiseaux, qui sortaient des buissons ; jamais le caneton n'en avait vu d'aussi ravissants, ils étaient entièrement d'une blancheur éclatante et avaient de longs cous flexibles ; c'étaient des cygnes ; ils poussèrent un cri très singulier, déployèrent leurs grandes ailes magnifiques, et s'envolèrent pour s'en aller vers des pays plus chauds, par-delà les mers ; ils volaient très haut, très haut, et le vilain petit caneton éprouva une impression étrange ; il se mit à tourner en rond dans l'eau comme une roue, tendit le cou en l'air vers ces oiseaux, poussa un cri si fort et si bizarre que lui-même en eut peur. Oh, il n'oublierait jamais ces charmants oiseaux, ces heureux oiseaux, et sitôt qu'il ne les vit plus, il plongea jusqu'au fond, et lorsqu'il revint à la surface, il fut comme hors de lui. Il ne savait pas le nom de ces oiseaux, ni où ils allaient, mais il les aimait comme jamais il n'avait aimé personne ; il n'en était pas du tout jaloux, comment aurait-il pu avoir l'idée de souhaiter une telle grâce, il aurait été heureux si seulement les canards l'avaient supporté parmi eux... pauvre vilaine bête !

L'hiver fut extrêmement froid ; le caneton dut tout le temps nager dans l'eau pour l'empêcher de geler complètement ; mais chaque jour le trou dans lequel il nageait se rétrécissait davantage ; une croûte s'y formait, qui craquait ; le caneton devait toujours y jouer des pattes, afin que l'eau ne se fermât pas ; il finit par être si épuisé qu'il ne bougea plus, et resta gelé, pris dans la glace.

Le matin de bonne heure, arriva un paysan qui le vit, brisa la glace avec ses sabots, et l'emporta chez lui pour le remettre à sa femme. Là, il fut ranimé.

Les enfants voulurent jouer avec lui, mais il croyait qu'ils lui voulaient du mal, et se sauva, tout effrayé, droit à la terrine du lait, si bien que le lait jaillit dans la salle ; la femme cria et battit des mains, et il s'envola dans la baratte où était le beurre, puis dans le tonneau à farine ; quelle mine il avait en sortant de là ! La femme criait et voulait le frapper avec les pincettes, et les enfants couraient et se renversaient l'un l'autre pour l'attraper, et c'était des rires et des cris !... Heureusement la porte était ouverte, et le caneton se sauva parmi des buissons couverts de neige récente, et y resta comme engourdi.

Mais ce serait trop triste de raconter toute la misère qu'il dut subir par cet hiver rigoureux... il était dans le marais parmi les roseaux lorsque le soleil redevint brillant et chaud. Les alouettes chantaient... c'était un printemps délicieux.

Soudain le caneton déploya ses ailes qui bruirent plus fort qu'autrefois et l'emportèrent avec vigueur ; et en un instant il se trouva dans un grand jardin où les pommiers étaient en fleur, où les lilas embaumaient et inclinaient leurs longues branches vertes jusqu'aux douves sinueuses. Oh, qu'il faisait bon là, dans la douceur du printemps ! Et droit devant lui, sortant du fourré, s'avançaient trois beaux cygnes qui battaient des ailes et nageaient légèrement. Il reconnut les magnifiques bêtes et fut pris d'une étrange tristesse.

« Je vais voler vers vous, oiseaux royaux, et vous me massacrerez parce que j'ose, moi qui suis si laid, m'approcher de vous ! Mais peu importe ; plutôt être tué par vous que pincé par les canards, battu par les poules, poussé du pied par la fille de basse-cour, et gelé pendant l'hiver ! » Et il vola dans l'eau, où il nagea vers les superbes cygnes, qui l'aperçurent et accoururent à lui à grands coups d'ailes.

— Tuez-moi si vous voulez ! dit le pauvre animal, et il pencha la tête sur la surface de l'eau, attendant la mort, ... mais que vit-il dans l'eau claire ? Il vit sous lui sa propre image, mais qui n'était plus celle d'un oiseau gris tout gauche, laid et vilain. Il était lui-même un cygne.

Peu importe qu'on soit né dans la cour des canards, si l'on est sorti d'un œuf de cygne.

Il était enchanté de toute la misère et des tracas qu'il avait subis ; il appréciait d'autant mieux son bonheur, et la splendeur qui l'accueillait. Et les grands cygnes nageaient autour de lui et le caressaient avec leurs becs.

Des petits enfants arrivèrent dans le jardin, jetèrent du pain et du grain dans l'eau, et le plus jeune s'écria : — Il y en a un nouveau ? — Et les autres enfants étaient ravis : — Oui, il y en a un nouveau ! — Et ils battirent des mains et dansèrent en rond, coururent chercher leur père et leur mère, on jeta dans l'eau du pain et de la galette, et tout le monde dit :

— Le nouveau est le plus beau ! Si jeune et si joli ! — Et les vieux cygnes le saluèrent.

Il était tout confus, et se cacha la tête sous son aile, il ne savait plus où il en était ! Il était trop heureux, mais nullement orgueilleux, car un bon cœur n'est jamais orgueilleux. Il songeait combien il avait été honni et pourchassé, maintenant il entendait dire qu'il était le plus charmant des charmants oiseaux ! Et les lilas inclinaient leurs branches sur l'eau jusqu'à lui, et le soleil brillait et réchauffait, alors ses plumes se gonflèrent, son cou mince se dressa, et, ravi dans son cœur, il cria :

— Jamais je n'ai rêvé d'un tel bonheur, quand j'étais le vilain petit canard.

LE SAPIN

Dans les bois était un joli sapin ; il avait une bonne place, le soleil l'atteignait, l'air ne lui manquait pas, et autour de lui poussaient beaucoup de camarades plus grands, pins et sapins ; mais le petit sapin était très impatient de pousser ; il ne pensait pas au chaud soleil et au bon air, il ne se souciait pas des enfants de paysans qui passaient en bavardant, lorsqu'ils allaient cueillir des fraises ou des framboises ; parfois ils en avaient une cruche pleine, ou bien ils avaient des fraises en brochette sur une paille, et ils s'asseyaient auprès du petit arbre, et disaient : « Non, comme il est gentil, ce petit ! » L'arbre ne voulait pas du tout écouter cela.

L'année suivante il s'allongea d'un grand entre-nœuds, et l'année suivante d'un autre encore beaucoup plus grand ; car on peut toujours voir sur un sapin, par le nombre de ses nœuds, pendant combien d'années il a poussé.

« Oh, si j'étais un grand arbre comme les autres, soupirait le petit sapin, je pourrais étendre mes branches tout autour, et, de ma cime, contempler le vaste monde. Les oiseaux bâtiraient leurs nids dans mes branches, et quand il ferait du vent, je saluerais de la tête aussi poliment que les autres ! »

Le soleil, les oiseaux et les nuages roses qui planaient au-dessus de lui matin et soir ne lui causaient aucun plaisir.

Et l'hiver, quand la neige étalait partout sa blancheur étincelante, parfois un lièvre accourait bondissant, et sautait par-dessus le petit arbre, ... oh, que c'était vexant ! Mais deux hivers passèrent, et le troisième, le sapin fut assez grand pour que le lièvre fût obligé d'en faire le tour. « Oh, pousser, pousser, devenir grand et vieux, c'était le seul agrément en ce monde », se disait l'arbre.

En automne, venaient chaque année les bûcherons, qui abattaient toujours quelques-uns des plus grands arbres, et le jeune sapin, qui avait pris de la taille, en était tout tremblant, car les grands arbres magnifiques tombaient à terre avec fracas et craquements ; on leur coupait leurs branches, ils avaient l'air tout nus, longs et minces ; on avait peine à les reconnaître, puis ils étaient chargés sur des voitures, et des chevaux les emportaient hors de la forêt.

Où allaient-ils ? Quel sort les attendait ?

Au printemps, à l'arrivée de l'hirondelle et de la cigogne, l'arbre leur demanda :

— Ne savez-vous pas où ils sont conduits ? Vous ne les avez pas rencontrés ?

Les hirondelles ne savaient rien, mais la cigogne eut l'air de réfléchir, hocha la tête et dit :

— Oui, je crois ; j'ai rencontré beaucoup de vaisseaux neufs lorsque je me suis envolée d'Égypte ; il y avait sur les vaisseaux des mâts superbes ; je peux bien dire que c'était eux, ils sentaient le sapin ; je te salue de leur part, oh, ils portent la tête haute !

— Ah, que ne suis-je assez grand pour voler audessus de la mer ! Comment est-ce au juste, cette mer, et à quoi ça ressemble-t-il ?

— Heu, c'est compliqué à expliquer, dit la cigogne, et elle partit.

— Réjouis-toi de ta jeunesse, dirent les rayons du soleil, réjouis-toi de ta verte croissance, de la jeune vie qui est en toi.

Et le vent baisa l'arbre, et la rosée versa sur lui des larmes, mais le sapin ne comprit pas cela.

Lorsque vint l'époque de Noël, de tout jeunes arbres furent abattus, des arbres qui, parfois, n'étaient même pas aussi grands ni aussi âgés que ce sapin qui était toujours si impatient de partir ; ces jeunes arbres, et c'étaient précisément les plus beaux, conservaient toujours leurs branches, ils étaient chargés sur des voitures, et des chevaux les emportaient hors de la forêt.

— Où vont-ils ? demanda le sapin. Ils ne sont pas plus grands que moi, l'un d'eux était même beaucoup plus petit ; pourquoi conservaient-ils toutes leurs branches ? Où la voiture les mène-t-elle ?

— Nous le savons ! nous le savons ! gazouillèrent les moineaux. Nous avons jeté un coup d'œil, en ville, par les carreaux ; nous savons où la voiture les mène. Oh, ils arrivent dans la plus grande splendeur que l'on puisse imaginer ! Nous avons regardé par la fenêtre et nous avons vu qu'ils sont plantés au milieu du salon chauffé, et ornés d'objets charmants, des pommes dorées, des pains d'épice, des jouets et des centaines de lumières.

— Et puis... ? demanda le sapin, tressaillant de toutes ses branches. Et puis ? Qu'arrive-t-il ensuite ?

— Ah, nous n'en avons pas vu davantage. C'était superbe !

— Suis-je destiné à suivre cette voie radieuse ? dit l'arbre enthousiaste. C'est encore mieux que d'aller sur la mer ! Quels désirs j'éprouve ! Que n'est-ce déjà Noël ! je suis maintenant aussi haut et large que ceux qui ont été emportés l'année dernière... Oh, que ne suis-je déjà sur la voiture ! que ne suis-je dans le salon chauffé, avec toute la splendeur ! et alors... ? Oui, ensuite ça doit être encore mieux, encore plus beau, autrement, pourquoi m'ornerait-on ainsi ? ça doit devenir encore plus grand, encore plus splendide... ! mais quoi ? Oh, je voudrais y être ! je ne sais pas où j'en suis !

— Réjouis-toi avec moi ! dirent le vent et la lumière du soleil. Réjouis-toi de ta verte jeunesse, dehors, à l'air libre !

Mais il ne se réjouissait pas du tout. Il grandissait vite, l'hiver et l'été il restait vert ; il était vert sombre ; les gens qui le voyaient disaient : voilà un joli arbre ! et à Noël il fut le premier abattu. La hache trancha profondément dans sa moelle, il tomba sur le sol avec un soupir, il éprouva une douleur, une défaillance, il ne pouvait pas du tout penser à aucun bonheur, il était désolé de quitter son séjour familier, l'endroit où il avait poussé ; il savait bien qu'il ne verrait plus jamais les chers vieux camarades, les petits buissons et les fleurs d'alentour, peut-être pas même les oiseaux. Le départ n'avait vraiment rien d'agréable.

L'arbre ne revint à lui que lorsqu'il fut déchargé dans la cour avec les autres, et entendit un homme dire :

— Il est superbe, nous n'en voulons pas d'autre !

Et deux domestiques en beaux habits arrivèrent et portèrent le sapin dans une grande salle magnifique. Des portraits étaient accrochés aux murs, tout autour, et près du grand poêle en briques polies étaient de grands vases chinois avec des lions sur leurs couvercles ; il y avait des fauteuils à bascule, des canapés de soie, de grandes tables couvertes de livres d'images et de jouets pour cent fois cent rixdales, — à ce que disaient les enfants, du moins. Et le sapin fut dressé dans un tonneau rempli de sable, mais personne ne pouvait voir que c'était un tonneau, car il était enveloppé d'une étoffe verte, et il était posé sur un grand tapis bariolé. Oh, comme l'arbre était frémissant ! Qu'allait-il advenir ? Des domestiques et des demoiselles se mirent à le parer. A une branche pendaient des petits filets découpés dans du papier de couleur ; chaque filet était rempli de bonbons ; des pommes et des noix dorées étaient accrochées comme si elles avaient poussé là, et plus de cent petites lumières rouges, bleues, et blanches étaient fixées dans les rameaux. Des poupées, qui avaient tout à fait l'air d'être des personnes, — l'arbre n'en avait jamais vu, — se tenaient en l'air dans la verdure, et tout en haut, à la cime, fut placée une grande étoile de clinquant ; c'était superbe, tout à fait magnifique. Et tout le monde dit :

— Ce soir, ça va resplendir !

« Oh, se dit le sapin, je voudrais être au soir ; je voudrais qu'on allumât bientôt les lumières ; et alors, qu'arrivera-t-il ? Les arbres de la forêt vont-ils venir me regarder ? Les moineaux vont-ils voler aux vitres ? Vais-je m'implanter ici et rester orné l'hiver et l'été ? »

Voilà comme il savait à quoi s'en tenir ; et l'impatience lui donnait un sérieux mal d'écorce, et le mal d'écorce est aussi pénible pour un arbre que le mal de tête pour nous autres.

Et les lumières furent allumées. Quel éclat, quelle magnificence, l'arbre en frémissait de toutes ses branches, si bien qu'une des lumières mit le feu à la verdure ; ce fut une forte flambée.

— Dieu nous garde, crièrent les demoiselles, qui se dépêchèrent d'éteindre.

Et l'arbre ne put même plus s'agiter. C'était affreux !

Il avait tellement peur de rien perdre de sa parure ; il était tourmenté dans sa gloire, ... et voilà que les deux battants de la porte s'ouvrent, et une foule d'enfants se précipitent comme s'ils voulaient renverser l'arbre ; les grandes personnes les suivent plus posément. Les petits s'arrêtent, muets, ... mais seulement un instant, puis ils poussent des cris de joie, et c'est un vrai vacarme ; ils dansent autour de l'arbre et l'on se met à cueillir un cadeau après l'autre.

« Qu'est-ce qu'ils font là ? se demandait le sapin. Que va-t-il se produire ? »

Et les lumières brûlèrent jusqu'aux branches, et à mesure qu'elles étaient consumées, on les éteignait, et les enfants furent autorisés à dépouiller l'arbre. Ils s'élancèrent sur lui si fort que toutes ses branches craquèrent ; si, par sa pointe et l'étoile d'or, il n'avait pas été solidement attaché au plafond, il aurait été renversé.

Les enfants faisaient des pirouettes avec leurs jouets superbes, personne ne regardait l'arbre, sauf leur vieille bonne, qui jetait çà et là un coup d'œil entre les branches, mais c'était seulement pour voir si l'on n'avait pas oublié une figue ou une pomme.

— Une histoire ! Une histoire ! crièrent les enfants, qui tirèrent vers l'arbre un petit homme ventru.

Et l'homme s'assit sous le sapin.

— Comme ça, nous sommes dans la verdure, dit-il, et c'est excellent aussi pour l'arbre d'écouter. Mais je ne raconterai qu'une histoire. Voulez-vous entendre celle sur Ivede-Avede ou celle sur Klumpe-Dumpe qui est tombé du haut de l'escalier, mais est tout de même arrivé au siège d'honneur et a eu la princesse ?

— Ivede-Avede, crièrent quelques enfants, Klumpe-Dumpe, crièrent d'autres.

Le tumulte n'en finissait pas, seul le sapin était muet

et songeait : « Ne vais-je pas m'en mêler ? vais-je rester à ne rien faire ? » Mais il avait déjà pris part à la fête, il avait fait ce qu'il avait à faire.

Et l'homme conta Klumpe-Dumpe qui est tombé du haut de l'escalier, mais est tout de même arrivé au siège d'honneur et a eu la princesse. Et les enfants battirent des mains et crièrent : « Contez ! contez ! » Ils voulaient entendre aussi Ivede-Avede, mais ils n'eurent que Klumpe-Dumpe. Le sapin se tint coi et songeur, les oiseaux dans la forêt n'avaient jamais raconté rien de pareil. Klumpe-Dumpe est tombé du haut de l'escalier, et a tout de même eu la princesse !

« Oui, oui, ainsi va le monde, se dit le sapin, qui croyait l'histoire vraie, parce que c'était un homme si élégant qui la racontait. Qui sait ? Peut-être, moi aussi, je tomberai de l'escalier et j'aurai une princesse ! »

Et il se réjouissait à l'idée d'être, le lendemain, vêtu de lumière, de jouets, d'or et de fruits.

« Demain, je ne bougerai pas, résolut-il. Je jouirai de ma splendeur. Demain j'entendrai l'histoire de Klumpe-Dumpe et peut-être celle d'Ivede-Avede. »

Et l'arbre demeura immobile et songeur toute la nuit.

Le matin entrèrent un domestique et une bonne.

« Voilà le gala qui recommence », se dit l'arbre.

Mais il fut traîné hors du salon, grimpé dans l'escalier, introduit dans le grenier, et là, fourré dans un coin sombre, où nulle clarté ne parvenait.

« Qu'est-ce que cela signifie ? Que vais-je faire ici ? Quelle histoire y entendrai-je ? »

Et il s'appuya contre le mur, et réfléchit longuement... et il eut le temps de réfléchir, car des jours et des nuits passèrent ; personne ne montait jusque-là, et lorsqu'il venait enfin quelqu'un, c'était pour mettre de grandes caisses dans le coin ; l'arbre fut complètement caché, il semblait qu'on l'eût tout à fait oublié.

« C'est l'hiver, dehors, maintenant, pensait-il ; la terre est dure et couverte de neige, les hommes ne peuvent pas me planter ; c'est sans doute pourquoi je devrai rester à l'abri jusqu'au printemps ; comme c'est bien compris ! les hommes sont vraiment bons !... Si seulement cet endroit n'était pas si sombre et si terriblement solitaire... pas même un petit lièvre !... C'était si agréable, là-bas, dans la forêt, quand, sur la couche de neige, le lièvre passait en bondissant ; oui, même lorsqu'il sautait par-dessus moi, mais je n'aimais pas ça dans ce temps-là. Ici, la solitude est vraiment bien pénible. »

— Cri ! cri ! dit à ce moment une petite souris qui sortait de son trou ; et une autre petite la suivait. Elles flairèrent le sapin et se faufilèrent entre ses branches.

— Il fait joliment froid, dirent les petites souris. A part cela, on est délicieusement ici. N'est-ce pas, vieux sapin ?

— Je ne suis pas vieux du tout, dit le sapin ; il y en a de bien plus vieux que moi !

— D'où viens-tu ? Et que sais-tu ? demandèrent les souris, qui étaient horriblement curieuses. Parle-nous donc de l'endroit le plus exquis de la terre. Y as-tu été ? As-tu été dans le garde-manger, où l'on trouve des fromages sur les tablettes, où des jambons sont accrochés au plafond, où l'on danse sur les chandelles ? on y entre maigre et on en sort gras !

— Je ne le connais pas, dit l'arbre, mais je connais la forêt, où le soleil luit et les oiseaux chantent.

Et il raconta toute sa jeunesse, et les petites souris n'avaient jamais rien entendu de pareil. Elles l'écoutèrent avec attention, et dirent :

– Oui, tu as beaucoup vu. Oh, comme tu as été heureux !

— Moi ! dit le sapin, et il réfléchit à ce que lui-même avait raconté. Oui, c'était en somme un temps fort agréable.

Puis il raconta le soir de Noël, où il avait été orné de bonbons et de lumières.

— Oh, dirent les petites souris, que tu as été heureux, vieux sapin !

— Je ne suis pas vieux du tout, dit l'arbre, c'est cet hiver que je suis venu de la forêt ; je suis dans mon plus bel âge, arrêté seulement dans ma croissance.

— Comme tu racontes bien, dirent les petites souris.

Et la nuit suivante elles vinrent avec quatre autres petites souris qui voulaient entendre ce que disait le sapin, et plus l'arbre parlait, plus il se rappelait clairement tout, et il songeait : « C'était tout de même un temps bien agréable ! mais il peut venir, il peut venir ! Klumpe-Dumpe est tombé du haut de l'escalier, et il a eu la princesse, peut-être puis-je aussi avoir une princesse », et le sapin pensait à un gentil petit bouleau qui poussait dans la forêt, c'était pour lui une vraie et charmante princesse.

— Qui est Klumpe-Dumpe ? demandèrent les petites souris.

Et le sapin raconta toute l'histoire, il se la rappelait mot à mot ; et les petites souris étaient sur le point de grimper à la cime de l'arbre, tant elles étaient contentes. La nuit suivante il vint des souris beaucoup plus nombreuses, et le dimanche il vint même deux rats ; mais ils dirent que l'histoire n'était pas amusante, et les petites souris en furent chagrinées, car le conte, alors, leur plut moins.

— C'est la seule histoire que vous savez ? demandèrent les rats.

— C'est la seule, répondit le sapin, je l'ai entendue le soir où j'ai été le plus heureux, mais je ne pensais pas, ce soir-là, combien j'étais heureux.

— C'est une détestable histoire ! Vous n'en savez aucune avec du lard et des chandelles ? Aucune histoire de garde-manger ?

— Non, dit le sapin.

— Eh bien, merci ! répondirent les rats, et ils allèrent à leurs affaires.

Les petites souris finirent aussi par s'en aller, et l'arbre soupira :

« C'était un plaisir d'avoir autour de moi ces petites souris agiles qui écoutaient mes récits. Maintenant, c'est fini, ça aussi !... mais je ne manquerai pas de m'amuser quand on va me reprendre. »

Mais quand cela serait-il ?... Cela eut lieu un matin, des gens arrivèrent, qui firent un remue-ménage dans le grenier ; les caisses furent déplacées, l'arbre fut tiré, on le jeta, il est vrai, un peu durement sur le plancher, mais un homme le traîna aussitôt vers l'escalier où le jour luisait.

« Voilà que la vie recommence », se dit l'arbre.

Il sentait le bon air, les premiers rayons du soleil, ... et le voilà dehors, dans la cour. Tout cela fut très rapide, l'arbre oublia complètement de se regarder, il y avait tant à voir autour de lui. La cour était contiguë à un jardin, où tout était en fleur ; les roses surmontaient la petite barrière et embaumaient, les tilleuls étaient en fleur et les hirondelles voletaient, chantant : « Qvirre virre vite, mon mari est arrivé ! » Mais ce n'était pas au sapin qu'elles pensaient.

« Maintenant, je vais vivre ! » se dit-il avec ravissement, et il déploya largement ses branches ; hélas, elles étaient fanées et jaunies ; il était couché dans un coin plein de mauvaises herbes et d'orties. L'étoile en papier doré était toujours à sa cime et brillait sous le soleil éclatant.

Dans la cour jouaient quelques-uns des gais enfants qui avaient dansé autour de l'arbre, à Noël, et s'étaient montrés si heureux. L'un des plus jeunes accourut et arracha l'étoile d'or.

— Regardez ce qui reste encore sur ce vilain arbre de Noël, dit-il, et il piétina les branches, qui craquèrent sous ses souliers.

Et l'arbre contempla la splendeur des fleurs et la verdeur du jardin, il se regarda lui-même, et il regretta son coin sombre du grenier ; il pensa au temps vert de sa jeunesse dans la forêt, à la joyeuse soirée de Noël, et aux petites souris, si contentes d'entendre l'histoire de Klumpe-Dumpe.

« C'est fini, fini ! songeait le pauvre arbre. Si, du moins, j'avais été heureux, quand je le pouvais ! Fini, fini ! »

Et le domestique vint et coupa l'arbre en petits morceaux, cela fit un gros tas, qui flamba superbement sous la chaudière ; et il en sortait de profonds soupirs, des soupirs qui éclataient ; aussi les enfants qui jouaient arrivèrent, s'assirent devant le feu et crièrent : « Pif ! paf ! » mais à chaque éclat, qui était un profond soupir, l'arbre pensait à un jour d'été dans la forêt, ou à une nuit d'hiver sous le scintillement des étoiles ; il pensait au soir de Noël et à Klumpe-Dumpe, le seul conte qu'il eût entendu et qu'il sût dire, ... et il finit par être consumé.

Les enfants jouèrent dans la cour, et le plus petit portait sur sa poitrine l'étoile d'or qui avait orné l'arbre en son plus heureux soir ; finie, cette soirée, fini, l'arbre, et l'histoire est finie aussi : finie, finie, comme toutes les histoires !

partie [illegible] il sont le
social [illegible]
L[illegible]
q[illegible]
[illegible]
[illegible]
[illegible]
[illegible]
[illegible]
[illegible]
En [illegible]
[illegible]
[illegible]
[illegible]
[illegible]
[illegible]
C[illegible]
m[illegible]
[illegible]

Le [illegible] donc [illegible]
mencée, [illegible]
sous le [illegible]
des [illegible]
[illegible] dans le [illegible]
[illegible]
[illegible]
que [illegible] il
[illegible]
[illegible]
[illegible]

[illegible]
[illegible]
[illegible]
[illegible]
[illegible]

LA REINE DES NEIGES

(conte en sept histoires)

PREMIÈRE HISTOIRE

Qui traite du miroir et de ses morceaux

Voilà ! nous commençons. Quand nous serons au bout de l'histoire, nous en saurons plus que nous ne savons maintenant ; car c'était un méchant troll ; c'était un des pires, c'était « le diable ». Un jour, il était de très bonne humeur, parce qu'il avait fabriqué un miroir, et ce miroir avait cette propriété que tout le bon et le beau qui s'y réfléchissait s'y réduisait à presque rien, mais tout ce qui ne valait rien et avait vilain aspect y ressortait et devenait encore plus vilain. Les plus charmants paysages y avaient l'air d'épinards cuits, et les meilleures gens devenaient repoussants ou se tenaient la tête en bas sans ventre, les visages étaient dénaturés au point de n'être plus reconnaissables, et si l'on avait une tache de rousseur, on pouvait être sûr que le nez et la bouche en étaient couverts. C'était tout à fait amusant, disait « le diable ». Et si quelqu'un était saisi d'une bonne et pieuse pensée, on voyait dans le miroir une grimace, qui faisait rire le diable-troll de son ingénieuse invention. Tous ceux qui allaient à l'école des trolls, car il avait une école de trolls, racontaient partout qu'un miracle s'était produit ; on allait enfin voir, disaient-ils, la véritable figure du monde et des gens. Ils couraient de tous côtés avec le miroir, et il n'y eut finalement pas un homme ni un pays qui n'y eût été déformé. Ils voulurent alors voler aussi vers le ciel même pour se moquer des anges et de « Notre-Seigneur ». Plus ils s'élevèrent haut avec le miroir, plus celui-ci grimaça, ils avaient peine à le tenir ; ils volèrent de plus en plus haut, de plus en plus près de Dieu et des anges ; alors le miroir gigota si effroyablement avec ses grimaces qu'il leur échappa des mains et vint s'écraser à terre, où il se brisa en centaines de millions ou en milliards de morceaux et davantage, et ainsi fit beaucoup plus de mal que précédemment ; car plusieurs de ces morceaux n'étaient guère plus gros que des grains de sable, et volèrent partout dans le monde, et lorsqu'ils entraient dans les yeux des gens, ils y restaient, et alors on voyait tout défiguré, ou bien en toute chose on ne voyait que ce qui était mal, chaque poussière du miroir ayant conservé la propriété qu'avait le miroir entier ; quelques personnes eurent même un petit fragment du miroir qui vint se loger dans leur cœur, et alors, ce fut affreux, leur cœur fut comme un bloc de glace. Quelques morceaux du miroir furent assez grands pour servir de vitres, mais à travers ces vitres-là il n'était pas bon de voir ses amis ; d'autres morceaux furent employés pour des lunettes et tout allait mal, quand des gens prenaient ces lunettes pour bien voir et se montrer équitables ; le malin riait à s'en faire éclater le ventre, ce qui le chatouillait très agréablement. Et dans l'air volaient encore de petits atomes de verre. Écoutez maintenant.

SECONDE HISTOIRE

Un petit garçon et une petite fille

Dans la grande ville, où il y a tant de maisons et tant de gens que la place n'est pas suffisante pour que tout le monde puisse avoir un petit jardin, et où, par suite, la plupart des gens doivent se contenter de fleurs en pots, deux pauvres enfants avaient tout de même un jardin un peu plus grand qu'un pot de fleurs. Ils n'étaient pas frère et sœur, mais ils s'aimaient autant que s'ils l'avaient été. Les familles habitaient juste en face l'une de l'autre ; elles habitaient deux mansardes ; à l'endroit où le toit de l'une des maisons voisines était tout près du toit de l'autre, et où les gouttières couraient le long des avant-toits, une petite fenêtre s'ouvrait dans chacune des maisons ; il suffisait d'enjamber les gouttières pour passer d'une fenêtre à l'autre.

Chacune des deux familles avait devant sa fenêtre une grande caisse de bois où poussaient des herbes potagères qui servaient à la cuisine, et un petit rosier ; il y avait un rosier dans chaque caisse, et il poussait à ravir. Puis, les parents eurent l'idée de placer les caisses en travers des gouttières, en sorte qu'elles allaient presque d'une fenêtre à l'autre, et qu'elles avaient l'air de deux champs de fleurs. Les tiges des pois retombaient sur les caisses, et les rosiers lançaient des longues branches, encadraient les fenêtres, se penchaient l'un vers l'autre ; c'était presque un arc de triomphe de verdure et de fleurs. Comme les caisses étaient très haut situées, les enfants savaient qu'ils ne devaient pas y grimper, mais on leur permettait parfois d'y monter et de s'y rejoindre pour s'asseoir sur leurs petits bancs sous les roses. C'était délicieux de jouer là.

Ce plaisir n'existait plus l'hiver. Les fenêtres étaient souvent tout à fait givrées, ils chauffaient alors des pièces de cuivre sur le poêle, posaient la pièce chaude sur le carreau glacé, et cela faisait un excellent trou d'observation, tout rond, tout rond ; derrière épiait un œil affectueux, un à chaque fenêtre ; le petit garçon et la petite fille étaient là ; il s'appelait Kay et elle Gerda. L'été, ils pouvaient se rejoindre d'un bond, l'hiver, il fallait descendre beaucoup d'étages et en remonter autant ; dehors la neige voltigeait.

— Ce sont les abeilles blanches qui s'agitent, disait la vieille grand-mère.

— Ont-elles aussi une reine ? demanda le petit garçon, car il savait qu'il y en a une chez les vraies abeilles.

— Il y en a une, dit la grand-mère. Elle vole au milieu du groupe le plus dense, c'est la plus grande de toutes, et jamais elle ne reste sur la terre, tout de suite elle repart dans l'épais nuage. Souvent, par les nuits d'hiver, elle court les rues de la ville et regarde dans les chambres en s'approchant des fenêtres, qui gèlent alors étrangement, et se couvrent comme de fleurs.

— Oui, je l'ai vu ! dirent les deux enfants, qui surent ainsi que c'était vrai.

— Est-ce que la reine des neiges peut venir ici ? demanda la petite fille.

— Elle n'a qu'à venir, dit le garçon, je la mettrai sur le poêle chaud, et elle fondra.

La grand-mère lui caressa les cheveux et raconta d'autres histoires.

Le soir, lorsque le petit Kay fut à demi déshabillé, il grimpa sur la chaise près de la fenêtre et guigna par le petit trou ; quelques flocons de neige tombaient dehors, et l'un d'eux, le plus gros de tous, resta au bord de l'une des caisses de fleurs ; ce flocon grandit peu à peu, il finit par devenir une femme vêtue du plus délicieux voile blanc, qui était fait comme de millions de flocons étoilés. Elle était belle et charmante, mais de glace, brillante, aveuglante, et pourtant elle vivait ; ses yeux étincelaient comme deux étoiles, mais étaient sans calme ni repos. Elle fit un signe de tête vers la fenêtre et leva la main. Le petit garçon fut effrayé et sauta de la chaise, et alors il sembla qu'un grand oiseau passait devant la fenêtre.

Le lendemain, on eut un grand froid sec, ... puis vint le dégel, ... puis vint le printemps. Le soleil brillait, des bourgeons se montraient, les hirondelles construisaient leurs nids, les fenêtres s'ouvraient, et les deux enfants furent de nouveau assis dans leur petit jardin, là-haut sur la gouttière, au-dessus de tous les étages.

Les roses fleurirent magnifiquement cette année-là ; la fillette avait appris un psaume où il était question de roses, et c'était aux siennes qu'elle pensait ; elle chanta le psaume au petit garçon, et ils chantèrent ensemble :

Dans les vallées poussent les roses,
l'enfant Jésus y vient et cause.

Et les enfants se tenaient par la main, baisaient les roses, regardaient la pure lumière du soleil de Dieu, et lui parlaient comme si l'enfant Jésus eût été là. Quelles charmantes journées d'été, comme c'était délicieux d'être dehors auprès des beaux rosiers qui semblaient ne pas vouloir cesser de donner des fleurs !

Kay et Gerda étaient assis et regardaient un album d'animaux et d'oiseaux, lorsque... l'horloge sonnait exactement cinq heures à la grande tour de l'église... lorsque Kay dit :

— Aïe, ça m'a piqué au cœur ! et j'ai quelque chose dans l'œil !

La fillette le prit par le cou ; il clignota ; non, il n'y avait rien à voir.

— Je crois que c'est parti, dit-il.

Mais ce n'était pas parti. C'était justement une de ces poussières de verre éclatées du miroir, nous nous le rappelons bien, le miroir de troll, la vilaine glace qui rendait petit et laid tout ce qui s'y réfléchissait de beau et de bon, tandis que tout ce qui était bas et vil, tout défaut quelconque y ressortait tout de suite. Le pauvre Kay avait aussi reçu un grain jusque dans le cœur, et son cœur allait bientôt devenir comme un bloc de glace. Il ne ressentait plus aucun mal, mais le verre était là.

— Pourquoi pleures-tu ? demanda-t-il. Tu es laide comme ça. Pfuh ! Et il cria soudain : cette rose est mangée par un ver ; et regarde comme celle-là pousse de travers ; ce sont de sales roses, en somme ; elles ressemblent aux caisses où elles sont !

Et il donna un coup de pied dans la caisse et arracha les deux roses.

— Kay, qu'est-ce que tu fais ? cria la fillette.

Et la voyant épouvantée, il arracha encore une rose et rentra vite par sa fenêtre, laissant la gentille petite Gerda.

Lorsqu'elle vint ensuite avec le livre d'images, il lui dit que c'était bon pour les bébés. Et si la grand-mère racontait des histoires, il trouvait toujours à y redire. Même, quand il pouvait s'arranger pour cela, il marchait derrière elle, et parlait comme elle ; c'était tout à fait ça, et les gens riaient. Il sut bientôt suivre et imiter tout le monde dans la rue. Tout ce qui était singulier et peu plaisant chez les gens, Kay savait l'imiter, et l'on disait : « Il est intelligent, ce garçon-là ! » Mais c'était le verre entré dans son œil et le verre qu'il avait dans le cœur qui produisaient cet effet, et il taquina même la petite Gerda, qui l'aimait de toute son âme.

Ses jeux devinrent tout autres qu'auparavant, ils furent sérieux. Un jour d'hiver, comme il neigeait fort, il sortit une grande loupe, tendit un coin de sa veste bleue, pour y faire tomber quelques flocons.

— Regarde dans le verre, Gerda, dit-il, et chaque flocon devint beaucoup plus gros, et eut l'air d'une fleur magnifique ou d'une étoile à dix côtés; c'était superbe.

— Vois-tu, comme c'est curieux. C'est bien plus intéressant que les vraies fleurs. Et il n'y a pas là le moindre défaut, les flocons sont parfaits, tant qu'ils ne fondent pas.

Un peu après, Kay arriva, les mains dans de gros gants, et portant son traîneau sur le dos, il dit à Gerda, en lui criant dans les oreilles :

— On m'a permis d'aller sur la Grande-Place, où les autres jouent ! Et il partit.

Souvent, sur la place, les garçons les plus hardis attachaient solidement leur traîneau à la voiture d'un paysan, et le suivaient ainsi un bon bout de chemin. C'était amusant. Comme le jeu allait son train, arriva un grand traîneau, il était entièrement blanc, et une personne enveloppée dans une fourrure blanche, coiffée d'un bonnet de fourrure blanc, y était assise; elle fit deux fois le tour de la place, et Kay accrocha prestement son petit traîneau à la grande voiture, et les voilà glissant de conserve. La course fut de plus en plus rapide et mena dans la rue voisine; la personne qui conduisait tourna la tête, fit à Kay un signe de tête amical, on aurait dit qu'ils se connaissaient; chaque fois que Kay voulait détacher son petit traîneau, cette personne lui faisait signe de nouveau, et Kay restait assis ; ils franchirent la porte de la ville. La neige se mit alors à tomber si dru que le petit garçon ne pouvait voir sa main devant lui ; et il lâcha vite la corde pour se dégager du grand traîneau, mais rien n'y fit, son petit traîneau était bien accroché, et l'on courait comme le vent. Il cria très fort, mais personne ne l'entendit, et la neige cinglait et le traîneau filait ; parfois un soubresaut se produisait, la route semblait pleine de fossés et de bosses. Kay était épouvanté, il voulut dire son Notre-Père, mais il ne put se rappeler que la grande table de multiplication.

Les flocons grossirent de plus en plus, ils finirent par être comme de grandes poules blanches ; soudain, elles firent un écart, le grand traîneau s'arrêta, et la personne qui le conduisait se leva, son manteau et son bonnet de fourrure n'étaient que de la neige ; c'était une dame, grande, svelte, d'une blancheur éclatante, c'était la reine des neiges.

— Nous avons fait un bon bout de chemin, dit-elle, mais tu as froid ? Viens te fourrer dans ma peau d'ours.

Et elle le prit dans son traîneau, étendit sur lui sa fourrure, et Kay crut disparaître dans un amas de neige.

— As-tu encore froid ? demanda-t-elle, et elle lui baisa le front.

Aïe, c'était plus froid que la glace, et il en fut pénétré jusqu'à son cœur, qui pourtant était déjà presque un bloc de glace ; il lui sembla qu'il allait mourir... mais cela ne dura qu'un instant, puis il en éprouva du bien ; il ne ressentit plus la froidure qui l'entourait.

— Mon traîneau ! n'oublie pas mon traîneau !

C'est à quoi il pensa tout d'abord ; et le traîneau fut attaché à l'une des poules blanches, qui vola derrière eux en le portant sur son dos. La reine des neiges baisa Kay encore une fois, et alors il oublia la petite Gerda et sa grand-mère et tout le monde de chez lui.

— Tu n'auras pas d'autre baiser, dit-elle, car un de plus te tuerait.

Il la regarda, elle était belle, il ne pouvait imaginer un visage plus rayonnant d'intelligence et de charme, elle n'avait plus l'air de glace, comme lorsqu'elle avait été à sa fenêtre et lui avait fait signe ; à ses yeux elle était parfaite, il ne sentait aucune crainte, il lui raconta qu'il savait calculer de tête, même avec les fractions, qu'il connaissait la surface des pays, et le nombre des habitants, et elle souriait tout le temps. Et il parut à Kay que tout ce qu'il savait n'était tout de même pas suffisant, et il regarda en l'air dans le vaste espace, et elle s'envola avec lui, s'envola haut jusque sur le nuage noir, et l'orage gronda et mugit, on aurait dit qu'il chantait de vieilles chansons. Ils volèrent au-dessus de forêts et de lacs, de mers et de pays ; au-dessous d'eux le vent froid sifflait, les loups hurlaient, la neige étincelait, les corneilles noires croassaient, mais tout en haut brillait la lune grande et claire, et Kay la contempla toute cette longue nuit d'hiver ; le jour venu, il dormait aux pieds de la reine des neiges.

TROISIÈME HISTOIRE

Le jardin fleuri de la femme qui s'entendait à la magie

Mais où est la petite Gerda, maintenant que Kay ne reparaît plus ? Où donc était-il ? Personne n'en savait rien, personne ne pouvait donner de ses nouvelles. Les garçons racontaient seulement qu'ils l'avaient vu attacher son petit traîneau à un autre, grand et magnifique, qui s'était engagé dans la rue et qui était sorti de la ville. Personne ne savait où il était, on versa beaucoup de larmes, la petite Gerda pleura longtemps ; puis on lui dit qu'il était mort, qu'il s'était noyé dans la rivière qui coule tout près de la ville ; oh, combien les jours d'hiver furent longs et sombres.

Enfin vint le printemps avec un soleil plus chaud.

— Kay est mort et disparu, dit la petite Gerda.

— Je ne le crois pas, dit le soleil.

— Il est mort et disparu, dit-elle aux hirondelles.

— Je ne le crois pas, répondirent-elles, et la petite Gerda finit par ne pas le croire non plus.

— Je vais mettre mes souliers rouges neufs, dit-elle un matin, ceux que Kay n'a jamais vus, et puis j'irai à la rivière et je l'interrogerai.

Il était de très bonne heure ; elle embrassa la vieille grand-mère qui dormait, mit les souliers rouges, et sortit de la ville toute seule et parvint à la rivière.

— Est-il vrai que tu m'as pris mon petit camarade de jeu ? Je te ferai cadeau de mes souliers rouges, si tu veux me le rendre.

Et les vagues, lui sembla-t-il, lui firent étrangement signe ; elle prit alors ses souliers rouges, ce qu'elle possédait de plus cher, et les jeta tous deux dans la rivière, mais ils tombèrent près du bord, et les petites vagues les ramenèrent aussitôt vers elle à terre, on aurait dit que la rivière, n'ayant pas le petit Kay, ne voulait pas prendre ce que Gerda possédait de plus cher ; mais Gerda crut qu'elle n'avait pas jeté les souliers assez loin, et alors elle monta dans une barque qui était au milieu des roseaux, elle alla jusqu'au bout de la barque et lança les souliers. Or, la barque n'était pas solidement attachée, le mouvement que lui avait imprimé Gerda l'éloigna de la rive ; la petite s'en aperçut et se dépêcha de revenir, mais elle n'avait pas atteint l'avant que déjà la barque était à une aune de la terre, et glissa ensuite encore plus vite.

La petite Gerda fut très effrayée et se mit à pleurer, mais personne ne l'entendit que les moineaux, et ils ne pouvaient pas la ramener à terre, ils volèrent seulement le long de la rive et chantèrent, comme pour la consoler : « Nous voici, nous voici ! » La barque suivit le courant ; la petite Gerda resta immobile avec ses pieds déchaussés ; les petits souliers rouges flottaient derrière, mais ne pouvaient atteindre la barque, qui allait plus vite.

C'était joli sur les deux rives, on voyait de belles fleurs, de vieux arbres et des coteaux avec des moutons et des vaches, mais pas un être humain.

« Peut-être la rivière me conduit-elle vers le petit Kay », se dit Gerda, ce qui la mit de meilleure humeur ; elle se leva et regarda pendant des heures les charmantes rives vertes ; elle parvint ainsi à un grand verger de cerisiers, où il y avait une petite maison avec de drôles de fenêtres rouges et bleues et un toit de chaume ; et devant la maison deux soldats de bois présentaient les armes à ceux qui passaient en bateau.

Gerda les appela, elle croyait qu'ils étaient vivants, mais, naturellement, ils ne répondirent pas ; elle arriva tout près d'eux, la rivière poussait la barque tout droit vers la terre.

Gerda cria encore plus fort, et de la maison sortit une vieille, vieille femme sur un bâton à crochet ; elle portait un grand chapeau de soleil où des fleurs ravissantes étaient peintes.

— Pauvre petite enfant ! dit la vieille femme ; comment es-tu venue dans cette grande rivière au courant si fort, et as-tu fait un long chemin dans le vaste monde ?

Et la vieille femme entra dans l'eau, accrocha son

bâton au bateau, qu'elle tira, et prit Gerda qu'elle mit à terre.

Gerda était heureuse de retrouver le sol, mais elle avait un peu peur de la vieille femme inconnue. Celle-ci lui dit :

— Viens me raconter qui tu es, et comment tu es venue ici.

Et Gerda raconta tout ; et la vieille branlait la tête et disait : « Hm ! Hm ! » et lorsque Gerda eut tout dit et eut demandé si la vieille n'avait pas vu le petit Kay, la femme dit qu'il n'était pas passé devant chez elle, mais qu'il viendrait bien, que Gerda ne devait pas se chagriner, mais goûter à ses cerises et regarder ses fleurs, qui étaient plus belles que tous les livres d'images, et savaient chacune raconter une histoire. Et elle prit Gerda par la main, elles entrèrent toutes deux dans la petite maison, et la vieille femme ferma la porte.

Les fenêtres étaient situées haut et les carreaux étaient rouges, bleus et jaunes ; la lumière du jour était singulière à l'intérieur, avec ces couleurs, mais il y avait sur la table de délicieuses cerises, et Gerda en mangea autant qu'elle voulut, car pour cela elle avait du courage. Et pendant qu'elle mangeait, la vieille femme lui peignait les cheveux avec un peigne d'or, et les cheveux blonds ravissants bouclaient et brillaient autour du petit visage aimable, qui était rond et ressemblait à une rose.

— J'ai toujours eu envie d'avoir une gentille petite fille comme toi, dit la vieille. Tu vas voir comme nous nous tirerons bien d'affaire.

Et à mesure qu'elle peignait les cheveux de la petite Gerda, la fillette oubliait de plus en plus Kay, son camarade de jeu ; car la vieille femme s'entendait à la magie, mais elle n'était pas méchante, elle ne faisait un peu de magie que pour son propre plaisir, et pour le moment elle désirait garder la petite Gerda C'est pourquoi elle sortit dans le jardin, et tendit son bâton à crochet vers tous les rosiers : ils avaient beau être en fleur, ils s'enfoncèrent tous dans la terre noire, et l'on ne put plus voir où ils avaient poussé. La vieille craignait que, si Gerda voyait les roses, elle vînt à penser aux siennes, à se rappeler le petit Kay, et à déguerpir.

Elle conduisit ensuite Gerda dans le jardin fleuri... Oh, quel parfum et quelle splendeur ! toutes les fleurs, et de toutes les saisons, étaient là en pleine floraison ; aucun livre d'images ne pouvait être plus beau et plus varié. Gerda sauta de plaisir, et joua jusqu'au moment où le soleil descendit derrière les grands cerisiers, alors elle eut un lit excellent avec des couvertures de soie rouge bourrées de violettes bleues, et elle dormit et rêva aussi délicieusement qu'une reine le jour de ses noces.

Le lendemain, elle put de nouveau jouer avec les fleurs au soleil, ... ainsi passèrent bien des jours. Gerda connaissait chaque fleur, et, si nombreuses qu'elles fussent, il lui semblait qu'il en manquait une, mais elle ne savait pas laquelle. Comme elle est assise, un jour, et regarde le chapeau de soleil de la vieille femme avec ses fleurs peintes, elle voit que la plus belle est justement une rose. La vieille avait oublié de l'enlever du chapeau lorsqu'elle avait fait disparaître les autres dans la terre. C'est comme ça, on ne pense pas à tout ! « Comment ! se dit Gerda, il n'y a pas ici de roses ! » Et elle courut dans les corbeilles, chercha et chercha, mais n'en trouva pas ; elle s'assit par terre et pleura, mais ses chaudes larmes tombèrent précisément à l'endroit où un rosier s'était enfoncé sous terre, et du sol arrosé de larmes surgit soudain l'arbuste, aussi fleuri que lorsqu'il s'était enfoncé, et Gerda l'entoura de ses bras, baisa les roses, et pensa aux charmantes roses de chez elle, et en même temps au petit Kay.

— Oh, que de temps j'ai perdu ! dit la fillette. Je devais retrouver Kay... Savez-vous où il est ? demanda-t-elle aux roses. Croyez-vous qu'il soit mort ?

— Il n'est pas mort, dirent les roses. Nous avons été sous la terre, où sont tous les morts, et Kay n'y était pas.

— Merci, dit la petite Gerda.

Et elle alla aux autres fleurs et regarda dans leurs calices, et demanda :

— Ne savez-vous pas où est Kay ?

Mais chaque fleur, tournée vers le soleil, rêvait de son propre conte ou de sa propre histoire, la petite Gerda entendit de ces histoires un grand nombre, mais aucune fleur ne savait rien sur Kay.

Et que disait le lis rouge ?

— Entends-tu le tambour : boum ! boum ! il n'y a que deux notes, toujours : boum ! boum ! écoute le chant de deuil des femmes ! écoute l'appel des prêtres !... Dans sa longue robe rouge la femme de l'Indou est debout sur le bûcher, les flammes montent autour d'elle et de son mari mort ; mais la femme de l'Indou pense à l'homme qui est vivant dans la foule qui l'entoure, et dont les yeux brûlent, plus ardents que les flammes ; la femme est atteinte en son cœur par le feu des yeux de cet homme plus que par les flammes qui vont bientôt réduire son corps en cendre. La flamme du cœur peut-elle mourir dans les flammes du bûcher ?

— Je ne comprends rien du tout, dit la petite Gerda.

— C'est mon conte, dit le lis rouge.

Que dit le liseron ?

— Au-dessus de l'étroit sentier de montagne se dresse un antique manoir ; le lierre épais grimpe au long des vieux murs rouges, feuille contre feuille, jusqu'au balcon où se tient une charmante fille ; elle se penche sur la balustrade et regarde le chemin. Aucune rose sur sa branche n'est plus fraîche, aucune fleur de pommier qu'emporte le vent n'est plus légère ; elle s'agite, et sa magnifique robe de soie froufroute. « Mais ne va-t-il pas venir ? »

— Est-ce Kay que tu veux dire ? demanda la petite Gerda.

— Je ne parle que de mon conte, de mon rêve, dit le liseron.

Que dit le petit perce-neige ?

— Dans les arbres est suspendue par des cordes une planche, c'est une balançoire ; deux gentilles fillettes, avec leurs robes blanches comme neige et de longs rubans de soie verte qui voltigent derrière leurs chapeaux, sont assises et se balancent ; le frère, qui est plus grand qu'elles, est debout sur la planche ; il a le bras passé autour de la corde pour se tenir, car il a dans une main une petite coupe, dans l'autre un tuyau de pipe, et il souffle des bulles de savon ; la balançoire marche, et les bulles volent avec de jolies couleurs irisées ; la dernière est encore au bout du tuyau et s'incline sous le vent ; la balançoire marche. Le petit chien noir, léger comme les bulles, se dresse sur ses pattes de derrière et veut monter sur la balançoire ; elle vole, il tombe, il aboie et se fâche ; on en rit, les bulles éclatent, ... une planche qui vole, une écume qui se brise, voilà ma chanson !

— Il se peut que ce soit joli, ce que tu racontes là, mais tu le dis d'un ton triste et tu ne nommes pas Kay. Que disent les hyacinthes ?

— Il y avait trois charmantes sœurs, toutes menues et diaphanes ; l'une avait une robe rouge, la seconde bleue et la troisième blanche ; la main dans la main elles dansèrent près du lac paisible au clair de lune.

Elles n'étaient pas des elfes, elles étaient filles d'homme. L'air embaumait et les sœurs disparurent dans la forêt. L'air sentit plus fort ; ... trois cercueils, où gisaient les charmantes filles, sortirent du fourré et glissèrent sur le lac ; des vers luisants volaient autour comme de petites lumières flottantes. Les danseuses dorment-elles ou sont-elles mortes ?... Le parfum des fleurs dit qu'elles ont vécu. La cloche du soir sonne pour les mortes.

— Tu me désoles, dit la petite Gerda. Tu sens bien fort ; tu me fais penser aux filles mortes ! Hélas ! le petit Kay est-il vraiment mort ? Les roses ont été sous la terre, et elles disent que non.

— Ding, dang ! sonnèrent les cloches de l'hyacinthe. Nous ne sonnons pas pour le petit Kay, nous ne le connaissons pas. Nous ne chantons que notre chanson, la seule que nous sachions.

Et Gerda se tourna vers la renoncule jaune, qui brillait au milieu de ses feuilles vertes luisantes.

— Tu es un petit soleil lumineux, dit Gerda. Dis-moi si tu sais où je peux trouver mon camarade de jeu ?

Et la renoncule fut rayonnante et regarda Gerda. Quelle chanson pouvait bien chanter la renoncule ? Il n'y était pas non plus question de Kay.

— Dans une petite maison le soleil de Notre-Seigneur luisait chaud le premier jour du printemps ; ses rayons touchaient le bas du mur blanc du voisin, tout près brillaient les premières fleurs jaunes, or lumineux aux chauds rayons du soleil ; la vieille grand-mère était assise dehors sur sa chaise, sa petite-fille, la pauvre et jolie servante, rentra d'une courte visite ; elle embrassa la grand-mère. Il y avait de l'or, de l'or du cœur, dans ce baiser béni. Or sur les lèvres, or au fond de l'être, or dans l'heure d'aube. Voilà ma petite histoire, dit la renoncule.

« Ma pauvre vieille grand-mère, soupira Gerda. Oui, elle me regrette sûrement, elle s'inquiète de moi, comme elle s'est inquiétée du petit Kay. Mais je rentrerai bientôt, et je ramènerai Kay... Il est inutile que j'interroge les fleurs, elles ne savent que leur propre chanson, elles ne me renseignent pas ! »

Et elle retroussa sa petite robe afin de pouvoir courir plus vite ; mais le narcisse lui donna un coup sur la jambe, comme elle sautait par-dessus ; elle s'arrêta, regarda la haute fleur jaune, et demanda :

— Sais-tu quelque chose, peut-être ?

Elle se pencha sur le narcisse. Et que dit-il ?

— Je peux me voir moi-même ! je peux me voir moi-même ! dit le narcisse. Oh, oh, comme je sens bon !... Là-haut, dans la petite mansarde, à demi habillée, se tient une petite danseuse, elle est tantôt sur une jambe, tantôt sur deux, elle est pure fantasmagorie ; de son pied elle envoie promener tout le monde, elle verse de l'eau de la théière sur une pièce d'étoffe, c'est son corset ; ... la propreté, c'est une qualité ; la robe blanche est accrochée à la patère ; elle aussi a été lavée au thé, puis séchée sur le toit ; la danseuse met la robe, et autour de son cou le fichu jaune safran, qui fait ressortir la blancheur de la robe. La jambe en l'air ! La voilà dressée sur une seule tige ! je peux me voir moi-même ! je peux me voir moi-même !

— Tout ça m'est bien égal, dit Gerda, ce n'est rien pour moi !

Et elle courut au bout du jardin.

La porte était fermée, mais elle tortilla le crampon rouillé, qui céda, et la porte s'ouvrit, et la petite Gerda, sur ses pieds déchaussés, s'élança dans le vaste monde. Elle se retourna trois fois, mais personne ne la suivait ; bientôt elle ne put plus courir et s'assit sur une grosse pierre, elle regarda autour d'elle, et vit que l'été était passé, on était dans l'automne avancé, elle n'avait pu s'en rendre compte, là-bas, dans le beau jardin où il y avait toujours du soleil et les fleurs de toutes les saisons.

« Mon Dieu, que de temps j'ai perdu ! se dit la petite Gerda. Voilà l'automne ! Je n'ose pas me reposer ! »

Et elle se leva pour partir.

Oh, comme ses petits pieds furent meurtris et las, et comme tout, alentour, avait l'air froid et ingrat ; les saules étaient tout jaunes, et le brouillard en tombait goutte à goutte, les feuilles se détachaient l'une après l'autre, seul le prunellier avait des fruits, âpres à vous faire serrer les dents. Oh, comme le vaste monde était gris et rude.

QUATRIÈME HISTOIRE

Prince et princesse

Gerda dut se reposer de nouveau ; et sur la neige, devant elle, une grande corneille sauta ; l'oiseau resta longtemps, la regarda, tournant la tête, puis dit :

— Kra ! kra !... B'jour, ça va ?

La corneille ne pouvait dire mieux, mais elle était très bien disposée à l'égard de la petite fille, et lui demanda où elle allait ainsi toute seule dans le vaste monde. Gerda comprit fort bien le mot : seule, et sentit tout ce qu'il enfermait, elle raconta toute sa vie à la corneille et lui demanda si elle n'avait pas vu Kay.

Et la corneille hocha la tête d'un air réfléchi, et dit :

— Ça se peut ! ça se peut !

— Vraiment, tu crois ! dit la petite fille.

Elle aurait presque étouffé la corneille, tant elle l'embrassa.

— Doucement, doucement ! dit la corneille. Je crois

que ça peut être le petit Kay, mais il t'a sûrement oubliée pour la princesse.

— Il habite chez une princesse ? demanda Gerda.

— Oui, écoute, dit la corneille, mais j'ai bien du mal à parler ta langue. Si tu me comprends quand je parle corneille, je raconterai beaucoup mieux *.

— Non, je ne l'ai pas appris, dit Gerda, mais grand-mère le savait, et elle savait aussi le javanais.

— Ça ne fait rien, dit la corneille, je raconterai de mon mieux, tant pis si c'est mal dit.

Et elle raconta ce qu'elle savait :

— Dans le royaume où nous sommes habite une princesse dont l'intelligence est prodigieuse ; il est vrai qu'elle a lu tous les journaux qui existent dans le monde et qu'elle les a oubliés, tellement elle est intelligente. Il y a quelque temps, elle était assise sur le trône, ce qui n'est pas amusant, dit-on, quand elle s'est mise à fredonner une chanson, c'était : « Pourquoi ne me marierais-je pas ? » — « Tiens, c'est une idée », dit-elle, et elle a voulu se marier, mais elle voulait avoir un homme qui sût répondre quand on lui parlait, un homme qui ne se contenterait pas d'avoir l'air distingué, car c'est trop ennuyeux. Elle convoqua donc toutes les dames de la cour, et lorsqu'elles eurent entendu ce qu'elle voulait, elles furent enchantées. « Voilà qui me plaît, dirent-elles, j'y avais déjà pensé. » C'est vrai d'un bout à l'autre, tu sais, ce que je te raconte, dit la corneille. J'ai une fiancée apprivoisée qui circule librement dans le château, c'est elle qui m'a tout raconté.

Sa fiancée était naturellement aussi une corneille, car la corneille cherche son pareil.

* Le « langage de corneille » est une sorte de javanais, comme on dit en argot français (indication de P. G. La Chesnais).

— Les journaux parurent tout de suite avec une bordure de cœurs et le chiffre de la princesse ; on pouvait y lire que tout jeune homme de bonne tournure pouvait se présenter au château et parler à la princesse, et que celui qui parlerait de sorte que l'on pût entendre qu'il était là bien à sa place, et qu'il parlerait le mieux, la princesse le prendrait pour époux... Ah, dit la corneille, tu peux m'en croire, c'est aussi vrai que je suis ici, les gens accoururent, il y eut foule et grande hâte, mais sans succès le premier jour, ni le second. Tous ces gens savaient bien parler quand ils étaient dehors dans la rue, mais lorsqu'ils franchissaient la porte du château et voyaient la garde en uniformes argentés, et sur les marches les laquais dorés, et les grandes salles resplendissantes de lumières, ils étaient décontenancés ; et lorsqu'ils étaient devant le trône où la princesse était assise, ils ne savaient plus rien dire que le dernier mot qu'elle avait prononcé, et qu'elle ne se souciait pas d'entendre de nouveau. C'était comme si les gens avaient avalé du tabac à priser qui les aurait hébétés,... jusqu'au moment où, revenus dans la rue, ils pouvaient de nouveau parler. Ils formaient une queue depuis la porte de la ville jusqu'au château. J'ai moi-même été les voir, dit la corneille. Ils finissaient par avoir faim et soif, mais ils n'ont rien reçu au château, pas même un verre d'eau tiède. Quelques-uns des plus malins avaient bien emporté des tartines, mais ils ne partageaient pas avec leurs voisins, car ils se disaient : « Si mon voisin a l'air d'avoir faim, la princesse ne le prendra pas. »

— Mais Kay, le petit Kay, demanda Gerda, quand est-il venu ? Était-il parmi cette foule ?

— Patience, patience ! nous arrivons à lui maintenant. C'était le troisième jour ; il arriva un petit

cesse, ou voulez-vous l'emploi de corneilles de cour avec tous les déchets de la cuisine ?

Et les deux corneilles firent la révérence et demandèrent la charge offerte, car elles pensèrent à leur vieillesse, et dirent qu'il était bon d'avoir quelque chose pour ses vieux jours.

Le prince se leva de son lit et y fit coucher Gerda : il ne pouvait faire plus. Elle joignit ses petites mains et songea : « Que les gens et les animaux sont bons ! » et elle ferma les yeux et dormit délicieusement. Tous les rêves revinrent en volant, cette fois ils avaient l'air d'anges de Dieu, et ils tiraient un petit traîneau, où Kay était assis et faisait des signes de tête, mais ce n'était là qu'une rêverie, qui disparut aussitôt qu'elle fut réveillée.

Le lendemain elle fut habillée de soie et de velours des pieds à la tête ; on lui offrit de rester au château où elle aurait des jours heureux, mais elle ne demanda qu'une petite voiture avec un cheval, et une paire de petits souliers pour s'en aller par le vaste monde et trouver Kay.

Et elle eut des souliers et un manchon ; elle fut très joliment vêtue, et quand elle fut prête à partir, un carrosse neuf d'or pur attendait à la porte ; les armes du prince et de la princesse y brillaient comme une étoile ; cocher, domestiques et postillons, car il y avait aussi des postillons, portaient des livrées brodées de couronnes d'or. Le prince et la princesse la menèrent eux-mêmes à la voiture, et lui souhaitèrent bonne chance. La corneille apprivoisée, mariée maintenant, l'accompagna les trois premières lieues ; elle se mit à côté d'elle, car elle ne pouvait supporter d'aller à reculons ; l'autre corneille était à la porte et battait des ailes, elle devait rester parce qu'elle avait mal à la tête depuis qu'elle avait une charge à la cour et trop à manger. Le carrosse était bourré à l'intérieur de craquelins sucrés, et dans la caisse du siège il y avait des fruits et des pains d'épice.

— Adieu, adieu ! crièrent le prince et la princesse.

La petite Gerda pleura, et la corneille pleura ;... ainsi furent parcourues les trois premières lieues ; alors la corneille aussi dit adieu, et ce fut une séparation bien pénible ; elle s'envola dans un arbre et battit de ses ailes noires tant qu'elle put voir le carrosse, qui rayonnait comme le soleil.

CINQUIÈME HISTOIRE

La petite fille de brigand

On roulait à travers la forêt sombre, mais le carrosse luisait comme un flambeau, cela blessa les yeux des brigands, ils ne pouvaient tolérer cela.

— C'est de l'or, c'est de l'or, crièrent-ils, ils se précipitèrent, arrêtèrent les chevaux, massacrèrent les petits jockeys et les domestiques, et tirèrent de la voiture la petite Gerda.

— Elle est grasse, elle est gentille, elle est engraissée au pain d'épice, dit la vieille femme de brigand, qui avait une barbe en broussaille et des sourcils pendant jusque sur ses yeux. — C'est comme un agneau gras, ça sera bon à manger.

Et elle tira son couteau affilé, qui brilla terriblement.

— Aïe, dit la femme aussitôt.

Elle venait d'être mordue à l'oreille par sa propre fillette qu'elle portait sur son dos, et qui était sauvage et mal élevée à souhait.

— Vilaine enfant ! dit la mère, qui n'eut pas le temps de tuer Gerda.

— Elle jouera avec moi, dit la fille de brigand. Elle me donnera son manchon et sa belle robe, et elle couchera dans mon lit.

Et elle mordit de nouveau, et la femme sauta en l'air et tourna en rond, et tous les brigands se mirent à rire, disant :

— Regardez comme elle danse avec sa petite !

— Je veux aller dans le carrosse, dit la fille de brigand.

Et ce qu'elle voulait, elle le voulait bien, car elle était tenace et très gâtée. Elle et Gerda prirent place dans la voiture et s'enfoncèrent plus loin dans la forêt, cahotées par des souches et des broussailles. La fille de brigand était aussi grande que Gerda, mais plus forte, plus large d'épaules, et brune de peau ; ses yeux étaient tout à fait noirs, et avaient un air presque désolé. Elle prit la petite Gerda par la taille et dit :

— On ne te tuera pas tant que je ne serai pas fâchée avec toi. Tu es sûrement une princesse ?

— Non, dit la petite Gerda, et elle raconta tout ce qu'il lui était arrivé, et combien elle aimait le petit Kay.

La fille de brigand la regardait d'un air grave, elle fit un léger signe de tête, et dit :

— Ils ne te tueront pas, même si je suis fâchée avec toi, dans ce cas-là, je le ferai bien moi-même.

Et elle essuya les yeux de Gerda, et fourra ses deux mains dans le beau manchon, qui était si doux et si chaud.

Le carrosse s'arrêta ; elles étaient au milieu de la cour d'un château de brigands, tout lézardé du haut en bas, corbeaux et corneilles s'envolaient de tous les trous, et les deux grands bouledogues, qui avaient l'air de pouvoir chacun avaler un homme, sautaient par grands bonds, mais n'aboyaient pas, car c'était défendu.

Dans la grande vieille salle enduite de suie, un grand feu était allumé au milieu du dallage; la fumée s'accumulait sous le plafond et devait se chercher elle-même une issue; une grande marmite de soupe bouillait, et l'on tournait la broche avec des lièvres et des lapins.

— Tu vas dormir avec moi cette nuit près de mes petits animaux, dit la fille de brigand.

Elles eurent à manger et à boire, puis allèrent dans un coin où il y avait de la paille et des couvertures. Au-dessus d'elles, sur des lattes et des barreaux, étaient près de cent pigeons qui avaient tous l'air de dormir, mais ils tournèrent légèrement la tête à l'arrivée des fillettes.

— Ils sont tous à moi, dit la fille de brigand, et elle en attrapa un des plus proches, le tint par les pattes et le secoua, ce qui le fit battre des ailes. — Embrasse-le! cria-t-elle en le jetant à la figure de Gerda. — Là, ce sont les canailles de la forêt, continua-t-elle en montrant une quantité de barreaux qui fermaient un trou placé haut dans le mur. Ce sont les canailles de la forêt, ces deux-là, ils s'envolent tout de suite et disparaissent, si on ne les a pas bien enfermés. Et ici, c'est mon vieux chéri, Bê!

Et elle tira par les cornes un renne qui portait au cou un anneau de cuivre poli, et qui était attaché. « Nous devons bien le tenir, lui aussi, sans quoi il bondit et s'en va. »

— Tous les soirs je lui caresse le cou avec mon couteau affilé, dont il a si peur.

Et d'une fente du mur, la fillette tira un long couteau qu'elle fit glisser sur le cou du renne; la pauvre bête ruait et la fille de brigand riait; puis elle tira Gerda qui tomba sur le lit.

— Vas-tu garder le couteau en dormant ? demanda Gerda, qui regardait cette lame avec crainte.

— Je dors toujours avec mon couteau, dit la fille de brigand. On ne sait jamais ce qui peut arriver. Mais raconte-moi encore ce que tu disais tout à l'heure du petit Kay, et pourquoi tu es partie dans le vaste monde.

Et Gerda reprit son récit, et les pigeons de la forêt roucoulaient là-haut, dans leur cage, les autres dormaient. La fille de brigand passa son bras autour du cou de Gerda, tout en tenant le couteau de l'autre main, et s'endormit ; on pouvait l'entendre ; mais Gerda ne put fermer les yeux, elle ne savait si elle allait vivre ou mourir. Les brigands étaient assis autour du feu, ils chantaient et buvaient, et la vieille femme faisait des culbutes. Oh, c'était affreux à voir pour la fillette.

Alors les pigeons des bois dirent :

— Crou, crou ! nous avons vu le petit Kay. Une poule blanche portait son traîneau, il était assis dans la voiture de la reine des neiges, qui volait bas au-dessus de la forêt, quand nous étions au nid ; elie a soufflé sur nous autres petits, et tous sont morts, sauf nous deux ; crou, crou !

— Que dites-vous là-haut ! demanda Gerda. Où allait la reine des neiges ? Pouvez-vous le dire ?

— Elle allait sûrement en Laponie, où il y a toujours de la neige et de la glace. Tu n'as qu'à interroger le renne qui est attaché à la corde.

— Il y a de la neige et de la glace, dit le renne, c'est agréable et bon ! et l'on saute librement dans les grandes vallées blanches ; c'est là que la reine des neiges a sa tente d'été, mais son château est là-haut vers le pôle Nord, dans l'île qu'on appelle Spitzberg.

— Oh, Kay, petit Kay, soupira Gerda.

— Tu vas te tenir tranquille, hein ! dit la fille de

brigand, sans quoi tu auras mon couteau dans le ventre !

Le matin, Gerda lui raconta tout ce qu'avaient dit les pigeons des bois, et la fille de brigand eut un air grave, mais elle hocha la tête et dit :

— Ça m'est égal, ça m'est égal... Sais-tu où est la Laponie ? demanda-t-elle au renne.

— Qui le saurait mieux que moi ? dit l'animal, dont les yeux brillèrent. C'est là que je suis né, que j'ai bondi sur les champs de neige !

— Écoute, dit la fille de brigand à Gerda, tu vois que tous nos hommes sont partis, mais la mère est encore ici ; seulement, plus tard dans la matinée, elle va boire à la grande bouteille, après quoi elle fera un petit somme ;... alors, je ferai quelque chose pour toi.

Elle sauta du lit, se précipita au cou de sa mère, lui tira les moustaches, et dit :

— Bonjour, mon gentil bouc à moi !

Et la mère lui donna dans le nez une chiquenaude qui le rendit rouge et bleu, mais ce n'était qu'une marque d'amour.

Lorsque la mère eut bu à sa bouteille et se fut endormie, la fille de brigand s'approcha du renne et dit :

— J'aurais bien envie de te chatouiller souvent encore avec le couteau affilé, car tu es alors si amusant, mais peu importe, je vais te détacher et t'aider à sortir, afin que tu puisses courir en Laponie, mais il faut que tu ailles grand train et que tu me conduises cette petite fille au château de la reine des neiges, où est son camarade de jeu. Tu as bien entendu ce qu'elle a raconté, car elle parlait assez haut, et tu écoutes tout !

Le renne bondit de joie. La fille de brigand souleva la petite Gerda et eut la précaution de bien l'attacher, et même de l'asseoir sur un petit coussin.

— Ça m'est égal, dit-elle, tu as tes souliers fourrés, car il fera froid, mais le manchon, je le garde, il est trop joli. Tu n'auras tout de même pas froid, voilà les grandes moufles de ma mère elles montent jusqu'au coude ; entre-moi là-dedans !... Voilà que, par les mains, tu ressembles à ma vilaine mère.

Et Gerda versait des larmes de joie.

— Je n'aime pas te voir pleurnicher, dit la fille de brigand. Tu devrais être contente, maintenant ! Et tu as là deux pains et un jambon, tu n'auras pas faim.

Le tout fut attaché sur le renne ; la fille de brigand ouvrit la porte, attira tous les grands chiens dans la salle, puis coupa la corde avec son couteau et dit au renne :

— Allons, cours ! Mais veille bien sur la petite fille !

Et Gerda tendit les mains, avec les grandes moufles, vers la fille de brigand, et dit adieu, et le renne détala, par-dessus buissons et souches, à travers la grande forêt, franchit marais et plaines, de toutes ses forces. Les loups hurlaient, les corbeaux croassaient. Et le ciel parla aussi : « Pfut ! Pfut ! » On aurait dit qu'il éternuait rouge.

— Ce sont mes vieilles aurores boréales, dit le renne ; vois, quelles lueurs !

Et il courut encore plus fort, nuit et jour ; les pains furent mangés, le jambon aussi, et l'on fut en Laponie.

SIXIÈME HISTOIRE

La Laponne et la Finnoise

Ils s'arrêtèrent près d'une petite maison. Elle était bien misérable, avec son toit qui descendait jusqu'à terre, et sa porte si basse que la famille devait ramper sur le ventre quand elle voulait sortir ou entrer. Il n'y avait là qu'une vieille Laponne qui cuisait du poisson sur une lampe à l'huile de morue, et le renne raconta toute l'histoire de Gerda, mais d'abord la sienne, car elle lui paraissait beaucoup plus importante, et Gerda était tellement engourdie par le froid qu'elle ne pouvait parler.

— Ah, pauvres de vous ! dit la Laponne, il vous faut courir encore bien loin ! Vous avez plus de cent lieues à faire pour aller dans le Finmarck, car c'est là que la reine des neiges a sa maison de campagne, et que les aurores boréales s'allument tous les soirs. J'écrirai quelques mots sur de la morue séchée, je n'ai pas de papier, je vous donnerai ça pour la Finnoise, là-haut, elle pourra vous renseigner mieux que moi.

Et lorsque Gerda se fut réchauffée, et qu'elle eut bu et mangé, la Laponne écrivit quelques mots sur de la morue séchée, recommanda à Gerda d'en prendre bien soin, et l'attacha solidement sur le renne, qui partit d'un bond. Pfut ! Pfut ! En haut, dans l'air, jaillirent de délicieuses aurores boréales bleues ; ... et l'on arriva au Finmarck, et l'on frappa à la cheminée de la Finnoise, car elle n'avait même pas de porte.

La chaleur était telle, chez la Finnoise, qu'elle-même était presque toute nue ; elle était petite et très sale ; elle déshabilla tout de suite la petite Gerda, lui ôta ses moufles et ses souliers, car elle aurait eu trop chaud, elle mit un morceau de glace sur la tête du renne, puis elle lut ce qui était écrit sur la morue séchée ; elle le lut trois fois, si bien qu'elle le sut par cœur, après quoi elle jeta la morue dans la marmite, car ça se mange, jamais elle ne laissait rien se perdre.

Alors le renne raconta d'abord son histoire, puis celle de la petite Gerda, et la Finnoise cligna de ses yeux intelligents, mais ne dit rien.

— Tu es habile, dit le renne, je sais que tu peux

attacher tous les vents du monde avec un fil ; si le capitaine de navire défait un nœud, il a bon vent, s'il en défait un second, la brise est forte, et s'il défait le troisième et le quatrième, il a une tempête à renverser des forêts. Ne veux-tu pas donner à la petite fille une boisson qui lui donnera la force de vingt hommes et lui permettra de l'emporter sur la reine des neiges ?

— La force de vingt hommes, dit la Finnoise, oui, ça suffira bien !

Elle alla prendre sur une tablette une grande peau roulée, qu'elle déroula ; des lettres bizarres étaient écrites dessus ; la femme lut, et des gouttes perlèrent sur son front.

Et le renne l'implora de nouveau pour la petite Gerda, et Gerda regarda la Finnoise avec des yeux si suppliants, que la femme cligna encore des siens, et entraîna le renne dans un coin, où tout en lui mettant un nouveau morceau de glace sur la tête, elle lui dit à voix basse :

— Le petit Kay est en effet chez la reine des neiges et y trouve tout à son goût et à son idée ; il croit qu'il est dans la meilleure partie du monde ; mais cela vient de ce qu'il a reçu un éclat de verre dans le cœur et une poussière de verre dans l'œil ; il faut qu'il en soit d'abord débarrassé, sans quoi il ne deviendra jamais un homme, et la reine des neiges conservera son pouvoir sur lui.

— Mais ne peux-tu pas donner à la petite Gerda quelque mixture avec quoi elle pourrait avoir prise sur tout cela ?

— Je ne peux pas lui procurer un pouvoir plus grand que celui qu'elle a déjà. Ne vois-tu pas comme il est grand ? Ne vois-tu pas comme les gens et les animaux doivent la servir, comment, les pieds nus, elle a si bien fait son chemin. Il ne faut pas qu'elle accroisse par nous son pouvoir, qui réside dans son cœur. Il consiste en ce qu'elle est une douce enfant innocente. Si elle ne peut pas elle-même parvenir à la reine des neiges et extirper le verre du petit Kay, nous n'y pouvons rien. A deux lieues d'ici commence le jardin de la reine des neiges, tu peux y porter la fillette, dépose-la près du grand buisson qui est là dans la neige avec ses baies rouges, ne perds pas ton temps à bavarder, et dépêche-toi de revenir.

Et la Finnoise prit la petite Gerda pour la mettre sur le renne, qui courut de toutes ses forces.

— Oh, je n'ai pas mes souliers ! je n'ai pas mes moufles ! cria la petite Gerda.

Elle venait de s'en apercevoir au froid cuisant, mais le renne n'osa pas s'arrêter, il courut jusqu'à ce qu'il fût arrivé au grand buisson à baies rouges ; là, il déposa Gerda, lui donna un baiser sur la bouche, et de grosses larmes coururent sur les joues de l'animal, puis il courut le plus vite qu'il put pour s'en retourner. La pauvre Gerda resta sans souliers ni gants en plein Finmarck terrible et glacial.

Elle courut en avant tant qu'elle put ; alors s'avança un vrai régiment de gros flocons de neige ; mais ils ne tombaient pas du ciel, qui était très clair et où brillait une aurore boréale ; les flocons couraient à ras de terre, et plus ils approchaient, plus ils grossissaient ; Gerda se rappelait combien ils lui avaient paru gros et parfaits lorsqu'elle les avait regardés dans la loupe, mais ils étaient ici autrement grands et terribles, ils étaient vivants, ils étaient les avant-postes de la reine des neiges, ils prenaient les formes les plus étranges ; les uns avaient l'air de grands hérissons affreux, d'autres semblaient des paquets de serpents qui avançaient leurs têtes, et d'autres étaient comme des petits ours rebondis, au poil brillant, tous étaient d'une blancheur éclatante, tous étaient flocons de neige vivants.

Alors la petite Gerda dit son Notre-Père, et le froid était si intense qu'elle pouvait voir sa propre haleine qui lui sortait de la bouche à l'état d'épaisse fumée ; cette haleine devint de plus en plus dense et devint des petits anges lumineux, qui grandirent à mesure qu'ils touchèrent terre ; et tous avaient casque sur la tête, écu et lance dans les mains ; leur nombre allait croissant, et lorsque Gerda eut achevé son Notre-Père, ils furent toute une légion autour d'elle ; de leurs lances ils percèrent les horribles flocons, qui éclatèrent en cent morceaux, et la petite Gerda s'avança d'un pas sûr et intrépide. Les anges lui tapotèrent les pieds et les mains, elle sentit moins combien il faisait froid, et elle se dirigea rapidement vers le château.

Mais nous devons d'abord voir où en est Kay. Il ne pensait guère à la petite Gerda, et encore moins se doutait-il qu'elle fût devant le château.

SEPTIÈME HISTOIRE

Ce qui avait eu lieu au château de la reine des neiges et ce qui eut lieu ensuite

Les murs du château étaient faits de poussière de neige, et les fenêtres et les portes de vents aigres ; il y avait plus de cent salles, formées par les tourbillons de la neige, la plus grande avait des lieues de long, toutes étaient illuminées d'aurores boréales, elles étaient grandes, vides, glaciales et lumineuses. Jamais aucun plaisir ici, pas même le moindre bal d'ours, où la tempête aurait pu souffler et les ours blancs marcher sur leurs pattes de derrière et montrer des manières distinguées ; jamais la moindre réunion de jeu où l'on se dispute et bat des mains ; jamais la moindre séance de bavardage autour du café de ces demoiselles les renardes blanches ; les salles de la reine des neiges étaient vides, grandes et froides. Les aurores boréales y luisaient si exactement que l'on pouvait prévoir le moment où leur lumière était la plus vive et celui où elle l'était le moins. Au centre de l'immense salle de neige nue était un lac gelé ; la glace était brisée en mille morceaux, mais chaque morceau était tout pareil aux autres, c'était une vraie merveille ; et au milieu du lac siégeait la reine des neiges, quand elle était chez elle, et elle disait qu'elle trônait sur le miroir de la raison, qui était unique et le meilleur de ce monde.

Le petit Kay était tout bleu de froid, presque noir, mais il ne s'en apercevait pas, car le baiser de la reine des neiges lui avait enlevé le frisson du froid, et son cœur était, autant dire, un bloc de glace. Il circulait et prenait des morceaux de glace plats et coupants, qu'il disposait de toutes les manières, car il voulait arriver à un résultat ; c'était comme lorsque nous avons de petites plaques de bois découpées dont nous formons des figures que l'on appelle jeux chinois. Kay aussi formait des figures, et très compliquées, c'était le « jeu de glace de la raison » ; à ses yeux ces figures étaient remarquables et de la plus haute importance ; l'éclat de verre qu'il avait dans l'œil en était cause ! il composait des figures qui étaient un mot écrit, mais jamais il ne parvenait à tracer le mot que précisément il voulait, le mot : *Éternité*, et la reine des neiges lui avait dit : « Si tu peux me le composer, tu seras ton propre maître et je te donnerai le monde entier et une paire de patins neufs. » Mais il ne pouvait pas.

— Je vais m'envoler vers les pays chauds, dit la reine des neiges, je veux jeter un coup d'œil dans les marmites noires. — Elle parlait des montagnes qui crachent du feu, qu'on appelle l'*Etna* et le *Vésuve.* — Je vais les blanchir un peu ; ça fait partie du voyage ; cela fera bien sur les citronniers et les vignes.

Et la reine des neiges s'envola, et Kay resta tout seul dans la salle de glace vide, longue de nombreuses lieues ; il regardait ses morceaux de glace, il réfléchissait profondément, à en éclater, il demeurait immobile et raide, on aurait cru qu'il était mort de froid.

Ce fut alors que la petite Gerda entra dans le château par la grande porte, qui était de vents aigres ; mais Gerda récita sa prière du soir, les vents tombèrent comme s'ils voulaient dormir, et elle pénétra dans les grandes salles vides ; ... et elle aperçut Kay, le reconnut, lui sauta au cou, le tint serré dans ses bras, et cria :

— Kay, mon gentil petit Kay, je t'ai donc retrouvé !

Mais lui resta immobile, raide et froid ; ... et Gerda pleura de chaudes larmes, elles tombèrent sur la poitrine du garçon, parvinrent à son cœur, y firent fondre le bloc de glace, entraînèrent l'éclat de verre qui s'était logé là ; Kay la regarda et elle chanta le psaume :

Les roses poussent aux vallées,
où l'enfant Jésus vient causer.

Alors Kay versa aussi des larmes, il en versa tellement que la poussière de verre coula de ses yeux, il reconnut Gerda et déborda de joie :

— Gerda ! gentille petite Gerda !... où donc as-tu été depuis si longtemps ? Et où ai-je été ? — Et il regarda autour de lui. — Comme il fait froid ici ! comme c'est grand et vide !

Et il se tint serré contre Gerda, et elle riait et pleurait de joie ; leur bonheur était si parfait que même les morceaux de glace se mirent à danser de joie autour d'eux, et lorsqu'ils furent fatigués et s'arrêtèrent, ils formèrent précisément le mot que la reine des neiges avait dit à Kay de composer ; il était donc son propre maître, et elle devait lui donner le monde entier et une paire de patins neufs.

Et Gerda lui baisa les joues, qui devinrent roses ; elle lui baisa les yeux, qui brillèrent comme les siens, elle baisa ses mains et ses pieds, et il fut alerte et fort. La reine des neiges pouvait bien rentrer chez elle ; il avait sa lettre de franchise écrite en brillants morceaux de glace.

Et tous deux se donnèrent la main et sortirent du grand château ; ils parlaient de la grand-mère et des rosiers qui poussaient sur le toit ; et sur leur parcours les vents ne soufflaient pas du tout et le soleil se montrait ; et lorsqu'ils parvinrent au buisson à baies rouges, le renne était là qui les attendait ; il avait avec lui une jeune femelle dont le pis était plein, elle donna son lait chaud aux deux enfants et les baisa sur la bouche. Et les rennes portèrent Kay et Gerda d'abord chez la Finnoise, où ils se réchauffèrent dans la cabane et furent renseignés sur le chemin du retour, puis chez la Laponne qui leur avait cousu des vêtements neufs et avait préparé son traîneau.

Les deux rennes bondissaient à leurs côtés et les accompagnèrent jusqu'à la limite du pays, à l'endroit où perçaient les premiers bourgeons verts ; là, ils prirent congé des rennes et de la Laponne. « Adieu ! » dirent-ils tous. Les premiers petits oiseaux gazouillaient, la forêt commençait à verdir, et Gerda en vit sortir un magnifique cheval qu'elle connaissait, car il avait été attelé au carrosse d'or, et il était monté par une jeune fille coiffée d'un bonnet rouge éclatant, qui avait des pistolets devant elle ; c'était la petite fille de brigand ; elle en avait eu assez d'être chez elle, et voulait voyager d'abord dans le Nord, et ensuite ailleurs, si le Nord ne lui plaisait pas. Elle reconnut tout de suite Gerda, et Gerda la reconnut, ce fut une joie.

— Tu es drôle à trottiner comme ça, dit la fille de brigand à Kay ; je me demande si tu mérites que l'on coure au bout du monde pour toi !

Gerda lui tapota la joue et la questionna sur le prince et la princesse.

— Ils sont partis à l'étranger, dit la fille de brigand.

— Et la corneille ? demanda la petite Gerda.

— La corneille est morte. La fiancée apprivoisée est veuve et porte à la patte un bout de ruban de laine noire ; elle geint lamentablement, et tout ça, c'est des bêtises !... Mais raconte-moi maintenant ton histoire, et comment tu l'as retrouvé.

Et Gerda et Kay racontèrent tous les deux.

— Et voilà l'histoire finie ! dit la fille de brigand.

Elle leur serra la main à tous deux, et promit que si elle passait un jour par leur ville, elle monterait leur faire une visite, puis elle s'en fut à cheval dans le vaste monde, et Kay et Gerda marchèrent la main dans la main, et ils avançaient dans un délicieux printemps verdoyant et fleuri ; les cloches des églises sonnaient, et ils reconnurent les hautes tours, la grande ville, c'était la ville qu'ils habitaient, ils y entrèrent, arrivèrent à la porte de la grand-mère, montèrent l'escalier, ouvrirent la chambre, où tout se trouvait à la même place qu'auparavant, et la pendule disait : « dik ! dik ! » et l'aiguille tournait ; mais au moment où ils franchirent la porte, ils s'aperçurent qu'ils étaient devenus grandes personnes. Les rosiers placés sur le chéneau fleurissaient dans la fenêtre ouverte, et il y avait là deux petits sièges d'enfants, et Kay et Gerda s'assirent chacun sur le sien en se tenant par la main, ils avaient oublié comme un rêve pénible la froide et vide splendeur du château de la reine des neiges. La grand-mère était assise à la lumière du soleil de Dieu et lisait à haute voix dans la Bible : « Si vous ne devenez pas comme des enfants, vous n'entrerez pas dans le royaume de Dieu. »

Et Kay et Gerda se regardèrent dans les yeux et comprirent soudain le vieux psaume :

Les roses poussent aux vallées,
où l'enfant Jésus vient causer.

Ils étaient assis là, tous deux, grandes personnes et tout de même enfants, enfants par le cœur, et c'était l'été, l'été chaud et béni.

L'AIGUILLE À REPRISER

Il y avait une fois une aiguille à repriser si fière de sa personne, qu'elle se prenait pour une aiguille à coudre.

— Regardez bien ce que vous tenez, disait l'aiguille à repriser aux doigts qui la prenaient. Ne me perdez pas ! Si je tombe sur le parquet, on pourrait bien ne jamais me retrouver, tant je suis fine !

— Il ne faut pas exagérer, dirent les doigts, et ils la serrèrent à la taille.

— Voyez-vous, je viens avec une suite, dit l'aiguille à repriser, et elle tira après elle un long fil, mais qui n'avait pas de nœud.

Les doigts dirigèrent l'aiguille droit sur la pantoufle de la cuisinière, dont le dessus était crevé, il s'agissait de le recoudre.

— C'est un travail ignoble ! dit l'aiguille à repriser. Jamais je ne percerai ça, je casse, je casse !... et elle cassa. — Ne l'avais-je pas dit ! dit l'aiguille à repriser. Je suis trop fine !

Elle n'est plus bonne à rien, pensaient les doigts, mais ils durent la tenir droite, la cuisinière versa sur elle de la cire et la piqua sur le haut de son tablier.

— Voyez, je suis maintenant une épingle de corsage ! dit l'aiguille à repriser ; je savais bien que je serais à l'honneur, quand on est quelque chose, on devient toujours quelque chose !

Et elle rit en dedans, car jamais on ne voit rire une aiguille à repriser ; elle était là, aussi fière que si elle eût été en carrosse, et elle regardait de tous côtés.

— Aurai-je l'honneur de vous demander si vous êtes en or ? demanda-t-elle à l'épingle qui était sa voisine. Vous avez belle apparence, et une tête bien à vous, mais elle est petite ! Vous devez veiller à ce qu'elle pousse, car tout le monde ne peut pas avoir de la cire au bout !

Et l'aiguille à repriser se dressa si fièrement qu'elle sortit du tablier et tomba dans la lessive, juste au moment où la cuisinière vidait la cuve.

— Maintenant, nous partons en voyage, dit l'aiguille à repriser ; pourvu que je ne me perde pas !

C'est ce qui lui arriva.

— Je suis trop fine pour ce monde, dit-elle quand elle fut dans le ruisseau. J'ai ma bonne conscience, c'est toujours une petite satisfaction.

Et l'aiguille à repriser se tint droite et ne perdit pas sa bonne humeur.

Au-dessus d'elle voguaient les objets les plus divers, brindilles, pailles, morceaux de journaux.

— Voyez comme ils naviguent, dit l'aiguille à repriser. Ils ne savent pas ce qui les menace ! Car je pique ! et me voilà. Tiens, une baguette qui passe ; elle ne pense à rien au monde qu'à « baguette », c'est-à-dire à elle ; voilà une paille qui vogue, voyez comme elle flotte et tourne ! Ne pense pas tant à toi-même, tu pourrais te cogner contre les pavés !... un journal qui surnage !... ce qu'il contient est oublié, et pourtant il s'étale !... Moi, je reste tranquille et prends patience ! Je sais ce que je suis et je m'y tiens !

Un jour parut un objet brillant, et l'aiguille à

repriser crut que c'était un diamant, mais c'était un tesson de bouteille, et comme cela brillait, l'aiguille à repriser lui parla, et se présenta comme épingle de corsage.

— Vous êtes sans doute un diamant ?

— Oui, je suis quelque chose comme cela.

Et chacun des deux croyait que l'autre était un objet très précieux, et ils parlèrent de l'orgueil que l'on voit dans le monde.

— Oui, j'ai habité dans une boîte chez une demoiselle, dit l'aiguille à repriser, et cette demoiselle était cuisinière ; à chaque main elle avait cinq doigts, je n'ai jamais rien connu d'aussi fat que ces cinq doigts-là, et ils n'existaient que pour me tenir, pour me sortir de la boîte et me mettre dans la boîte !

— Est-ce qu'ils avaient de l'éclat ? demanda le tesson de bouteille.

— De l'éclat ! dit l'aiguille à repriser, non, mais quel orgueil ! Ils étaient cinq frères, tous nés « doigts », ils se tenaient droit les uns contre les autres, bien que de longueurs différentes ; à un bout, le *pouce* était gros et court, il sortait de la rangée, il n'avait qu'un pli dans le dos, et ne pouvait saluer qu'une fois, mais il disait que si on le coupait à un homme, l'homme ne valait plus rien pour le service militaire. Le *licheur* se fourrait dans le sur et le sucré, montrait le soleil et la lune, et c'était lui qui appuyait lorsqu'ils écrivaient ; le *longuet* regardait par-dessus la tête des autres ; *bâton d'or* portait un anneau d'or sur le ventre, et le petit *Peer le joueur* ne faisait rien, ce dont il était très fier. Ce n'était que vanteries à n'en plus finir, et c'est ainsi que je me suis perdue dans la lessive !

— Tiens, le voilà qui avance, dit l'aiguille à repriser. Un afflux d'eau remplit le ruisseau qui déborda et entraîna le tesson de bouteille.

— Tiens, le voilà qui va plus loin, dit l'aiguille à repriser ; moi, je reste, je suis trop fine, mais c'est ma fierté, qui est respectable !

Et elle resta debout et réfléchit beaucoup.

— Je croirais presque que je suis née d'un rayon de soleil, tant je suis fine ! Et il me semble toujours que le soleil me cherche sous l'eau. Hélas ! Je suis si fine que ma mère ne peut pas me trouver, si j'avais mon vieil œil qui s'est cassé, je crois que je pourrais pleurer !... mais je ne le ferais pas... pleurer n'est pas élégant.

Un jour, des gamins des rues se mirent à fouiller dans le ruisseau, où ils trouvaient de vieux clous, des sous et objets de ce genre. C'était malpropre, mais c'était leur plaisir.

— Aïe, dit l'un d'eux, qui s'était piqué à l'aiguille. En voilà un compagnon !

— Je ne suis pas un compagnon, je suis une demoiselle ! dit l'aiguille à repriser.

Mais personne ne l'entendit. La cire était partie, et l'aiguille avait noirci, mais le noir amincit, en sorte qu'elle se croyait encore plus fine qu'autrefois.

— Voilà une coquille d'œuf qui vogue par ici, dirent les garçons, et ils piquèrent l'aiguille à repriser dans la coquille.

— Des murs blancs quand on est noire, dit l'aiguille à repriser, ça met en valeur ! au moins, on me voit !... Pourvu que je n'aie pas le mal de mer, car alors, je casse !

Mais elle n'eut pas le mal de mer et ne cassa pas.

— Contre le mal de mer, il est bon d'avoir un ventre d'acier et de toujours se rappeler qu'on est un peu plus qu'un homme ! Mon mal est passé maintenant ; plus on est fine, plus on peut supporter.

— Crac ! dit la coquille d'œuf. Une charrette chargée avait passé dessus.

— Aïe, quel poids ! dit l'aiguille à repriser. Je vais tout de même avoir le mal de mer ! Je casse, je casse !

Mais elle ne cassa pas, malgré la charrette chargée qui passait sur elle ; de tout son long elle était couchée... peut-être y est-elle encore.

LES SOULIERS ROUGES

Il y avait une petite fille, toute menue et gentille, mais elle devait toujours aller pieds nus l'été, car elle était pauvre, et l'hiver en gros sabots, si bien que son petit cou-de-pied était tout rouge et lui faisait bien mal.

Au milieu du bourg habitait la vieille mère Bottière, qui cousit, du mieux qu'elle put, avec de vieux bouts d'étoffe, une paire de petites chaussures ; elles étaient toutes gauches, mais l'intention était bonne. Elles étaient pour la petite fille.

La petite fille s'appelait Karen. Elle reçut les souliers rouges le jour même où sa mère fut enterrée, et les porta pour la première fois ; ce n'était pas précisément fait pour un deuil, mais elle n'en avait pas d'autres, et, les pieds nus dedans, elle suivit le misérable cercueil.

Au même moment arrivait une grande, vieille voiture, où était une grande, vieille dame ; elle regarda la petite fille, qui lui fit de la peine, et elle dit au prêtre :

— Écoutez, donnez-moi cette petite fille, je serai bonne pour elle.

Et Karen crut que c'était à cause des souliers rouges, mais la vieille dame dit qu'ils étaient affreux, et ils furent brûlés, et Karen fut habillée proprement et bien ; elle dut apprendre à lire et à coudre, et les gens disaient qu'elle était gentille, mais le miroir disait : Tu es plus que gentille, tu es charmante !

La reine parcourut le pays, et elle avait avec elle sa petite fille, qui était une princesse, et les gens accoururent à l'entrée du château ; Karen y fut aussi, et la princesse vêtue de beaux vêtements blancs était à une fenêtre, et se laissait voir ; elle n'avait ni traîne ni couronne d'or, mais de délicieux souliers en maroquin rouge ; ils étaient certes autrement coquets que ceux que la mère Bottière avait cousus pour la petite Karen. Mais rien au monde ne peut être comparé à des souliers rouges !

Puis, Karen atteignit l'âge où elle allait être confirmée, on lui donna des vêtements neufs, et elle devait aussi avoir des souliers neufs. Le riche cordonnier de la ville prit la mesure de son petit pied, cela se passait dans sa propre salle, où il y avait de grandes armoires à glace avec des souliers fins et des bottines vernies. C'était joli, mais la vieille dame n'y voyait pas bien, et cela ne l'amusait pas ; au milieu des souliers se trouvaient une paire de rouges, tout à fait pareils à ceux qu'avait portés la princesse ; qu'ils étaient beaux ! Le cordonnier dit qu'ils avaient été cousus pour l'enfant d'un comte, mais qu'ils n'avaient pas convenu.

— Ils sont vernis, dit la vieille dame, ils brillent !

— Oui, ils brillent, dit Karen ; et ils lui allaient et on les acheta.

Mais la vieille dame ne se doutait pas qu'ils étaient rouges, car elle n'aurait jamais permis à Karen d'aller à la confirmation en souliers rouges ; c'est pourtant ce que fit Karen.

Tout le monde regardait ses pieds, et lorsqu'elle monta l'allée pour se rendre à la porte du chœur, il lui sembla que même les sculptures sur les tombeaux, ces vieux portraits de pasteurs et de femmes de pasteurs avec leurs collerettes raides et leurs longs vêtements noirs, fixaient les yeux sur ses souliers rouges, et ce fut seulement à ces souliers qu'elle pensa, lorsque le pasteur lui posa la main sur la tête, et parla du saint baptême, du pacte avec Dieu, et dit qu'elle allait devenir une grande personne chrétienne ! Et l'orgue joua solennellement, les jolies voix d'enfants chantèrent, et le vieux chantre chanta, mais Karen pensa seulement à ses souliers rouges.

L'après-midi, tout le monde dit à la vieille dame que les souliers étaient rouges, et elle dit que c'était vilain, que ce n'était pas convenable, et que désormais Karen, quand elle irait à l'église, mettrait des souliers noirs, même s'ils étaient vieux.

Le dimanche suivant, on devait communier, et Karen regarda les souliers noirs, elle regarda les souliers rouges... et elle regarda de nouveau les rouges, et les mit.

Il faisait un beau temps ensoleillé ; Karen et la vieille dame suivirent le sentier à travers les blés ; il y avait un peu de poussière.

A la porte de l'église se tenait un vieux soldat avec une béquille et une drôle de longue barbe qui était plutôt rouge que blanche, car elle était rousse ; et il s'inclina jusqu'à terre, demandant à la vieille dame s'il devait essuyer ses souliers. Et Karen tendit son petit pied.

— Quels jolis souliers de danse, dit le soldat. Tenez-vous bien quand vous danserez ! ajouta-t-il en tapant sur les semelles.

Et la vieille dame donna une petite pièce au soldat, et elle entra dans l'église avec Karen.

Et tout le monde regarda les souliers rouges de Karen, et tous les portraits les regardèrent, et lorsque

Karen s'agenouilla devant l'autel et porta le calice d'or à sa bouche, elle ne pensa qu'à ses souliers rouges, qui lui semblaient nager devant elle dans le calice; elle oublia de chanter son psaume, elle oublia de dire son « Notre-Père ».

Puis, tout le monde quitta l'église, et la vieille dame monta dans sa voiture. Karen leva le pied pour monter à son tour, et le vieux soldat, qui était tout près, dit :

— Quels jolis souliers de danse !

Et Karen ne put s'empêcher de faire quelques pas de danse, et lorsqu'elle eut commencé, ses jambes continuèrent à danser, on aurait dit que les souliers avaient pouvoir sur elles ; Karen ne pouvait s'en empêcher, elle dansa jusqu'au coin de l'église, le cocher dut courir après elle, et la prendre, et il la souleva pour la mettre dans la voiture, mais les pieds continuaient à danser, si bien qu'elle donna de rudes coups de pied à la bonne vieille dame. Enfin elle ôta ses souliers et ses jambes se tinrent tranquilles.

A la maison, les souliers furent rangés dans une armoire, mais Karen ne pouvait se défendre de les regarder.

Et la vieille dame tomba malade, on disait qu'elle ne pourrait plus vivre. Il fallait la soigner et la veiller, et nul n'était plus désigné pour cela que Karen ; mais il y avait en ville un grand bal, où Karen était invitée ; ... elle regarda la vieille dame, qui ne pouvait quand même pas vivre, elle regarda les souliers rouges, et il lui sembla qu'il n'y avait pas là de péché ; ... elle mit les souliers rouges, elle pouvait bien faire au moins cela ; ... et puis, elle alla au bal, et se mit à danser.

Mais quand elle voulait tourner à droite, les souliers dansaient à gauche ; et lorsqu'elle voulut avancer dans la salle, les souliers dansèrent pour en sortir, descendirent l'escalier, descendirent dans la rue, et franchirent la porte de la ville. Karen dansait, elle ne pouvait faire autrement, et alla droit dans la sombre forêt.

Une lueur apparut entre les arbres, et elle crut que c'était la lune, car c'était une figure, mais c'était le vieux soldat à la barbe rousse, il était assis et fit un signe de tête, et dit :

— Oh, les jolis souliers de danse !

Alors elle fut épouvantée et voulut jeter les souliers rouges, mais ils tenaient bien, elle déchira ses bas, mais les souliers avaient complètement adhéré à ses pieds, elle dansait, elle était forcée de danser par les champs et les prés, par la pluie et le soleil, la nuit et le jour, et c'était la nuit que c'était le plus affreux.

Elle entra en dansant dans le cimetière ouvert, mais les morts ne dansaient pas, ils avaient beaucoup mieux à faire que de danser ; elle voulut s'asseoir sur la tombe des pauvres, où poussait l'amère tanaisie, mais pour elle il n'y avait ni cesse ni repos, et lorsqu'en dansant elle s'avança vers la porte ouverte de l'église, elle y vit un ange en longs vêtements blancs, avec des ailes qui descendaient de ses épaules jusqu'à terre, son visage était grave et sévère, et il tenait à la main une large épée brillante :

— Tu danseras, dit-il, tu danseras sur tes souliers rouges jusqu'à en devenir blême et froide ! jusqu'à ce que ta peau se recroqueville comme sur un squelette ! Tu danseras de porte en porte, et aux endroits où demeurent des enfants orgueilleux et vaniteux, tu frapperas afin qu'ils t'entendent et que tu leur fasses peur ! Tu danseras, tu danseras !...

— Grâce ! cria Karen. Mais elle n'entendit pas ce que l'ange cria, car les souliers l'entraînèrent par le portillon dans les champs, sur des chemins et des sentiers, et toujours elle devait danser.

Un matin, elle passa en dansant devant une porte

qu'elle connaissait bien ; dans la maison résonnait un champ de psaumes, on sortit un cercueil orné de fleurs ; Karen sut alors que la vieille dame était morte, et il lui sembla qu'elle était abandonnée de tout le monde, et maudite par l'ange de Dieu.

Elle dansa, fut forcée de danser, elle dansa dans la nuit sombre. Les souliers l'emportèrent sur des souches et contre des ronces, et elle fut déchirée jusqu'au sang ; elle dansa par la lande jusqu'à une petite maison isolée. Elle savait que le bourreau habitait là, elle frappa du doigt à la vitre, et dit :

— Sors !... sors !... Je ne peux pas entrer, car je danse !

Et le bourreau dit :

— Tu ne sais sans doute pas qui je suis ? Je coupe la tête aux méchantes gens, et je sens que ma hache s'agite !

— Ne me coupe pas la tête, dit Karen, car alors, je ne pourrais pas me repentir de mon péché ! mais coupe-moi les pieds avec les souliers rouges !

Et elle confessa tout son péché. Le bourreau lui coupa les pieds avec les souliers rouges ; mais les souliers partirent en dansant avec les petits pieds et entrèrent dans la forêt profonde.

Et le bourreau lui tailla jambes de bois et béquilles, lui apprit un psaume, celui que chantent tous les pécheurs, elle lui baisa la main qui avait tenu la hache, et s'en alla par la lande.

— Maintenant, j'ai assez souffert pour les souliers rouges, dit-elle ; je vais aller à l'église, pour que l'on puisse me voir.

D'un pas assez rapide, elle se dirigea vers la porte de l'église, mais lorsqu'elle y fut parvenue, les souliers rouges dansaient devant elle, et elle fut effrayée et s'en retourna.

Toute la semaine elle se désola et versa des larmes amères, mais lorsque le dimanche fut venu, elle dit :

— Allons, j'ai assez souffert et lutté, maintenant ! Je pense que je vaux autant que beaucoup de ceux qui sont à l'église et y portent la tête haute !

Et elle s'y rendit avec bon courage ; mais à peine arrivée au portillon, elle vit les souliers rouges danser devant elle, s'enfuit épouvantée, se repentant de son péché du fond du cœur.

Elle se rendit au presbytère, et demanda si elle ne pourrait pas y entrer en service, elle serait travailleuse et ferait tout ce qu'elle pourrait, elle ne regardait pas aux gages, pourvu qu'elle eût où loger et fût chez de braves gens. Et la femme du pasteur eut pitié d'elle et l'engagea. Elle était travailleuse et attentive. Elle écoutait, pensive, lorsque le pasteur lisait la Bible, le soir. Tous les enfants l'aimaient beaucoup, mais lorsqu'ils parlaient de parures et d'atours, et d'être belle comme une reine, elle branlait la tête.

Le dimanche suivant, tout le monde alla à l'église, et on lui demanda si elle voulait venir, mais elle regarda ses béquilles tristement, avec des larmes dans les yeux, et les autres partirent pour entendre la parole de Dieu, tandis qu'elle se retirait seule dans sa petite chambre ; celle-ci était juste assez grande pour un lit et une chaise, et Karen s'assit avec son psautier ; et comme elle y lisait d'un esprit pieux, le vent porta vers elle les chants de l'orgue, et elle leva son visage mouillé de larmes, et dit :

— Oh, que Dieu m'assiste !

Alors le soleil brilla plus lumineux, et droit devant elle parut l'ange de Dieu en blancs vêtements, celui qu'elle avait vu à la porte de l'église, une nuit, mais il ne tenait plus l'épée aiguisée, il portait une belle branche verte couverte de roses, avec laquelle il toucha le plafond, qui s'éleva très haut, et à l'endroit qu'il avait touché, scintillait une étoile d'or ; et il toucha les murs, qui s'écartèrent ; et elle vit l'orgue, qui jouait, elle vit les vieux portraits de pasteurs et de femmes de pasteurs, les paroissiens, assis sur les chaises ornées, lisaient leur psautier et chantaient... C'était l'église elle-même qui était venue trouver la pauvre fille dans sa petite chambre étroite, ou bien peut-être elle-même y était allée ; elle était assise avec les autres gens du presbytère, et lorsque, le psaume achevé, on leva les yeux, on lui fit un signe de tête, et on dit :

— Tu as bien fait de venir, Karen !

— C'était la grâce, dit-elle.

Et l'orgue retentit, et des voix d'enfants résonnèrent délicieusement dans le chœur. Le soleil rayonnait par la fenêtre sur le banc où Karen était assise ; elle avait le cœur si plein de soleil, de calme et de joie qu'il en éclata ; son âme s'envola sur un rayon de soleil vers Dieu, et là, il n'y eut personne pour lui parler des souliers rouges.

LA BERGÈRE ET LE RAMONEUR

Avez-vous jamais vu une armoire de bois vraiment vieille, toute noircie par l'âge, où sont sculptés des fioritures et des feuillages ? Un tel bahut se trouvait dans un salon, il provenait de l'arrière-grand-mère. Des roses et des tulipes y étaient sculptées du haut en bas ; et parmi les spirales les plus singulières des petits cerfs montraient leur tête aux nombreuses branches, et au milieu du bahut était découpé un homme entier, plutôt cocasse à voir, et qui grimaçait, on ne pouvait pas appeler ça un rire, il avait des pattes de bouc, de petites cornes au front, et une longue barbe. Les enfants de la maison l'appelaient toujours le major-général-commandant-en-chef-aux-pieds-de-bouc, ce qui est un nom assez long à énoncer, et il n'y a pas beaucoup de gens qui portent ce titre-là ; et ç'avait été un travail de le faire sculpter. Enfin, il était là ! et toujours il regardait la table placée sous le miroir, car une charmante petite bergère en porcelaine s'y tenait ; ses souliers étaient dorés, sa robe gentiment troussée avec une rose rouge, et elle avait un chapeau d'or et une houlette de bergère ; elle était exquise ! Tout près d'elle se tenait un petit ramoneur, noir comme du charbon, mais aussi en porcelaine ; il était aussi propre et beau que n'importe qui ; il était ramoneur, c'était seulement ce qu'il représentait ; le fabricant de porcelaine aurait pu aussi bien faire de lui un prince, car cela revenait au même !

Il se tenait là gentiment avec son échelle, et son visage était blanc et rose comme celui d'une fille, et c'était là, en somme, un défaut, car il aurait bien pu y avoir un peu de noir. Il était tout à côté de la bergère ; on les avait placés là, tous les deux, et, puisqu'ils y étaient, ils s'étaient fiancés ; ils se convenaient, en effet, ils étaient jeunes, de la même porcelaine, et tous deux également fragiles.

Près d'eux se trouvait encore une poupée, trois fois plus grande, c'était un vieux Chinois qui pouvait hocher la tête ; lui aussi était en porcelaine, et il se prétendait le grand-père de la bergère, mais il ne pouvait pas le prouver ; il affirmait qu'il avait autorité sur elle, aussi avait-il fait signe de la tête au major-général-commandant-en-chef-aux-pieds-de-bouc, qui avait demandé la main de la bergère.

— Tu auras là un mari, disait le vieux Chinois, un mari qui, je crois bien, est en acajou, il fera de toi une major-général-commandant-en-chef-aux-pieds-de-bouc, il a tout le bahut plein d'argenterie, sans compter ce qu'il a dans des cachettes mystérieuses.

— Je ne veux pas aller dans la sombre armoire, disait la petite bergère, j'ai entendu dire qu'il a onze femmes en porcelaine là-dedans !

— Eh bien, tu seras la douzième, dit le Chinois ; cette nuit, aussitôt que ça craquera dans la vieille armoire, vous célébrerez la noce, aussi vrai que je suis Chinois !

Et il hocha la tête et s'endormit.

Mais la petite bergère pleura et regarda le chéri de son cœur, le ramoneur en porcelaine.

— Je crois, dit-elle, que je vais te prier de venir avec moi dans le vaste monde, car nous ne pouvons pas rester ici !

— Je veux tout ce que tu veux, dit le petit ramoneur ; partons tout de suite, je pense que j'aurai de quoi t'entretenir avec mon métier.

— Si seulement nous étions en bas de la table, dit-elle ; je ne serai pas heureuse tant que nous ne serons pas dans le vaste monde !

Et il la consola et lui montra où elle devait poser son petit pied sur les ornements sculptés et les feuillages au long du pied de la table, il s'aida aussi de son échelle, et ils furent en bas sur le parquet, mais lorsqu'ils regardèrent la vieille armoire, il y virent une grande agitation ; tous les cerfs sculptés allongeaient leurs têtes davantage, dressaient leurs branches et tournaient le cou ; le major-général-commandant-en-chef-aux-pieds-de-bouc sauta en l'air, et cria au vieux Chinois :

— Voilà qu'ils se sauvent ! Ils se sauvent !

Ils furent un peu effrayés, et, vite, sautèrent dans le tiroir de la table à ouvrage.

Il y avait là deux ou trois jeux de cartes qui n'étaient pas complets, et un petit théâtre de poupées, qui était dressé, autant que cela pouvait se faire ; on y jouait la comédie, et toutes les dames, de carreau et de cœur, de trèfle et de pique, étaient assises au premier rang et s'éventaient avec leurs tulipes, et derrière elles se tenaient tous les valets, montrant qu'ils avaient de la tête, à la fois en haut et en bas, comme l'ont les cartes à jouer. La comédie montrait deux êtres qui ne devaient pas être l'un à l'autre, et la bergère pleura sur leur sort, car c'était comme sa propre histoire.

— Je ne peux pas supporter ça ! dit-elle ; il faut que je sorte du tiroir !

Mais lorsqu'ils arrivèrent sur le parquet, et regardèrent en haut vers la table, le vieux Chinois était réveillé, tout son corps chancela, il tomba comme un paquet.

— Voilà le vieux Chinois qui vient ! cria la petite bergère, et elle tomba sur ses genoux de porcelaine, tant elle était désolée.

— J'ai une idée, dit le ramoneur. Si on grimpait dans la grande potiche fourre-tout qui est dans le coin ; nous y serions couchés sur des roses et de la lavande, et nous pourrions lui jeter du sel aux yeux quand il approcherait.

— Ça ne peut pas aller, dit-elle ; d'ailleurs, je sais que le vieux Chinois et la potiche fourre-tout ont été fiancés, et il reste toujours quelque sympathie, quand on a été liés ainsi ! Non, il n'y a rien d'autre à faire que de sortir dans le vaste monde !

— As-tu vraiment le courage de sortir avec moi dans le vaste monde ? demanda le ramoneur. As-tu réfléchi combien il est grand, et que nous ne pourrons jamais revenir ?

— J'y ai pensé, dit-elle.

Et le ramoneur la regarda fixement, puis lui dit :

— Mon chemin passe par la cheminée ! As-tu vraiment le courage de grimper avec moi dans le poêle, à travers le foyer et le tuyau ? nous parviendrons alors à la cheminée, là, je suis à mon affaire ! Nous monterons si haut qu'ils ne pourront pas nous atteindre, et tout en haut, il y a un trou qui s'ouvre sur le vaste monde !

Et il la conduisit à la porte du poêle.

— C'est bien noir, dit-elle, mais elle le suivit à travers le foyer et le tuyau, où il faisait nuit noire.

— Nous voilà maintenant dans la cheminée, dit-il ; et regarde, regarde ! là-haut brille une superbe étoile !

Et en effet, il y avait une étoile au ciel, qui brillait

comme si elle avait voulu leur montrer le chemin. Et ils rampèrent et grimpèrent, c'était affreux, et si haut, si haut ; mais le ramoneur l'aidait, la soulevait, la tenait, et lui montrait les meilleurs endroits où elle pouvait poser ses petits pieds de porcelaine, et ils parvinrent au faîte de la cheminée, où ils s'assirent, car ils étaient fatigués, et il y avait de quoi.

Le ciel, avec toutes ses étoiles, était au-dessus d'eux, et tous les toits de la ville, au-dessous ; ils regardèrent tout autour, loin dans le monde ; la pauvre bergère ne s'était jamais imaginé que c'était ainsi, elle pencha sa petite tête contre son ramoneur et pleura, si bien que l'or de sa ceinture se détacha.

— C'est trop ! dit-elle. Je ne peux pas supporter ça ! Le monde est trop grand ! Oh, comme je voudrais être de nouveau sur la petite table devant la glace ! Je ne serai jamais heureuse avant d'y être revenue ! Je t'ai accompagné jusqu'au vaste monde, maintenant tu peux bien me ramener chez nous, si tu m'aimes un peu !

Et le ramoneur lui parla raison, lui parla du vieux Chinois et du major-général-commandant-en-chef-aux-pieds-de-bouc, mais elle sanglota très fort, et embrassa son petit ramoneur, si bien qu'il ne put faire autrement que de lui complaire, bien qu'elle eût tort.

Et ils rampèrent de nouveau avec beaucoup de peine pour descendre la cheminée, ils se traînèrent à travers le tuyau et le foyer, ce qui n'était pas du tout drôle, et ils furent dans le sombre poêle ; là, ils écoutèrent derrière la porte pour savoir où en était le salon. Pas le moindre bruit ; ils jetèrent un coup d'œil... Aïe, au milieu du parquet gisait le vieux Chinois ; il était tombé de la table lorsqu'il avait voulu les poursuivre, et s'étalait, cassé en trois morceaux ; tout le dos était parti, et la tête avait roulé dans un coin ; le major-général-commandant-en-chef-aux-pieds-de-bouc était toujours à la même place, songeur.

— C'est affreux, dit la petite bergère, le vieux grand-père est réduit en morceaux, et c'est notre faute ! je ne pourrai pas survivre à cela !

Et elle tordait ses petites mains.

— On peut encore le raccommoder, dit le ramoneur. On peut très bien le raccommoder !... Calme-toi ! On n'a qu'à lui coller le dos et lui mettre une bonne attache dans le cou, il sera de nouveau comme neuf et pourra nous dire beaucoup de choses désagréables.

— Crois-tu ? dit-elle.

Et ils grimpèrent sur la table où était leur place.

— Voilà où nous en sommes, dit le ramoneur. Nous aurions pu nous dispenser de ce dérangement !

— Si, du moins, le vieux grand-père était raccommodé, dit la bergère. Cela va-t-il coûter très cher ?

Et il fut raccommodé ; la famille le fit recoller dans le dos, il eut une bonne attache dans le cou, il fut de nouveau comme neuf, mais il ne pouvait plus hocher la tête.

— Vous êtes devenu bien hautain depuis que vous avez été cassé en morceaux, dit le major-général-commandant-en-chef-aux-pieds-de-bouc, il n'y a pourtant rien là de si terrible, il me semble ! Est-ce que j'aurai la bergère, oui ou non ?

Et le ramoneur et la petite bergère regardèrent avec émotion le vieux Chinois ; ils avaient peur de lui voir donner un signe d'assentiment, mais il ne le pouvait pas, et il lui était pénible d'expliquer à un étranger qu'il avait à jamais une attache au cou. Les amoureux de porcelaine restèrent donc ensemble, et s'aimèrent, jusqu'au jour où ils furent cassés à leur tour.

LA PETITE FILLE AUX ALLUMETTES

Il faisait affreusement froid ; il neigeait, et il commençait à faire sombre ; c'était le dernier soir de l'année, la veille du jour de l'an. Par ce froid et dans cette obscurité une petite fille marchait dans la rue, tête nue et pieds nus ; oh, elle avait bien eu des pantoufles aux pieds, lorsqu'elle était sortie de chez elle, mais à quoi bon ! C'étaient de très grandes pantoufles, sa mère les avait mises en dernier lieu, tant elles étaient grandes, et la petite les avait perdues en se dépêchant de traverser très vite ; l'une des pantoufles fut impossible à retrouver, et un garçon courait avec l'autre disant qu'elle pourrait lui servir de berceau, quand il aurait des enfants.

La petite fille marchait donc avec ses pieds nus, qui étaient rouges et bleus de froid ; elle serrait dans un vieux tablier une quantité d'allumettes soufrées, et en tenait un paquet à la main en marchant ; de toute la journée personne ne lui en avait acheté ; personne ne lui avait donné le moindre sou ; elle avait faim, elle était gelée, elle avait un aspect lamentable, la pauvre petite ! Les flocons de neige tombaient sur ses longs cheveux dorés, qui bouclaient joliment dans son cou, mais elle ne pensait pas à cette parure. A toutes les fenêtres brillaient les lumières et une délicieuse odeur d'oie rôtie se répandait dans la rue ; car c'était la veille du jour de l'an, et ça, elle y pensait.

Dans un angle entre deux maisons dont l'une avançait un peu plus que l'autre dans la rue, elle s'assit et se blottit ; elle avait replié ses petites jambes sous elle, mais elle avait encore plus froid, et elle n'osait pas rentrer chez elle, car elle n'avait pas vendu d'allumettes et pas eu un sou, son père la battrait, et il faisait froid aussi chez eux, on n'avait que le toit au-dessus et le vent sifflait jusque dedans, malgré la paille et les chiffons qui bouchaient les plus grosses fissures. Ses petites mains étaient presque mortes de froid. Oh, comme une petite allumette pourrait faire du bien. Si elle osait en tirer rien qu'une du paquet, la frotter contre le mur et se réchauffer les doigts. Elle en tira une, pfutt ! comme le feu jaillit, comme elle brûla ! Ce fut une flamme chaude et claire, comme une petite lumière qu'elle entoura de sa main ; c'était une drôle de lumière ! Il semblait à la petite fille qu'elle était assise devant un grand poêle de fer à boules de cuivre et tuyau de cuivre ; le feu brûlait délicieusement, il réchauffait très bien ; non, qu'est-ce qu'il y a ?... La petite fille étendait déjà les pieds pour les réchauffer aussi... quand la flamme s'éteignit. Le poêle disparut..., la fillette resta avec un petit bout d'allumette brûlée à la main.

Une seconde fut frottée, brûla, éclaira, et aux endroits où sa lueur tombait sur le mur, celui-ci devenait transparent comme un voile ; la petite fille vit l'intérieur de la salle, où la table était mise, la nappe était d'une blancheur éclatante, couverte de porcelaine fine, l'oie rôtie fumait pleine de pruneaux et de pommes, et — ce qui était encore plus magnifique, — l'oie sauta du plat, marcha sur le parquet avec une fourchette et un couteau dans le dos et vint jusqu'à la pauvre fille ; alors, l'allumette s'éteignit, et l'on ne vit plus que l'épais mur gris.

Elle alluma encore une allumette. Elle se trouva alors assise sous un superbe arbre de Noël ; il était encore plus grand et plus paré que celui qu'elle avait vu par la porte vitrée chez le riche négociant, au dernier Noël ; des milliers de lumières brûlaient sur les branches vertes, et des images bariolées, comme celles qui ornent les fenêtres des boutiques, la regardaient. La petite étendit les mains en l'air... et l'allumette s'éteignit ; les multiples lumières de Noël montèrent de plus en plus haut, elle vit qu'elles étaient devenues les étoiles scintillantes, l'une d'elles fila, et traça une longue raie lumineuse dans le ciel.

— En voilà une qui meurt, dit la petite, car sa vieille grand-mère, la seule personne qui avait été bonne pour elle, mais qui était morte maintenant, avait dit : « Quand une étoile tombe, une âme monte vers Dieu. »

Elle frotta encore une allumette contre le mur, et une lueur se répandit, au milieu de laquelle était la vieille grand-mère, nette, brillante, douce et aimable.

— Grand-mère ! cria la petite. Oh, emmène-moi ! Je sais que tu seras partie quand l'allumette sera finie ; partie comme le poêle chaud, la délicieuse oie rôtie et le grand arbre de Noël béni !...

Et elle frotta en hâte tout le reste des allumettes qui étaient dans le paquet, elle voulait retenir grand-mère ; et les allumettes brillèrent d'un tel éclat qu'il faisait plus clair qu'en plein jour. Jamais grand-mère n'avait été si belle, si grande ; elle enleva la petite fille sur son bras, et elles s'envolèrent superbement et joyeusement, haut, très haut ; et là, pas de froid, ni de faim, ni d'inquiétude..., elles étaient chez Dieu !

Et dans le coin de la maison, au froid matin, la petite

fille était assise avec des joues roses et le sourire à la bouche..., morte, gelée la dernière nuit de la vieille année. Le matin du Nouvel An se leva sur le petit cadavre, assis près des allumettes soufrées, dont un paquet était presque entièrement brûlé. Elle a voulu se réchauffer, dit-on. Nul ne sut ce qu'elle avait vu de beau, avec quelle splendeur elle et sa grand-mère étaient entrées dans la joie du Nouvel An!

L'HISTOIRE D'UNE MÈRE

Une mère était assise auprès de son enfant, bien affligée, car elle craignait de voir mourir le petit. Il était tout pâle, ses petits yeux étaient clos, il respirait faiblement, et de temps en temps une aspiration plus profonde ressemblait à un soupir ; et la mère regardait plus tristement encore la petite âme.

Un coup fut frappé à la porte, et un pauvre vieillard entra, enveloppé comme d'une grande couverture de cheval, car ça tient chaud, et il en avait besoin, on était en plein hiver froid ; tout, dehors, était couvert de glace et de neige, et le vent soufflait à vous couper la figure.

Et comme le vieillard tremblait de froid et que le bébé dormait un instant, la mère alla mettre dans le poêle un petit pot de bière à réchauffer pour l'homme, et le vieux berça l'enfant ; puis elle s'assit tout près de lui, regarda l'enfant malade, qui respira profondément, et leva sa petite main.

— Crois-tu que je le garderai ? dit-elle. Notre-Seigneur ne voudra pas me l'enlever !

Et le vieillard, qui était la Mort elle-même, fit un si curieux signe de tête que cela pouvait aussi bien signifier oui que non. Et la mère baissa les yeux et les larmes coulèrent sur ses joues ; ... sa tête s'alourdit, depuis trois nuits et trois jours elle n'avait pas fermé les yeux, et elle dormit, mais seulement un instant, puis elle tressaillit et frissonna de froid.

— Qu'est-ce qu'il y a ? dit-elle, en regardant autour d'elle.

Mais le vieillard avait disparu, et il avait emporté le petit enfant ; dans le coin de la chambre bourdonnait la vieille pendule. Le gros poids de plomb tomba jusqu'au parquet, boum ! et la pendule s'arrêta.

Et la pauvre maman courut hors de la maison et appela son enfant à grands cris.

Dehors, une femme en longs vêtements noirs était debout dans la neige ; elle lui dit :

— La Mort a été chez toi, je l'ai vue partir en hâte, emportant ton bébé ; elle marche plus vite que le vent, et ne rapporte jamais ce qu'elle a pris !

— Dis-moi seulement quel chemin elle a pris, dit la mère, dis-moi le chemin, et je saurai bien la trouver !

— Je connais ce chemin, dit la femme aux vêtements noirs, mais pour que je le dise, il faut d'abord que tu me chantes toutes les chansons que tu as chantées à ton enfant ! Je les aime, je les ai déjà entendues, je suis la Nuit, j'ai vu tes larmes, pendant que tu les chantais.

— Je les chanterai toutes, toutes, dit la mère, mais ne m'arrête pas, que je puisse la rejoindre, que je puisse retrouver mon enfant !

Mais la Nuit restait immobile et muette, et la mère se tordit les mains, chanta et pleura, et il y eut beaucoup de chansons, mais plus encore de larmes ; puis la Nuit dit :

— Prends la droite dans la sombre forêt de sapins, c'est là que j'ai vu la Mort se diriger avec ton bébé !

Au fond de la forêt, les chemins se croisaient, et la mère ne savait plus où aller ; il y avait là un buisson d'épines sans feuilles et sans fleurs, car on était en pleine froidure d'hiver, et des glaçons pendaient aux branches.

— N'as-tu pas vu la Mort passer avec mon bébé ?

— Si ! dit le buisson d'épines, mais je ne te dirai pas quel chemin elle a pris, avant que tu m'aies réchauffé contre ton cœur ; je meurs de froid, je ne suis plus que glace !

Et la mère serra le buisson d'épines contre sa poitrine, bien fort, pour le bien réchauffer, et les épines lui entrèrent dans la chair, à grosses gouttes son sang coula, mais sur le buisson d'épines poussèrent des feuilles vertes nouvelles, et des fleurs vinrent par la froide nuit d'hiver, tant est chaud le cœur d'une mère désolée ; puis, le buisson d'épines dit à la mère le chemin qu'elle devait prendre.

Et elle parvint à un grand lac où il n'y avait ni vaisseau ni barque. Le lac n'était pas assez gelé pour pouvoir la porter, et l'eau y était trop profonde pour qu'on y pût marcher, et la mère devait le traverser pour trouver son enfant ; elle s'étendit par terre pour épuiser le lac en le buvant, mais c'était impossible à un être humain ; et la mère affligée se disait qu'un miracle pouvait tout de même se produire.

— Non, c'est impossible, dit le lac ; essayons plutôt de nous entendre, tous les deux ! j'aime faire collection de perles, et tes yeux sont les perles les plus claires que j'aie vues, si tu veux les faire tomber à force de larmes, je te transporterai jusqu'à la grande serre où la mort habite et soigne des fleurs et des arbres, dont chacun est une vie humaine !

— Oh, que ne donnerais-je pas pour rejoindre mon enfant ! dit la mère éplorée.

Elle se mit à pleurer encore plus et ses yeux tombèrent au fond de l'eau et y devinrent deux perles précieuses ; puis le lac la souleva, elle fut comme assise sur une balançoire, et ce vol ondulé la mena sur la côte opposée, où se trouvait une maison singulière et immense : on ne savait si c'était une montagne avec des forêts et des cavernes, ou si elle était charpentée, mais la pauvre mère ne pouvait rien voir, elle avait perdu ses yeux à force de pleurer.

— Où trouverai-je la Mort qui a emporté mon petit enfant ? dit-elle.

— Elle n'est pas arrivée encore, dit la vieille femme qui devait s'occuper de la grande serre de la Mort. Comment as-tu trouvé le chemin, et qui t'a aidée ?

— Notre-Seigneur m'a aidée, dit-elle, il est miséricordieux, et tu le seras aussi ! Où trouverai-je mon petit enfant ?

— Moi, je ne le connais pas, dit la femme, et toi, tu ne peux pas voir ! Beaucoup de fleurs et d'arbres se sont fanés cette nuit, la Mort va bientôt venir et les replanter. Tu sais bien que chaque personne a son arbre de vie ou sa fleur, suivant la nature de chacun ; ils ressemblent aux autres plantes, mais ils ont un cœur qui bat ; les cœurs d'enfants battent aussi ; va écouter ; peut-être reconnaîtras-tu celui de ton enfant ; mais que me donneras-tu pour te dire ce que tu auras encore à faire ?

— Je n'ai rien à donner, dit la mère affligée, mais j'irai pour toi au bout du monde !

— Je n'ai rien à faire par là, dit la femme, mais tu peux me donner tes longs cheveux noirs, tu sais bien qu'ils sont beaux, et ils me plaisent, tu auras mes cheveux blancs en échange, c'est toujours ça !

— Si tu ne demandes rien d'autre, dit-elle, je te les donne volontiers !

Et elle donna ses beaux cheveux, et reçut en échange les cheveux blancs de la vieille.

Puis elles entrèrent dans la grande serre de la Mort, où fleurs et arbres poussaient, bizarrement entremêlés. Il y avait là d'élégantes hyacinthes sous des cloches de verre, et il y avait d'énormes pivoines ; des plantes aquatiques poussaient, les unes en très bon état, d'autres à demi malades, les couleuvres d'eau s'y enroulaient, et des écrevisses noires leur serraient la tige. Il y avait des palmiers, des chênes et des platanes superbes, il y avait du persil et du thym en fleurs ; chaque arbre et chaque fleur avait son nom, chacun était une vie humaine, l'homme ou la femme vivait encore, tel en Chine, tel au Groenland, partout dans le monde. Il y avait de grands arbres dans de petits pots, où ils se trouvaient étouffés et prêts à faire éclater le pot, et il y avait aussi en bien des endroits une insignifiante petite fleur dans une terre grasse, avec de la mousse autour, bien soignée et choyée. Et la mère désolée se penchait sur toutes les plus petites plantes et y écoutait battre le cœur humain, et parmi des milliers elle reconnut celui de son enfant.

— Le voilà ! s'écria-t-elle, et elle tendit la main vers un petit crocus bleu, qui était bien malade et penchait tout d'un côté.

— Ne touche pas la fleur ! dit la vieille femme, mais reste là, et lorsque la Mort viendra, je l'attends d'un instant à l'autre, ne la laisse pas arracher la plante, et menace d'en faire autant avec les autres fleurs, ça lui fera peur, car elle en répond devant Notre-Seigneur, aucune ne doit être arrachée sans sa permission.

Soudain, un souffle d'air glacial parcourut la serre, et la mère aveugle put se rendre compte que c'était la Mort qui arrivait.

— Comment as-tu pu trouver le chemin jusqu'ici ? dit-elle ; comment as-tu pu arriver avant moi ?

— Je suis mère, dit la pauvre femme.

Et la Mort tendit sa longue main vers la petite fleur délicate, mais la mère l'entourait étroitement de ses mains, tout en veillant avec précaution à ne pas toucher un de ses pétales. Alors la Mort souffla sur ses mains, la mère sentit que ce souffle était plus froid que le vent glacial, et ses mains retombèrent, inertes.

— Tu ne peux rien contre moi, tout de même ! dit la Mort.

— Mais Notre-Seigneur peut tout ! dit la mère.

— Je ne fais que ce qu'il veut, dit la Mort, je suis son jardinier ; je prends toutes ses fleurs et tous ses arbres, et je les plante dans le jardin du grand Paradis, au pays inconnu ; mais comment ils y poussent, et comment c'est là-bas, je n'ose pas te le dire !

— Rends-moi mon enfant ! dit la mère, qui pleurait et suppliait.

Et soudain elle saisit de ses mains deux belles roses toutes proches, et cria :

— Je vais arracher toutes les fleurs, car je suis au désespoir !

— Ne les touche pas ! dit la Mort. Tu dis que tu es si malheureuse, et tu vas rendre une autre mère tout aussi malheureuse que toi !

— Une autre mère ! dit la pauvre femme, qui lâcha aussitôt les deux fleurs.

— Tiens, voilà tes yeux, dit la Mort, je les ai pêchés dans le lac, ils brillaient si fort ; je ne savais pas que c'étaient les tiens ; reprends-les ; ils sont plus clairs qu'auparavant ; regarde donc au fond du puits qui est là, tout près, je te dirai les noms des deux fleurs que tu voulais arracher, et tu verras tout leur avenir, leur vie humaine entière, tu verras ce que tu voulais troubler et détruire !

La mère regarda dans le puits et ce fut un enchantement de voir combien l'une était une bénédiction pour le monde, combien le bonheur et la joie s'épanouissaient autour d'elle. Et la mère vit le destin de l'autre fleur, toute de détresse, de deuil, d'épouvante et de misère.

— L'un comme l'autre est la volonté de Dieu, dit la Mort.

— Laquelle des deux est la fleur du malheur, et laquelle celle de la bénédiction ? demanda-t-elle.

— Je ne te le dirai pas, dit la Mort, mais par moi tu sauras que l'une des fleurs était celle de ton enfant, c'est la destinée de ton enfant que tu as vue, l'avenir de ton enfant !

Et la mère épouvantée s'écria :

— Lequel était mon enfant ! dis-le-moi ! Sauve l'innocent ! sauve mon enfant de toute cette misère ! Emporte-le plutôt ! emporte-le dans le royaume de Dieu ! Oublie mes larmes et toutes mes prières et tout ce que j'ai dit et fait !

— Je ne te comprends pas, dit la Mort. Veux-tu ravoir ton enfant, ou dois-je aller avec lui dans le pays que tu ne connais pas ?

Et la mère se tordit les mains, tomba sur ses genoux, et pria Notre-Seigneur :

— Ne m'écoute pas, si ma prière va contre ta volonté, qui est la meilleure ! ne m'écoute pas ! ne m'écoute pas !

Et elle baissa profondément la tête.

Et la Mort emporta son enfant dans le pays inconnu.

LES CINQ D'UNE COSSE DE POIS

Il y avait cinq pois dans une cosse, ils étaient verts, la cosse était verte, et ils croyaient que le monde entier était vert, et c'était bien vrai ! La cosse grandit et les pois grossirent ; conformément à la disposition de l'appartement, ils se tenaient en rang... Le soleil luisait dehors et chauffait la cosse, la pluie l'éclaircissait ; il y faisait tiède et bon, clair le jour et sombre la nuit, comme il convient, et les pois grandirent et devinrent de plus en plus réfléchis, comme ceux qui restent tranquilles, car il leur fallait bien s'occuper.

— Est-ce que je ne bougerai pas d'ici ? disaient-ils ; pourvu que je ne durcisse pas à rester là si longtemps. Je crois bien qu'il y a quelque chose hors d'ici ; j'en ai le sentiment !

Des semaines passèrent ; les pois jaunirent et la cosse jaunit :

— Le monde entier jaunit ! dirent-ils, et ils pouvaient bien le dire.

Puis ils sentirent une secousse dans la cosse ; elle fut arrachée, vint aux mains d'un homme et descendit dans une poche de veste avec d'autres cosses pleines.

— On va bientôt ouvrir, dirent-ils, et ils attendirent.

— Je voudrais savoir qui de nous aura la plus longue carrière, dit le plus petit pois. On sera bientôt fixés.

— Il arrivera ce qui doit arriver, dit le plus gros.

Crac ! La cosse fut déchirée, et les cinq pois roulèrent dehors au soleil ; ils étaient dans une main d'enfant, un petit garçon les tenait et disait que ces pois iraient très bien dans son fusil de sureau, et aussitôt un pois fut mis dans le fusil et tiré.

— Voilà que je m'envole dans le vaste monde ! prends-moi si tu peux ! Et il disparut.

— Moi, dit le second, je m'envole droit dans le soleil, c'est un vrai pois, et il me va !

Le voilà parti.

— Où j'arrive, je dors, dirent les deux autres, mais nous roulerons encore ! Et ils roulèrent sur le parquet avant de venir dans le fusil, mais ils y entrèrent. — C'est nous qui parviendrons le plus loin !

— Il arrivera ce qui doit arriver, dit le dernier. Il fut tiré et vola vers la vieille planche située sous la fenêtre de la mansarde, juste dans une fente où il y avait de la mousse et de l'humus ; et la mousse l'entoura ; il resta là caché, mais non oublié de Notre-Seigneur.

— Il arrivera ce qui doit arriver, dit-il.

Dans la petite mansarde habitait une pauvre femme qui, le jour, sortait pour nettoyer des poêles, même scier du bois et faire de gros travaux, car elle était forte et travailleuse, mais elle demeurait tout aussi pauvre, et dans sa petite chambre était couchée son unique fille assez grande déjà, qui était délicate et chétive ; toute une année elle était restée au lit, et elle semblait ne pouvoir ni vivre ni mourir.

— Elle va rejoindre sa petite sœur, disait la femme. J'avais deux enfants, c'était dur pour moi de suffire aux deux, mais Notre-Seigneur a partagé avec moi et en a pris un avec lui ; je voudrais bien conserver celui qui me reste, mais Dieu ne veut sans doute pas qu'ils soient séparés, et celle-ci va monter vers sa petite sœur !

Mais la fille malade resta ; patiente et tranquille, elle attendait au lit à longues journées, pendant que la mère était dehors pour gagner un peu d'argent.

Un matin de bonne heure, au printemps, juste au moment où la mère allait sortir pour son travail, le soleil brilla joliment à la petite fenêtre et jusqu'au plancher ; la fille malade regarda la vitre d'en bas.

— Qu'y a-t-il donc de vert qui pousse près du carreau ? Ça remue au vent !

La mère alla à la fenêtre et l'entrouvrit.

— Hé, dit-elle, c'est un petit pois qui a poussé avec ses feuilles vertes. Comment est-il venu dans ce trou ? Tu as là un petit jardin à regarder.

Et le lit de la malade fut rapproché de la fenêtre, où elle put voir le pois qui germait, et la mère alla travailler.

— Mère, je crois que je vais mieux, dit la fillette le soir. Le soleil m'a bien réchauffée aujourd'hui. Le petit pois vient si bien ! Je vais sans doute me bien porter aussi, et me lever, et sortir au soleil !

— Plaise à Dieu que cela soit ! dit la mère, mais elle n'y croyait pas.

Pourtant, elle plaça une baguette auprès de ce germe qui avait donné à l'enfant d'heureuses idées de vivre, afin que la plante ne fût pas cassée par le vent ; elle attacha une ficelle à la poutre et en haut du chambranle de la fenêtre, afin que la tige eût un support et où s'enrouler lorsqu'elle monterait, et c'est ce qu'elle faisait ; tous les jours on pouvait voir qu'elle poussait.

— Tiens, elle fleurit ! dit la femme un matin, et l'espoir lui vint alors, à elle aussi, que la fillette malade se rétablirait ; elle se dit que, depuis quelque temps, sa fille avait parlé avec plus d'animation ; ces derniers matins elle s'était assise dans son lit et avait regardé avec des yeux rayonnants son petit jardin de pois d'un seul pois. La semaine suivante, la malade resta debout pour la première fois, pendant plus d'une heure. Ravie, elle était assise au chaud soleil, la fenêtre ouverte, et dehors, une fleur rose de pois était épanouie. La fillette pencha la tête et baisa tout doucement les fins pétales. Ce jour-là fut comme un jour de fête.

— Notre-Seigneur l'a planté lui-même et l'a soigné pour te donner espoir et joie, mon enfant bénie, et à moi en même temps, dit la mère en souriant à la fleur comme à un bon ange de Dieu.

Eh bien, et les autres pois !... celui qui s'était envolé dans le vaste monde, « prends-moi si tu peux ! » tomba dans la gouttière et arriva dans le jabot d'un pigeon ; il y resta comme Jonas dans la baleine. Les deux paresseux parvinrent tout aussi loin, tous deux furent aussi mangés par des pigeons, et c'était là se rendre bien utile ; et le troisième, qui voulait monter jusqu'au soleil... tomba dans le ruisseau de la rue et y resta des semaines et des semaines dans l'eau aigre, où il gonfla beaucoup.

— Je prends un charmant embonpoint, dit le pois. Je finirai par éclater, et je crois qu'aucun pois ne peut aller ou n'est allé plus loin. Je suis le plus remarquable des cinq de la cosse !

Et le ruisseau l'approuva.

Mais la fillette de la mansarde, les yeux brillants, des couleurs de santé sur les joues, joignit ses mains au-dessus de la fleur de pois et en remercia Notre-Seigneur.

— Je tiens pour mon pois, dit le ruisseau.

LE VENT RACONTE L'HISTOIRE DE VALDEMAR DAAE ET DE SES FILLES

Quand le vent court sur l'herbe, elle se plisse comme un lac, s'il court sur le blé, le champ ondule comme la mer, c'est la danse du vent ; mais écoutez ce qu'il raconte : il le chante, et cela résonne autrement dans les arbres de la forêt qu'à travers les ouvertures, fentes et crevasses d'un mur. Voyez-vous, là-haut, les nuages chassés par le vent comme un troupeau de moutons ! Entendez-vous, en bas, le vent hurler à travers la porte ouverte, comme s'il était gardien et soufflait dans une corne ! Il gronde étrangement dans le tuyau de la cheminée jusque sur l'âtre ; le feu jette alors flammes et étincelles, il éclaire loin dans la salle, où l'on est assis agréablement au chaud pour écouter. Laissons le vent raconter ! Il sait des contes et des histoires, plus que nous tous réunis. Écoutez ce qu'il raconte :

— Hou-ou-ou ! allez-vous-en !... c'est le refrain de la chanson.

Il y a près du grand Belt une vieille maison aux épais murs rouges, dit le vent ; j'en connais toutes les pierres, je les ai déjà vues lorsqu'elles faisaient partie du château de Marsk Stig à Næsset ; il a fallu les abattre ; les voici de nouveau debout ailleurs, en un mur neuf, une maison nouvelle : c'est la maison de Borreby, telle qu'elle existe encore.

J'ai vu et connu les hommes et les dames de haute noblesse, les générations successives qui ont habité là et je vais raconter l'histoire de Valdemar Daae et de ses filles !

Il portait haut la tête, car il était de race royale ! il savait mieux faire que courre un cerf et vider une cruche ; je finirai bien par m'en tirer, disait-il lui-même.

Sa femme allait et venait, droite, en robe de brocart d'or, sur le parquet luisant ; les tentures étaient magnifiques, les meubles avaient coûté cher, ils étaient artistiquement sculptés. Elle avait apporté dans la maison les services d'or et d'argent ; la cave contenait de la bière allemande, quand elle était garnie ; la maison de Borreby était somptueuse, tant que la richesse y fut.

Il y avait des enfants ; trois élégantes jeunes filles, Ida, Jeanne et Anne Dorothée ; je me rappelle encore leurs noms.

C'étaient des gens riches, des gens de qualité, nés dans la splendeur, élevés dans la splendeur ! Hou-ou-ou ! Allez-vous-en ! chantait le vent, et il continua son récit.

Je n'ai pas vu là, comme dans d'autres maisons anciennes, la noble dame assise dans la grande salle avec ses servantes et filant la quenouille ; elle jouait du luth sonore, et chantait, non pas toujours les vieilles chansons danoises, mais aussi des chants en langues étrangères. On menait une vie animée, on recevait, des hôtes distingués venaient de près et de loin, la musique résonnait, on choquait les verres, je ne pouvais pas couvrir tout ce bruit ! disait le vent. L'orgueil menait là grand train, le luxe était superbe, mais Notre-Seigneur n'y était pas !

Et j'arrivai un soir de premier mai, dit le vent, je venais de l'ouest, j'avais vu des vaisseaux s'écraser contre la côte occidentale du Jylland, j'avais couru au-dessus de la lande et de la côte aux forêts vertes, au-dessus de l'île de Fyen, et j'arrivais par-dessus le grand Belt, haletant et soufflant. Je me reposai sur la côte de Sjælland, près de la maison de Borreby, où la forêt avait encore de magnifiques chênes.

Les jeunes gens de l'endroit venaient dans les bois et ramassaient du fagot et des branches, les plus grandes et les plus sèches qu'ils pouvaient trouver. Ils les emportaient en ville, en faisaient des tas auxquels ils mettaient le feu, et filles et garçons dansaient tout autour en chantant.

J'étais tranquille, dit le vent, mais je frôlai une branche qui avait été posée par le plus beau des jeunes gars ; son tas flamba, flamba plus haut que les autres ; il fut l'élu, reçut le titre d'honneur de Géant de la rue, choisit parmi les filles son petit Agneau de la rue ; ce fut une joie et un plaisir plus grands qu'on n'en voit dans le manoir de Borreby.

Et dans un carrosse doré attelé de six chevaux arrivèrent au manoir la noble dame et ses trois filles, jeunes et élégantes, trois charmantes fleurs : la rose, le lilas et la pâle jacinthe. La mère elle-même était une tulipe éclatante, elle ne salua personne du groupe, on cessa de jouer, et on fit la révérence jusqu'à terre ; cette dame semblait montée sur une tige trop cassante.

Rose, lilas et pâle jacinthe, oh, je les ai vues toutes les trois ! de qui seront-elles un jour l'Agneau de la rue, me demandai-je ; leur Géant de la rue sera sans doute un orgueilleux chevalier, peut-être un prince !... Hou-ou-ou !... allez-vous-en ! allez-vous-en !

Bref, le carrosse s'en fut avec elles, et les paysans coururent à la danse. On fêta le premier mai dans la ville de Borreby, à Tjæreby, dans toutes les villes d'alentour.

Mais la nuit où je m'envolai, dit le vent, la noble dame se coucha pour ne plus jamais se relever ; cela la prit comme cela prend tout le monde, ce n'est pas nouveau. Valdemar Daae resta grave et songeur pendant un moment ; il se disait dans son for intérieur : « Le plus fier des arbres peut être tordu, mais non pas brisé. » Ses filles pleurèrent, et tout le monde dans le manoir essuya ses yeux, mais Madame Daae s'en était allée,... et je m'en allai ! Hou-ou-ou ! dit le vent.

Je revins, je revins souvent, par-dessus l'île de Fyen et les eaux du Belt ; je m'installais sur la rive de Borreby, près de la magnifique forêt de chênes, où l'aigle pêcheur, les ramiers, les corbeaux bleus, et même la cigogne noire construisaient leurs nids. L'année n'était pas avancée, certains oiseaux avaient des œufs, d'autres avaient des petits. Oh, comme ils volaient, comme ils criaient ! On entendait des coups de hache dans la forêt, coup sur coup ; la forêt allait être abattue, Valdemar Daae voulait construire un navire d'un grand prix, un navire de guerre à trois ponts que le roi sans doute achèterait, c'est pourquoi tombait la forêt, repère des marins, demeure des oiseaux. La pie-grièche volait épouvantée, son nid était détruit ; l'aigle pêcheur et tous les oiseaux de la forêt perdirent leur foyer ; ils volaient çà et là au hasard et criaient leur angoisse et leur colère, je les comprenais bien. Corneilles et choucas criaient très fort, par moquerie :

— A bas du nid ! A bas du nid ! A bas ! A bas !

Et au milieu de la forêt, auprès de la troupe des ouvriers, se tenaient Valdemar Daae et ses trois filles, et ils riaient tous des cris furieux des oiseaux, mais la plus jeune fille, Anne Dorothée, éprouvait en son cœur de la compassion, et comme on allait abattre aussi un arbre à demi mort, sur les branches nues duquel la cigogne noire s'était nichée, — on voyait même les petits sortir leur tête, — elle pria son père d'épargner l'oiseau, le pria en pleurant, et l'arbre resta debout avec le nid de la cigogne noire. Cet arbre n'avait guère d'importance.

On abattit, on scia... on construisit un navire à trois ponts. Le constructeur était lui-même d'origine modeste, mais de noble prestance ; ses yeux et son front témoignaient de son intelligence, et Valdemar Daae l'écoutait volontiers ; la petite Ida, l'aînée des filles, qui avait quinze ans, les écoutait aussi, et tout en construisant un navire pour le père, le jeune homme construisit pour lui-même un château de rêve où lui et la petite Ida habitaient comme mari et femme, et c'est bien ce qui serait arrivé, si le château avait été en pierres de taille, avec des pelouses et des fossés, des bois et un jardin. Mais avec tout son esprit, le maître n'était qu'un pauvre oiseau, et que peut le moineau dans la danse des grues ? Hou-ou-ou ! J'ai pris mon vol et il a pris son vol, car il ne pouvait pas rester, et la petite Ida s'est consolée, car il fallait qu'elle s'en consolât.

A l'écurie hennissaient les chevaux noirs, bien dignes d'être admirés, et on les admira... L'amiral était envoyé par le roi lui-même pour examiner le nouveau navire de guerre et négocier son achat, il fit des fougueux chevaux les plus vifs éloges ; je l'ai bien entendu, dit le vent ; j'ai accompagné ces messieurs par la porte ouverte, et j'ai répandu à leurs pieds des brins de paille qui semblaient à leurs pieds des baguettes d'or. Valdemar Daae voulait de l'or, l'amiral voulait les chevaux noirs, dont il faisait un tel cas, mais il ne fut pas compris, et ainsi le navire ne fut pas acheté non plus ; il resta, flambant neuf, sur le rivage couvert de planches, arche de Noé qui jamais ne prit la mer. Hou-ou-ou ! allons-nous-en ! et c'était lamentable.

Au temps de l'hiver, lorsque les champs furent couverts de neige, les glaces flottantes ont rempli le Belt, et je les ai amoncelées sur le rivage, dit le vent, des corbeaux et des corneilles sont venus, plus noirs les uns que les autres, par grandes troupes ; ils se sont perchés sur le navire désert, mort, solitaire, et ont poussé de rauques clameurs sur la forêt disparue, sur les nombreux et précieux nids d'oiseaux détruits, sur les vieux et les jeunes qui étaient sans abri, et tout cela pour ce grand bric-à-brac, ce fier vaisseau qui ne naviguerait jamais.

Je fis tourbillonner la neige ; elle s'élevait haut tout autour de la coque, haut sur le pont ! J'ai fait entendre ma voix au navire, pour lui apprendre ce que c'est qu'un orage ! Je sais que j'ai fait mon possible pour lui donner de l'expérience. Hou-ou-ou ! allons-nous-en !

Et l'hiver s'en alla, l'hiver et l'été s'en allèrent, ils vont comme je vais, comme la neige tourbillonne, la fleur de pommier s'éparpille et la feuille tombe ; on s'en va, on s'en va, les gens aussi !

Mais les filles étaient encore jeunes, la petite Ida, rose charmante, telle que le constructeur de navires l'avait vue. Souvent je m'emparais de ses longs cheveux bruns, lorsqu'elle restait dans le jardin, près du pommier, songeuse, et elle ne s'apercevait pas que je saupoudrais de fleurs ses cheveux qui se dénouaient, et elle regardait le soleil rouge et le ciel doré à travers les arbres et les arbustes sombres du jardin.

Sa sœur Jeanne était comme un lis, éclatante et droite ; elle avait le port et le maintien figé de sa mère, elle avait, comme elle, la tige trop cassante. Elle allait volontiers dans la grande salle, où étaient accrochés les portraits de la famille ; les dames étaient peintes vêtues de soie et de velours avec un tout petit chapeau piqué de perles sur leurs cheveux tressés ; c'étaient de belles dames ! On voyait leurs maris couverts d'acier ou d'un riche manteau avec une fourrure de peau d'écureuil et une fraise bleue ; l'épée pendait contre la cuisse et non sur les reins. Où le portrait de Jeanne serait-il un jour accroché sur le mur, et quelle mine aurait son noble époux ? Oui, c'est à cela qu'elle pensait, c'est de cela qu'elle parlait toute seule, je l'ai entendue lorsque je me suis engouffré dans le long corridor jusque dans la salle et quand je m'en suis retourné.

Anne Dorothée, la pâle jacinthe, enfant de quatorze ans seulement, était paisible et réfléchie, ses grands yeux bleu pâle avaient l'air songeur, mais le sourire de l'enfance était sur ses lèvres, je ne pouvais pas le chasser, et d'ailleurs, je ne le voulais pas.

Je la rencontrais dans le jardin, dans le chemin creux, et le champ du château, elle ramassait des plantes et des fleurs, celles dont elle savait que son père pouvait se servir pour les liqueurs et les remèdes qu'il savait distiller ; Valdemar Daae était orgueilleux et outrecuidant, mais expert aussi, et il en savait long ; on s'en apercevait, on en jasait ; le feu brûlait dans sa cheminée même en été ; la porte de son cabinet était fermée à clef ; le feu grandissait pendant des jours et des nuits, mais il n'en parlait guère ; c'est en silence qu'il faut maîtriser les forces de la nature, bientôt sans doute il découvrirait ce qu'il y a de plus pur... l'or rouge !

C'est pourquoi la fumée sortait de la cheminée, pourquoi elle crépitait et flambait ; oui, j'y étais ! racontait le vent, je chantais à travers le tuyau : allons-nous-en ! allons-nous-en ! Ça fera de la fumée, des escarbilles, de la cendre chaude et de la poussière ! Tu te brûleras toi-même ! Hou-ou-ou ! Allons-nous-en ! allons-nous-en ! mais Valdemar Daae ne voulait pas s'arrêter.

Les superbes chevaux de l'écurie, que sont-ils devenus ? La vieille vaisselle d'argent et d'or dans les buffets et les placards, les vaches des champs, les terres et la ferme ?... Oui, tout cela peut se fondre, se fondre dans le creuset à or, où l'or n'apparaît toujours pas.

Grange et garde-manger, cave et grenier se vidèrent. Moins de gens, plus de souris ; une vitre se fendit, une autre se brisa, je n'avais plus besoin de passer par la porte, dit le vent. Où la cheminée fume, le repas cuit ; la cheminée fumait, mais elle dévorait tous les repas, elle fumait pour l'or rouge.

J'ai soufflé à travers la grande entrée comme un gardien dans une corne, mais il n'y avait pas de gardien, dit le vent ; j'ai tourné la girouette de la tour pointue, elle grinça comme si le gardien ronflait dans la tour, mais il n'y avait pas de gardien ; il y avait des rats et des souris ; la pauvreté mettait le couvert, la pauvreté garnissait la garde-robe et l'armoire aux provisions, la porte sortait de ses gonds, il venait des fissures et des crevasses ; j'entrais et je sortais, dit le vent, je sais à quoi m'en tenir.

A force de cendre et de fumée, de chagrin et de nuits sans sommeil, les cheveux et la barbe devenaient gris, la peau terne et jaune, les yeux étaient fascinés par l'or, l'or tant attendu.

Je lui ai soufflé de la fumée et de la cendre dans le visage et la barbe ; les dettes sont venues au lieu de l'or. J'ai chanté à travers les vitres brisées, j'ai soufflé sur les banquettes qui servaient de lit aux filles, où leurs vêtements étaient étalés, fanés, usés, car ils devaient toujours servir. Ce n'était pas cet air-là qu'on avait chanté au berceau de ces enfants ! La vie seigneuriale devint une vie misérable ! J'étais le seul à chanter dans le château ! dit le vent. Je les couvris de neige à l'intérieur, ça tient chaud, dit-on ; elles n'avaient pas de bois de chauffage, la forêt où elles auraient pu en prendre était abattue. Il gelait à pierre fendre ; je me faufilai par des trous et des couloirs, je courus pardessus toits et murs afin de me maintenir en forme ; elles étaient couchées à cause du froid, les nobles filles ; le père se recroquevillait sous sa couverture de peau. Rien sous la dent et rien à brûler, voilà une vie seigneuriale ! Hou-ou-ou ! Allons-nous-en ! Mais Monsieur Daae ne le pouvait pas.

— Après l'hiver vient le printemps, disait-il, après la misère viennent les jours prospères ; mais ils se font attendre, ils tardent !... maintenant le manoir est hypothéqué ! C'est maintenant qu'on est tout à fait à bout !... et l'or va venir ! à Pâques !

Je l'ai entendu murmurer, penché sur la toile d'araignée :

— Adroite petite tisseuse, tu m'enseignes à tenir bon ! Si ta toile est déchirée, tu recommences et tu l'achèves ! Déchirée encore... tu te remets au travail !... au travail ! c'est ce qu'il faut ! et ça réussit.

Le matin de Pâques, les cloches sonnèrent, le soleil se jouait au ciel. Valdemar Daae avait veillé, tout fiévreux, il avait fait bouillir et refroidir, il avait mélangé, distillé. Je l'entendis soupirer comme une âme en peine, je l'entendis prier, je compris qu'il retenait sa respiration. Sa lampe s'était éteinte, il ne s'en aperçut pas ; je soufflai sur les braises, elles éclairèrent son visage d'un blanc de craie, qui en reçut un éclat coloré, ses yeux étaient enfoncés dans leurs orbites profondes... mais ils s'agrandirent de plus en plus... comme s'ils voulaient éclater.

Voyez le verre alchimique ! ça brille là-dedans ! ça flamboie, c'est pur et lourd ! Il leva le verre d'une main tremblante et d'une voix tremblante il cria :

— De l'or ! de l'or !

Il en eut le vertige, d'un souffle j'aurais pu le renverser, dit le vent, mais je soufflai seulement sur les charbons ardents, et l'accompagnai dans la chambre où ses filles grelottaient. Sa robe était couverte de cendres, il y en avait dans sa barbe et ses cheveux emmêlés. Il se redressa, leva le verre fragile qui contenait son riche trésor et s'écria :

— Trouvé ! gagné !... de l'or !

Et il tendit en l'air le verre qui étincela aux rayons du soleil ; ... et sa main trembla et le verre alchimique tomba par terre et éclata en mille morceaux ; la dernière bulle de sa prospérité avait crevé. Hou-ou-ou ! Allons-nous-en !... Et je quittai le manoir du fabricant d'or.

Comme l'année s'avançait, pendant les courtes journées où la brume vient avec son torchon et répand des gouttes sur les baies rouges et les branches sans feuilles, j'arrivai de très bonne humeur, j'aérai, je nettoyai le ciel et brisai les branches pourries, ce n'est pas un grand travail, mais il faut le faire. Un balayage à fond eut lieu aussi d'une autre façon dans le manoir de Borreby chez Valdemar Daae. Son ennemi, Ove Ramel de Basnæs, était là avec l'hypothèque sur le manoir et les meubles. Je tambourinai sur les vitres brisées, je frappai aux portes délabrées, je sifflai au travers des fentes et des crevasses : hu-i !... Monsieur Ove ne devait pas avoir envie de rester là. Ida et Anne Dorothée pleuraient à chaudes larmes ; Jeanne resta droite et pâle, se mordit le pouce à le faire saigner, ce qui ne pouvait servir à rien ! Ove Ramel offrit à Monsieur Daae de rester dans le manoir sa vie durant, mais on ne lui sut aucun gré de son offre ; j'écoutais ; ... je vis le seigneur sans abri lever plus fièrement la tête, la mine altière, et je me ruai sur le manoir et les vieux tilleuls, si bien que la plus grosse branche se rompit, et elle n'était pas pourrie ; elle resta par terre devant la grande porte, comme un balai, pour qui voudrait balayer, et on balaya, en effet ; je le pensais bien.

Ce fut une journée pénible, un moment où l'on a peine à garder contenance, mais on avait le cœur ferme, on se raidissait.

Ils ne possédaient rien que les vêtements qu'ils avaient sur eux ; si ! le verre alchimique récemment acheté, rempli des débris ramassés sur le parquet ; le trésor qui promettait mais qui ne tenait pas. Valdemar Daae le cacha sur sa poitrine, prit son bâton à la main, et le seigneur autrefois riche sortit avec ses trois filles du manoir de Borreby. Je soufflai froid sur ses joues chaudes, je caressai sa barbe grise et ses longs cheveux blancs, je chantai comme je pus : hou-ou-ou ! Allez-vous-en ! Allez-vous-en !... Telle fut la fin de tant de splendeur.

Ida et Anne Dorothée marchaient à ses côtés ; Jeanne se retourna vers la porte, à quoi bon, la chance ne devait pas tourner. Elle regarda les pierres rouges provenant du château de Marsk Stig * ; pensait-elle à ses filles .

* Marsk Stig, assassin du roi de Danemark Erik V (1286), coupable, d'après une chanson populaire, d'avoir séduit sa femme. *(N.d.T.)*

L'aînée prit la plus jeune par la main,
et elles s'en allèrent par le monde !

Pensa-t-elle à ce chant ?... ici elles étaient trois... le père était avec elles !... Elles suivaient le chemin où elles avaient roulé en carrosse, elles allaient en mendiantes, avec le père, au champ de Smidstrup, à la maison en torchis qui avait été louée pour dix marks par an, nouvelle résidence seigneuriale aux murs nus et toute vide. Corneilles et choucas volaient au-dessus et criaient comme pour se moquer : « A bas du nid ! à bas du nid ! à bas ! à bas ! » comme le criaient les oiseaux dans la forêt de Borreby, lorsque les arbres furent abattus.

Monsieur Daae et ses filles le comprirent bien ; je leur soufflai à l'oreille que ce n'était pas la peine d'écouter ça.

Puis ils entrèrent dans la maison en torchis du champ de Smidstrup,... et je partis par-dessus champs et marais, à travers haies et forêts dénudées, vers la mer et d'autres pays..., hou-ou-ou ! Allons-nous-en ! Allons-nous-en ! et à tout jamais.

Qu'advint-il de Valdemar Daae ? Qu'advint-il de ses filles ? Le vent raconte :

La dernière que j'ai vue, et la dernière fois, c'est Anne Dorothée, la pâle jacinthe,... elle était alors vieillie et courbée, c'était cinquante ans plus tard. C'est elle qui a vécu le plus longtemps, elle était au courant de tout.

Là-haut, sur la lande, près de la ville de Viborg, était la nouvelle et belle maison du doyen de la cathédrale, aux pierres rouges et pignons pointus ; la fumée sortait épaisse de la cheminée. Son aimable femme et ses gracieuses filles, assises dans la fenêtre en saillie, regardaient, par-dessus l'épine fleurie du jardin, la lande brune... ; qu'y cherchaient leurs yeux ? Ils cherchaient le nid de cigognes perché sur la maison délabrée. Le toit était de mousse et de joubarbe, si l'on peut parler de toit : le plus clair de la couverture était le nid de cigognes, seule partie qui était réparée, car la cigogne l'entretenait.

C'était une maison qu'on pouvait regarder, non toucher ; je devais l'aborder avec précaution, dit le vent. A cause du nid de cigognes, la maison put rester là, bien qu'elle fût un épouvantail pour la lande. Le doyen ne voulait pas renvoyer la cigogne, en sorte que la bicoque pouvait rester, et aussi la pauvresse qui l'habitait ; elle pouvait en remercier l'oiseau égyptien,... ou bien lui était-il reconnaissant d'avoir autrefois intercédé pour le nid de son frère sauvage dans la forêt de Borreby ? Elle était alors, la pauvre, une jeune enfant, une élégante, pâle jacinthe dans le noble jardin. Elle se rappelait tout cela, Anne Dorothée :

— Oh ! Oh !

... Oui, les gens peuvent soupirer, comme le vent dans les joncs et les roseaux.

— Oh, sur ta tombe, Valdemar Daae, aucun sacristain n'a sonné ! Les enfants pauvres de l'école n'ont pas chanté lorsque l'ancien seigneur de Borreby a été mis en terre !... Oh, tout prend fin, pourtant, la misère aussi ! La sœur Ida est devenue la femme d'un paysan ; ce fut la plus dure épreuve de notre père ! Le mari de sa fille, un misérable serf, que son maître aurait pu envoyer sur le chevalet de torture. Maintenant il doit être sous terre ? et toi aussi Ida ?... Oh, oui ! oh, oui, pour moi, malheureuse, ce n'est pas encore fini ! Pauvre vieille ! délivre-moi, puissant Christ !

Telle était la prière d'Anne Dorothée dans la misérable maison qu'on laissait debout à cause de la cigogne.

La plus intrépide des sœurs, je m'en suis chargé, dit le vent, elle se fit tailler un vêtement conforme à son tempérament ! Elle se présenta comme un pauvre gars et s'engagea sur un bateau ; elle parlait peu, avait la mine revêche, mais voulait faire sa besogne ; seulement elle ne savait pas grimper ;... j'ai soufflé, et l'ai envoyée par-dessus bord avant que personne ait su qu'elle était une femme, et j'ai sans doute bien fait, dit le vent.

C'était un matin de Pâques, comme lorsque Valdemar Daae crut avoir trouvé l'or rouge, et j'entendis sous le nid de la cigogne, entre les murs chancelants, chanter un psaume, le dernier chant d'Anne Dorothée.

Il n'y avait pas de vitre, seulement un trou dans le mur ; le soleil vint, comme une boule d'or, et entra par là ; quel éclat ! Les yeux de la vieille s'éteignirent, son cœur se brisa ! ils l'auraient fait aussi bien si le soleil n'avait pas lui sur elle ce matin-là.

La cigogne lui fournit un toit jusqu'à sa mort ! Je chantai sur sa tombe, dit le vent ; j'ai chanté sur la tombe de son père, je sais où elle est, et où est la tombe d'Anne Dorothée, je suis seul à le savoir.

Nouveaux temps ! autres temps ! La vieille route aboutit à un terrain clos, les tombes font place à la route... et bientôt viendra la vapeur avec sa suite de voitures, qui grondera sur les tombes, oubliées comme les noms, hou-ou-ou ! Allons-nous-en !

Telle est l'histoire de Valdemar Daae et de ses filles. Racontez-la mieux, vous autres, si vous pouvez ! dit le vent en se retournant.

Il était parti.

LA PETITE FILLE QUI MARCHA SUR LE PAIN

Vous avez bien entendu parler de la petite fille qui marcha sur le pain pour ne pas salir ses souliers, et qui s'en est si mal trouvée. L'histoire a été écrite et imprimée.

C'était une enfant pauvre, fière et orgueilleuse. Il y avait en elle une mauvaise graine, comme on dit. Tout enfant, c'était pour elle un plaisir d'attraper les mouches, d'en détacher les ailes et d'en faire un animal rampant. Elle prenait le hanneton et le bousier, perçait chacun d'une aiguille, puis mettait près de leurs pattes une feuille verte ou un petit bout de papier, et la pauvre bête s'y attachait solidement, le tournait et retournait pour se dégager de l'aiguille.

— Voilà le hanneton qui lit ! disait la petite Inger, voyez comme il tourne la page !

En grandissant, elle devint plutôt pire que meilleure, mais elle était jolie et ce fut son malheur, sans quoi elle aurait été giflée autrement qu'elle ne le fut.

— Il faudra forte lessive pour laver pareille tête ! disait sa propre mère. Enfant, tu as souvent piétiné mon tablier, j'ai peur que souvent, plus tard, tu ne me piétines le cœur.

Et c'est bien ce qu'elle fit.

Elle s'en alla en service à la campagne chez des gens distingués qui la traitèrent comme si elle eût été leur propre enfant, et elle fut habillée en conséquence, elle avait bel air, et son orgueil s'accrut.

Elle était partie depuis un an quand ses patrons lui dirent :

— Tu devrais bien aller voir tes parents, petite Inger !

Elle y alla bien, mais pour se montrer : on verrait comme elle était devenue élégante ; et arrivée à l'entrée du village, lorsqu'elle vit les jeunes gens et les jeunes filles bavarder près de la mare, comme sa mère était justement assise là sur une pierre à se reposer avec du fagot qu'elle avait ramassé dans la forêt, Inger s'en retourna ; elle avait honte, elle qui était si élégante, d'avoir une mère aussi déguenillée, qui ramassait des bouts de bois. Elle ne regrettait pas du tout de s'en retourner, elle était seulement vexée.

Et une demi-année se passa.

— Tu devrais un jour aller voir tes vieux parents, petite Inger ! lui dit sa patronne. Voilà un gros pain de froment que tu peux leur porter ; ça leur fera plaisir de te voir.

Et Inger mit ce qu'elle avait de mieux, et ses souliers neufs, elle leva sa robe et marcha avec précaution, afin d'avoir les pieds bien propres, et il n'y avait pas à lui reprocher cela ; mais arrivée à l'endroit où le sentier traverse un terrain marécageux, comme il y avait de l'eau et de la boue sur un long parcours, elle jeta le pain dans la boue pour marcher dessus et passer à pieds secs ; au moment où elle avait un pied sur le pain et levait l'autre, le pain s'enfonça de plus en plus profondément avec elle, et elle disparut complètement ; on ne vit plus rien qu'un étang noir couvert de bulles.

Voilà l'histoire.

Qu'est-elle devenue ? Elle est descendue chez la femme du marais, qui brasse de la bière. La femme du marais est la tante des filles-elfes, qui sont bien connues, — on a écrit des chansons sur elles, et on les a peintes, — mais sur leur tante, les gens savent seulement que, lorsque des vapeurs, l'été, montent des prés, c'est la femme du marais qui brasse. C'est dans sa brasserie que s'était enfoncée Inger, et c'est un endroit où l'on ne peut pas tenir longtemps. Le cloaque est un appartement somptueux, comparé à la brasserie de la femme du marais ! Toutes les cuves puent à vous faire pâmer, elles sont entassées les unes contre les autres, et s'il restait quelque part une petite ouverture où l'on pourrait se glisser, c'est tout de même impossible à cause des crapauds mouillés et des limaces grasses qui grouillent là ; voilà où était tombée la petite Inger ; toute cette dégoûtante mixture vivante était d'un froid si glacial que la petite fille tremblait de tous ses membres, de plus en plus engourdie. Elle était fortement attachée au pain, qui la tirait, de même qu'un bouton d'ambre attire un brin de paille.

La femme du marais était chez elle car la brasserie recevait ce jour-là la visite du diable et de son arrière-grand-mère, qui est une vieille femme très venimeuse, et toujours très occupée ; jamais elle ne sort sans son ouvrage à la main et elle l'avait là aussi. Elle cousait des prétentaines pour faire courir les gens, qui ainsi ne pouvaient tenir en place ; elle brodait des mensonges et faisait du crochet avec des paroles inconsidérées qu'on avait laissé tomber, tout cela pour causer ruine et perdition. Oh, elle savait coudre et broder et faire du crochet, la vieille arrière-grand-mère !

Elle vit Inger, mit ses lunettes et la regarda encore.

— Voilà une petite fille qui a des dispositions ! dit-elle, je la réclame en souvenir de ma visite ici ! Elle pourra faire une bonne statue dans l'antichambre de mon arrière-petit-fils.

Et elle l'eut. C'est ainsi que la petite Inger arriva en enfer. Les gens n'y descendent pas toujours tout droit, ils peuvent y parvenir par un détour, quand ils ont des dispositions.

C'était une antichambre qui n'en finissait plus ; on avait le vertige à regarder devant soi, et le vertige à regarder en arrière ; une troupe d'affamés, debout, attendait que s'ouvrît la porte de la grâce ; ils pouvaient attendre longtemps ! De grosses araignées tissaient en clopinant la toile millénaire sur leurs pieds, et cette toile les serrait comme des brodequins et les tenait comme des chaînes de cuivre ; et il y avait dans chaque âme une inquiétude éternelle, une inquiétude torturante. L'avare avait perdu la clef de sa cassette, et il savait qu'il l'avait laissée dessus. Inutile d'énoncer la longue série de tous les tourments et supplices que l'on éprouvait là. Inger les ressentit cruellement à rester statue ; elle était comme ancrée au sol par le pain.

— On est prise ainsi pour avoir voulu garder les pieds propres ! se disait-elle. Oh, comme ils ont les yeux fixés sur moi !

Oui, tous les autres la regardaient ; leurs mauvais penchants brillaient dans leurs yeux et parlaient sans bruit sur leurs lèvres, ils étaient effrayants à voir.

— Ça doit être agréable de me regarder ! pensa la petite Inger, j'ai un joli visage et je suis bien vêtue !

Et elle baissa les yeux, car son cou ne pouvait pas bouger, il était trop raide. Non, comme elle s'était salie dans la brasserie de la femme du marais, elle n'avait pas songé à cela. Ses vêtements n'étaient qu'une grande tache visqueuse ; un escargot s'était collé à ses cheveux et lui ballottait dans le cou, et de chaque pli de sa robe sortait un crapaud qui aboyait comme un carlin à la poitrine étroite. C'était fort désagréable.

— Mais les autres, ici, ont aussi une mine effroyable !

Et cette idée la consolait.

Le pis de tout, pourtant, était la terrible faim qu'elle ressentait ; ne pouvait-elle pas se baisser et casser un morceau du pain sur lequel elle se tenait ? Non, son dos s'était raidi, ses bras et ses mains étaient raides, tout son corps était comme une statue de pierre, ses yeux seuls pouvaient tourner dans sa tête, tourner complètement, jusqu'à voir derrière, et c'était une bien vilaine vue. Les mouches arrivèrent, elles lui marchèrent sur les yeux, allant, venant, et les yeux clignèrent, mais les mouches ne s'envolèrent pas, elles ne le pouvaient pas, leurs ailes avaient été détachées, les mouches étaient devenues bêtes rampantes ; ce fut là avec la faim un autre tourment, et il semblait à Inger que ses intestins finissaient par se manger eux-mêmes, et qu'elle se vidait, se vidait affreusement.

— Si ça dure longtemps, je ne pourrai l'endurer, dit-elle, mais il fallait l'endurer, et cela continuait et ne finissait pas.

Alors une larme brûlante tomba sur sa tête, elle lui coula sur le visage et la poitrine et descendit jusqu'au pain, une larme encore tomba, il en tomba beaucoup. Qui pleurait sur la petite Inger ? N'avait-elle pas une mère là-haut sur la terre ? Les larmes de chagrin qu'une mère pleure sur son enfant l'atteignent toujours, mais elles ne libèrent pas, elles brûlent, elles ne font qu'accroître la souffrance. Oh, cette insupportable faim, et ce pain qu'elle foulait aux pieds sans pouvoir l'atteindre ! Elle avait maintenant la sensation que tout, au-dedans d'elle, s'était consommé, qu'elle était comme un jonc mince et creux, qui absorbait tous les bruits ; elle entendit nettement tout ce qui, là-haut, sur la terre, la concernait, et ce qu'elle entendit était dur et sévère. Sa mère, il est vrai, pleurait, profondément affligée, mais disait aussi :

— L'orgueil précède la chute ! ce fut ton malheur, Inger ! quelle peine tu as causée à ta mère !

Sa mère, et tout le monde, là-haut, connaissait sa faute ; elle avait marché sur le pain, s'était enfoncée et avait disparu ; le vacher l'avait raconté, il l'avait vu lui-même du coteau.

— Quelle peine tu as causée à ta mère, Inger ! disait la mère ; oui, je le pensais bien !

— Puissé-je n'être jamais née ! se disait alors Inger, ça aurait bien mieux valu pour moi. Ça ne me sert à rien maintenant que ma mère pleurniche.

Elle entendit ce que disaient ses patrons, ces braves gens qui l'avaient traitée comme leur fille :

— C'était une enfant pleine de péché, disaient-ils, elle méprisait les dons de Notre-Seigneur et les foulait aux pieds, la porte de la grâce lui sera dure à passer.

— Vous auriez dû me corriger mieux, pensait Inger, me faire passer mes caprices, si j'en avais.

Elle entendit toute une chanson qu'on avait composée sur elle, « la petite fille orgueilleuse qui a marché sur le pain pour avoir de beaux souliers », et que l'on chantait dans tout le pays.

— Dire qu'il faut en entendre autant pour cela ! songeait Inger, et souffrir autant pour cela ! les autres devraient aussi être punis pour leurs fautes, certes ! oh, il y aurait beaucoup à punir ! Aïe, comme ça fait mal !

Et son cœur devint encore plus dur que son corps.

— Ce n'est pas ici, en bas, que l'on peut devenir meilleure, en pareille compagnie ! voyez-moi ces regards !

Et son cœur s'irrita et devint hostile à tout le monde.

Elle entendit que l'on racontait son histoire aux enfants, et les petits l'appelaient Inger l'impie.

— Elle était vilaine, disaient-ils, affreuse, il fallut lui infliger une sérieuse correction.

Les enfants avaient toujours à la bouche des paroles dures quand ils parlaient d'elle.

Un jour, pourtant, comme la rancune et la faim la rongeaient à l'intérieur de son enveloppe creuse, elle entendit prononcer son nom et raconter son histoire à un enfant innocent, une petite fille, et la petite fondait en larmes au récit du malheur de l'orgueilleuse Inger qui aimait trop la parure.

— Mais ne remontera-t-elle jamais ? demandait la fillette.

Et on lui répondait :

— Elle ne remontera jamais !

— Mais si elle demande pardon et dit qu'elle ne le fera plus jamais ?

— Mais elle ne demandera pas pardon ! lui dit-on.

— Je voudrais tant qu'elle le fasse ! dit la fillette, tout à fait inconsolable. Je donnerai mon armoire de poupée quand elle pourra remonter ! c'est si terrible pour la pauvre Inger !

Et ces paroles parvinrent jusqu'au cœur de la pauvre Inger, elles lui firent du bien ; c'était la première fois qu'on disait : « Pauvre Inger ! » sans rien ajouter du tout sur ses défauts ; une petite enfant innocente pleurait et priait pour elle, et Inger en fut toute saisie, elle aurait volontiers elle-même pleuré, mais elle ne pouvait pas pleurer, et cela aussi était une souffrance.

Tandis que les années passaient là-haut, en bas il n'y avait pas de changement, elle entendait plus rarement des bruits d'en haut, on parlait moins d'elle ; mais un jour elle perçut un soupir :

— Inger ! Inger ! que tu m'as fait de peine ! je l'avais bien dit !

C'était sa mère qui mourait.

Elle entendit parfois son nom prononcé par ses vieux patrons, et les paroles les plus douces furent celles de la patronne :

— Est-ce que je te reverrai jamais, Inger ! on ne sait où l'on ira !

Mais Inger comprit bien que la brave femme ne viendrait jamais où elle était.

Et de nouveau le temps passa, long et amer.

Puis, Inger entendit de nouveau prononcer son nom, et vit luire au-dessus d'elle comme deux étoiles brillantes ; c'était deux bons yeux qui se fermaient sur terre. Tant d'années s'étaient écoulées depuis le temps où la petite fille désolée avait pleuré sur « la pauvre Inger », que l'enfant était devenue vieille femme, et Notre-Seigneur voulait la rappeler à lui ; juste à ce moment, où surgissaient les idées de tout le cours de la vie, elle se rappela aussi combien elle avait éperdument pleuré, en son enfance, en écoutant l'histoire d'Inger ; ce temps-là, et cette impression, furent si présents à l'esprit de la vieille femme à sa dernière heure, qu'à haute voix elle s'écria :

— Seigneur mon Dieu, est-ce que je n'ai pas, moi aussi, comme Inger, parfois foulé aux pieds les dons de ta bonté, sans y penser, n'ai-je pas été orgueilleuse en mon cœur, mais dans ta grâce tu ne m'as pas fait engloutir, tu m'as gardée en haut ! ne m'abandonne pas à mon dernier moment !

Et les yeux de la vieille se fermèrent, et les yeux de l'âme s'ouvrirent sur le monde caché, et comme Inger était si vivante dans ses dernières pensées, la pieuse femme la vit, vit combien bas elle avait été entraînée, et à cette vue fondit en larmes ; elle restait dans le royaume du ciel telle qu'en son enfance, et pleurait pour la pauvre Inger ; ces larmes et les prières retentirent comme un écho dans l'enveloppe creuse qui gardait prisonnière l'âme torturée ; et celle-ci fut accablée par toute cette charité d'en haut qu'elle n'aurait jamais imaginée : un ange de Dieu pleurait sur elle ! pourquoi cela lui était-il accordé ! L'âme tourmentée repassa dans son souvenir tous les actes de sa vie terrestre, et frémit toute en versant des larmes que jamais Inger n'avait vu pleurer ; elle s'affligeait profondément sur elle-même, il lui semblait que jamais la porte de la grâce ne pourrait s'ouvrir pour elle, et au moment même où, dans sa contrition, elle sentait cela, un rayon descendit, éclairant jusqu'au gouffre de l'abîme ; ce rayon arrivait, plus fort que le rayon du soleil qui dérègle l'homme de neige dressé dans la cour par les enfants, et alors, beaucoup plus vite que le flocon de neige sur les lèvres chaudes de l'enfant, la figure pétrifiée d'Inger s'évapora, un petit oiseau s'élança comme un éclair, en zigzag vers le monde des hommes ; mais il était timide, et craignait tout ce qui l'entourait ; il avait honte de lui-même devant tous les êtres vivants, et il alla vite se cacher dans un trou sombre qu'il trouva au mur dégradé ; il s'y blottit et s'y serra, tremblant de tout son corps, il ne pouvait donner de la voix, il n'en avait pas ; il resta longtemps avant de pouvoir sentir et voir toute la splendeur autour de lui ; oui, c'était splendide : l'air était pur et doux, la lune était claire, les arbres et arbustes embaumaient ; et il se trouvait si bien où il était dans sa robe de plumes élégante et propre ! Oh, comme toute la création était pleine de charité et de magnificence ! Toutes les pensées qui naissaient dans le cœur de l'oiseau voulaient s'exprimer en chant, mais l'oiseau n'en était pas capable ; il aurait voulu chanter comme au printemps le coucou et le rossignol. Notre-Seigneur, qui entend même le cantique de louanges muet du ver de terre, perçut l'hymne qui s'élevait ainsi en harmonies de pensées, comme le psaume chantant dans la poitrine de David avant d'avoir paroles et mélodie.

Pendant des jours et des semaines grandirent et se développèrent ces chants muets, ils devaient prendre essor au premier coup d'ailes qui aurait pour but une bonne action, il fallait en accomplir une !

La sainte fête de Noël arriva. Le paysan dressa tout contre le mur une perche et y attacha une botte d'avoine non battue, afin que les oiseaux du ciel eussent aussi un joyeux Noël et un agréable repas en ce jour du Sauveur.

Et le soleil se leva le matin de Noël et brilla sur la gerbe d'avoine, et tous les oiseaux gazouillant volèrent autour de la perche du repas, et alors on entendit aussi dans le mur : cui, cui ! La pensée s'épanouissait en chant, le faible piaulement était tout un hymne de joie, la pensée d'une bonne action s'était éveillée, l'oiseau s'envola de sa cachette ; au royaume du ciel on savait bien quel oiseau c'était.

L'hiver se mit sérieusement à la besogne, les eaux étaient gelées profondément, les oiseaux et les animaux de la forêt avaient grand-peine à se nourrir. Le petit oiseau volait sur la route, et, dans les traces des traîneaux, il cherchait et trouvait çà et là un grain, aux relais, quelques miettes de pain, dont il ne mangeait qu'une, et il appelait tous les autres moineaux affamés, qui trouvaient ainsi leur nourriture. Il s'envolait vers les villes, furetant de tous côtés, et aux fenêtres où une main amie avait répandu du pain pour les oiseaux, il ne mangeait lui-même qu'une miette et donnait tout aux autres.

Au cours de l'hiver, l'oiseau avait ramassé et donné

tant de miettes de pain que leur total devait peser autant que le pain sur lequel la petite Inger avait marché pour ne pas salir ses souliers, et lorsqu'il eut trouvé et donné la dernière miette, ses ailes grises devinrent blanches et se déployèrent.

— Voilà une hirondelle de mer qui s'envole sur l'eau, dirent les enfants en voyant l'oiseau blanc; tantôt il plongeait, tantôt il montait dans la lumière du soleil; il brilla, puis, on ne sut plus ce qu'il était devenu; les enfants racontèrent qu'il avait volé jusqu'au soleil.

ANNE LISBETH

Anne Lisbeth était comme du lait et du sang, jeune et gaie, jolie à voir, ses dents étaient blanches, ses yeux brillants ; elle avait le pied léger à la danse, le caractère encore plus léger ! qu'en résulta-t-il ?... « Le vilain enfant ! »... Oui, il n'était pas beau ! Il fut mis en nourrice chez la femme du fossoyeur, Anne Lisbeth entra au château du comte, on l'installa dans une chambre somptueuse, on la vêtit de soie et de velours : aucun vent ne devait souffler sur elle, ni personne lui parler durement, car elle en pâtirait, et c'était ce qu'il ne fallait pas. Elle nourrissait le jeune comte, qui était charmant comme un prince, ravissant comme un ange, oh, comme elle aimait cet enfant ! Son propre enfant, eh bien, il était placé ; il était chez le fossoyeur, où la marmite ne débordait pas, mais la bouche écumait, et le plus souvent il n'y avait personne à la maison, mais ce qu'on n'entend pas ne touche personne, l'enfant pleurait et finissait par s'endormir, et quand on dort on ne sent ni la faim ni la soif, le sommeil est une bonne invention. Il y a des années... oui, avec le temps qui passe, les mauvaises herbes poussent, dit-on ; le garçon d'Anne Lisbeth poussa, et pourtant il était plutôt rabougri, disait-on ; mais il avait grandi entièrement chez le fossoyeur, qui avait été payé pour cela, Anne Lisbeth était entièrement débarrassée de lui, elle était citoyenne d'une petite ville, agréablement logée, portait chapeau quand elle sortait, mais jamais elle n'allait voir le fossoyeur, qui demeurait trop loin de la ville, elle n'avait d'ailleurs rien à faire chez ces gens, le garçon était à eux, et il pouvait gagner sa subsistance, disaient-ils, il devait travailler pour sa nourriture, et il gardait la vache rousse de Mads Jensen, il pouvait bien travailler...

Le chien de garde de la blanchisserie du château est assis sur le toit de son chenil et aboie après tous les passants ; quand il pleut, il rampe à l'intérieur et se couche au sec et au chaud. Le garçon d'Anne Lisbeth s'asseyait au bord du fossé, au soleil, taillait un piquet de bois, au printemps il connaissait trois fraisiers en fleurs, qui sans doute donneraient des fraises, c'était là son idée la plus réconfortante, mais les fraises ne vinrent pas. Il était assis par la pluie et la bruine, trempé jusqu'à la peau, l'âpre vent séchait ensuite ses vêtements sur son corps ; quand il rentrait à la maison, il était mal reçu, bousculé ; il était laid et vilain, disaient garçons et filles, ça, il y était habitué... jamais aimé !

Qu'advint-il du garçon d'Anne Lisbeth ? Que devait-il en advenir ? C'était là son destin : « Jamais aimé ».

De la terre ferme, il fut jeté par-dessus bord, partit en mer sur un bâtiment misérable, il était à la barre pendant que le patron buvait ; il était sale et vilain, gelé et affamé, on aurait dit qu'il n'avait jamais mangé à sa faim, et c'était vrai.

L'année s'avançait, avec un temps humide et orageux, le froid pénétrait les épais vêtements, surtout en mer, et un méchant bateau naviguait sous une seule voile, portant à bord seulement deux hommes, on peut même dire un et demi, c'étaient le patron et son garçon. Toute la journée avait été un crépuscule, maintenant il faisait plus sombre, le froid était glacial. Le patron but la goutte, pour se réchauffer l'intérieur ; la bouteille était vieille et le verre aussi, celui-ci était intact dans le haut, mais le pied était cassé, et il avait été remplacé par un bloc de bois peint en bleu sur lequel il pouvait se tenir... Une goutte fait du bien, deux en font encore plus, se dit le patron. Le garçon était à la barre, qu'il manœuvrait de ses dures mains goudronnées ; il était laid, ses cheveux étaient hérissés, son corps chétif et rabougri, c'était le garçon du fossoyeur, dans le registre paroissial il était inscrit comme fils d'Anne Lisbeth.

Le vent coupait la figure, le bateau fendait les vagues, la voile se gonflait, le vent avait prise, on courait à toute allure, ... on était pris dans le froid et l'humidité, mais cela pouvait s'aggraver encore... Stop !... Qu'y a-t-il ? Que signifie ce choc ? Qu'est-ce qui s'est cassé ? Qu'est-ce qui arrive au bateau ? Il s'est retourné ! Un nuage a-t-il crevé ? Un coup de mer est-il survenu ?... Le garçon à la barre a crié : « Jésus ! »

Le bateau avait cogné un gros rocher au fond de la mer, et s'enfonça comme un vieux soulier dans un étang ; il sombra, comme on dit, avec hommes et rats ; et il y avait des rats, mais un homme et demi seulement : le patron et le garçon du fossoyeur. Personne ne vit cela, sauf les mouettes qui criaient et les poissons d'en bas, encore ne le virent-ils pas bien, car ils s'écartèrent effrayés, lorsque l'eau s'engouffra dans le bateau qui s'enfonçait ; il était à peine à une brasse sous l'eau ; les voilà disparus tous les deux ; disparus, oubliés ! seul le verre au bloc de bois peint en bleu ne sombra pas, le bloc de bois le maintint à la surface ; le verre s'en alla à la dérive pour être brisé et jeté sur le rivage... où et quand ? Ça n'avait pas d'importance ! Il avait fait son service et avait été aimé ; le garçon d'Anne Lisbeth ne l'avait pas été ! mais dans le royaume du ciel, aucune âme ne pourra plus dire : « Jamais aimé ! »

Anne Lisbeth vivait dans la petite ville déjà depuis de nombreuses années, on l'appelait madame, et elle se rengorgeait surtout lorsqu'elle parlait de vieux souvenirs, du temps passé chez le comte, où elle allait en carrosse et pouvait parler à des comtesses et des baronnes. Son gentil petit comte était le plus charmant ange de Dieu, l'être le plus affectueux, il l'avait aimée comme elle l'avait aimé. Ils s'étaient embrassés, caressés, il était sa joie, la moitié de sa vie. Maintenant il était grand, il avait quatorze ans, il était savant et superbe ; elle ne l'avait pas vu depuis le temps où elle le portait sur ses bras ; des années avaient passé sans qu'elle revît le château du comte, c'était un vrai voyage d'y aller.

— Il faut que je m'y rende un jour, dit Anne Lisbeth, que j'aille voir ma gloire, mon délicieux jeune comte ! Oh, il désire sûrement me revoir, il pense à moi, il m'aime comme lorsqu'il m'entourait le cou de ses bras d'ange et disait : « An-Lis ! » c'était comme un violon, oui, je vais y aller et le revoir.

Elle alla en charrette à transporter les veaux, puis s'en fut à pied, arriva au château du comte, qui vu du dehors était toujours grand et superbe avec son jardin tel qu'autrefois, mais dans la maison les gens étaient tous étrangers, pas un d'entre eux ne savait rien d'Anne Lisbeth, ils ignoraient de quelle importance elle avait été ici en son temps, la comtesse le leur dirait bien, son cher garçon aussi ; oh, qu'elle était impatiente de le voir !

Et Anne Lisbeth était toujours là ; elle dut attendre longtemps, et c'est long d'attendre ! Avant le moment du repas, elle fut appelée auprès de la comtesse, qui lui parla fort aimablement. Elle devait voir son cher garçon après le déjeuner, et on la rappela.

Comme il était devenu grand et mince, et quels yeux ravissants il avait, et quelle bouche d'ange ! Il la regarda, mais sans dire un mot. Il ne la reconnaissait pas, évidemment. Il se retourna, voulait s'en aller, mais alors elle lui prit la main, où elle imprima un baiser.

— Allons, c'est bon ! dit-il, et il sortit de la salle, lui, l'objet de l'amour d'Anne Lisbeth, lui qu'elle avait aimé et qu'elle aimait par-dessus tout, lui, sa fierté sur la terre.

Elle sortit du château sur la route, bien triste ; il avait été si distant, n'avait eu aucune pensée pour elle, aucune parole, lui à qui elle pensait jour et nuit autrefois, et à qui elle pensait toujours.

Un gros corbeau noir vint se poser devant elle sur la route, cria et croassa.

— Aïe ! dit-elle, quel oiseau de malheur es-tu ?

Elle passa devant la maison du fossoyeur ; sa femme se tenait devant la porte, et elles causèrent ensemble.

— Tu es en bonne forme ! dit la femme du fossoyeur, tu es grosse et grasse ! Ça va bien pour toi !

— Pas mal, dit Anne Lisbeth.

— Le bateau a sombré avec eux, dit la femme du fossoyeur. Lors, le patron et le garçon se sont noyés tous les deux. C'est fini pour eux. J'avais pourtant l'idée que le garçon aurait pu un jour me rapporter quelques sous. Il ne te coûtait plus rien, Anne Lisbeth !

— Ils se sont noyés ! dit Anne Lisbeth, et elles n'en dirent pas plus long sur ce sujet. Anne Lisbeth était désolée parce que son jeune comte n'avait pas daigné lui parler, à elle qui l'aimait, et avait parcouru ce long chemin pour aller le voir ; ça lui avait aussi coûté de l'argent, le plaisir qu'elle en avait eu était médiocre, mais de cela elle ne dit mot, elle ne voulait pas soulager son cœur en en parlant à la femme du fossoyeur, qui pourrait croire qu'elle n'était pas bien vue chez le comte. Et le corbeau croassa encore au-dessus d'elle.

— Ces cris me font peur aujourd'hui ! dit Anne Lisbeth.

Elle avait apporté du café en grains et de la chicorée, ce serait œuvre de charité envers la femme du fossoyeur de le lui donner pour préparer un bol de café, Anne Lisbeth pourrait en avoir aussi une tasse, et la femme du fossoyeur alla faire bouillir le café, et Anne Lisbeth s'assit sur une chaise où elle s'endormit ; alors elle rêva de celui dont elle n'avait jamais rêvé encore, ce qui était bien singulier : elle rêva de son propre enfant, qui avait eu faim et avait braillé, ici, dans cette maison, y avait été laissé à l'abandon, et gisait maintenant au fond de la mer, Dieu savait où. Elle rêva qu'elle était assise où elle était, et que la femme du fossoyeur était sortie pour faire le café, elle pouvait sentir l'odeur des grains, et dans la porte se tenait debout un être charmant, aussi beau que le jeune comte, et cet enfant disait :

— Le monde va périr maintenant ! tiens-toi fortement après moi, car tu es tout de même ma mère ! Tu as un ange dans le royaume du ciel ! Tiens-toi fortement après moi !

Et il la saisit, mais un terrible vacarme s'éleva, c'était sans doute le monde qui s'effondrait, et l'ange monta et la tint solidement par les bras de sa chemise, si solidement qu'elle eut le sentiment d'être soulevée de terre, mais un poids s'accrochait à ses jambes, très lourd, elle en avait le dos tout tiraillé, c'était comme si des centaines de femmes se cramponnaient, et elles criaient :

— Si tu es sauvée, nous devons l'être aussi ! tenez bon ! tenez bon !

Et elles tenaient bon, toutes ; c'était trop.

— Ritsch-ratsch !

C'était le bruit de la manche qui se déchirait, et Anne Lisbeth fit une chute épouvantable qui la réveilla... elle fut sur le point d'être renversée avec la chaise sur laquelle elle était assise, elle en eut la tête si étourdie qu'elle ne put pas du tout se rappeler ce qu'elle avait rêvé, mais elle savait bien que c'était un rêve fâcheux.

On but le café, on bavarda, puis Anne Lisbeth s'en fut à pied à la ville voisine, où elle devait trouver le roulier, et, le soir même et la nuit, gagner avec lui en voiture son village ; mais lorsqu'elle arriva chez le roulier, il dit qu'on ne pourrait pas partir avant le lendemain soir ; elle réfléchit à ce que ça lui coûterait de rester, supputa la longueur du chemin, et se dit qu'en suivant le chemin qui longe la côte au lieu de la route des voitures, elle aurait presque cinq lieues de moins ; il faisait très beau et c'était la pleine lune, Anne Lisbeth irait donc à pied ; elle pourrait être le lendemain chez elle.

Le soleil avait disparu, les cloches du soir sonnaient encore, ... non, ce n'étaient pas les cloches, c'étaient les grenouilles de Peder Oxe * qui coassaient dans les marais. Puis elles se turent, ce fut le silence, on n'entendit pas un oiseau, tous étaient au repos, et le hibou n'était sans doute pas encore chez lui ; aucun bruit dans les bois ni sur la côte, elle entendait ses

* Allusion à un dicton météorologique. Peder Oxe est un grand personnage danois du XVIe siècle *(N.d.T.)*

propres pas dans le sable, la mer ne clapotait pas, tout était sans bruit au loin dans la mer profonde ; mutisme complet des vivants et des morts.

Anne Lisbeth marchait sans penser à rien, comme on dit, elle était absente de ses pensées, mais les pensées n'étaient pas absentes d'elle, elles ne nous quittent jamais, elles sont seulement somnolentes, aussi bien les pensées animées qui se sont apaisées, que celles qui ne se sont pas encore mises en mouvement. Mais les pensées savent bien poindre, elles peuvent s'agiter dans notre cœur ou nous assaillir.

Il est écrit : « Bonne action a sa bénédiction » ; il est aussi écrit : « Dans le péché réside la mort. » Il est beaucoup de paroles écrites ou dites que l'on ne sait pas, que l'on ne se rappelle pas, il en était ainsi pour Anne Lisbeth ; mais tout peut se révéler et venir à l'esprit !

Tous les vices, toutes les vertus, sont dans notre cœur, dans le vôtre, dans le mien ! ils y sont comme de petits grains invisibles ; vient du dehors un rayon de soleil, le contact d'une main méchante, vous tournez à droite ou à gauche, oui, cela suffit pour en décider, et le petit grain de blé s'agite, il enfle, il éclate, et répand ses sucs dans tout votre sang, et vous voilà en route. Ce sont des pensées angoissantes, que l'on n'a pas quand on est en somnolence, mais elles sont en mouvement : Anne Lisbeth était en somnolence, les pensées étaient en mouvement ! D'une Chandeleur à l'autre le compte du cœur est très chargé, c'est le compte d'une année, beaucoup en est oublié, péchés en paroles et en pensée contre Dieu, notre prochain et contre notre propre conscience ; nous n'y pensons pas, Anne Lisbeth n'y pensait pas non plus, elle n'avait rien fait de mal contre la loi et le droit du pays, elle était bien considérée, convenable et honnête, et le savait bien. Et comme elle marchait le long du rivage... qu'y avait-il là, par terre ? Elle s'arrêta ; qu'est-ce qui avait été rejeté sur la côte ? Un vieux chapeau d'homme ? Où avait-il passé par-dessus bord ? Elle s'approcha, resta debout à le regarder... aïe ! qu'y avait-il là ! Elle fut très effrayée ; mais il n'y avait pas de quoi s'effrayer, c'était du varech et des joncs entortillés autour d'une grande pierre oblongue, on aurait dit un homme entier, ce n'était que varech et joncs, mais elle fut effrayée, et en poursuivant sa marche, il lui vint à l'esprit tout ce qu'elle avait entendu dire en son enfance, la superstition du « fantôme marin », le spectre de l'homme sans sépulture qui gisait rejeté sur le rivage désert. Le corps mort de l'homme ne faisait rien, mais son spectre, le « fantôme marin », suivait le marcheur solitaire, s'accrochait à lui, exigeait d'être porté au cimetière pour être enterré en terre chrétienne. Il disait : « Je tiens bon ! je tiens bon ! » et comme Anne Lisbeth se répétait ces mots à elle-même, tout son rêve lui revint soudain à l'esprit avec clarté, elle se rappela comment les mères se pendaient après elle en criant : « Tenez bon ! Tenez bon ! » comment le monde s'écroulait, ses manches de chemise déchirées, et comment elle tombait, séparée de son enfant qui l'aurait soutenue à l'heure du jugement.

Son enfant, le propre enfant de sa chair, celui qu'elle n'avait jamais aimé, à qui même elle ne pensait jamais, il était maintenant au fond de la mer, il pouvait venir comme un « fantôme marin », et crier : « Je tiens bon ! je tiens bon ! mène-moi en terre chrétienne ! » et comme elle se disait cela, l'inquiétude lui piqua les talons, et elle marcha plus vite ; la peur vint comme une main moite se poser au creux de son estomac, elle fut sur le point de se trouver mal ; elle regarda la mer, où l'air s'épaissit de plus en plus, une lourde brume s'avança, enveloppa buissons et arbres, qui prirent un aspect singulier. Anne Lisbeth se retourna pour voir la lune qui était derrière elle, l'astre était un disque pâle sans rayons, elle sentait comme une lourde charge qui aurait pesé sur elle : « Tiens bon ! tiens bon ! » se disait-elle, et lorsque de nouveau elle se retourna et regarda la lune, il lui sembla que le pâle visage de l'astre était tout près d'elle, et que la brume lui pendait aux épaules comme un drap : « Je tiens bon ! mène-moi en terre chrétienne ! » crut-elle entendre, et elle entendit, en effet, un bruit très sourd, tout proche, qui ne venait pas des grenouilles du marais, ni des corbeaux ou des corneilles, car elle ne les voyait pas ; ce bruit disait nettement : « Enterre-moi ! enterre-moi ! » oui, c'était le « fantôme marin », le spectre de son enfant perdu au fond de la mer, qui n'aurait pas la paix tant qu'il n'aurait pas été porté au cimetière et enterré en terre chrétienne. C'est là qu'elle irait, là qu'elle creuserait, elle marcha dans la direction de l'église, et le poids lui parut s'alléger, il cessa, et alors elle voulut retourner et rentrer chez elle par le plus court, mais cela pesa de nouveau : « Je tiens bon ! je tiens bon !... » c'était comme un coassement de grenouille, un gémissement d'oiseau, elle entendait clairement : « Enterre-moi ! enterre-moi ! »

La brume était froide et moite, les mains et la figure d'Anne Lisbeth étaient froides et moites de peur, elle sentait une étreinte peser sur elle et, au-dedans d'elle, il se fit un grand vide pour accueillir des pensées qu'elle n'avait jamais éprouvées jusqu'alors.

En une nuit de printemps la forêt de hêtres, ici, dans le Nord, peut se couvrir de feuilles et apparaître au jour ensoleillé dans sa jeune splendeur, et en une seule seconde, au-dedans de nous, peut lever et s'épanouir le germe de péché par pensée, parole ou acte, qui était déposé dans notre vie antérieure ; il lève et s'épanouit en une seule seconde quand la conscience s'éveille ; et Notre-Seigneur l'éveille quand on s'y attend le moins ; il n'y a pas alors d'excuses, l'acte est là, qui témoigne, les pensées s'expriment en paroles et les paroles résonnent nettement. Nous sommes épouvantés de ce que nous avons porté en nous sans l'étouffer, épouvantés de ce que nous avons semé par orgueil et par étourderie. Le cœur renferme toutes les vertus, mais aussi tous les vices qui poussent même dans le sol le plus stérile.

Anne Lisbeth renfermait dans ses pensées tout ce que nous avons dit avec des mots, elle en était accablée, elle s'affaissa par terre, s'y traîna en rampant. « Enterre-moi ! enterre-moi ! » entendait-elle, et elle aurait voulu surtout s'enterrer elle-même, si la tombe avait pu être un oubli éternel de tout... C'était l'instant de la gravité qui s'éveille dans l'horreur et l'angoisse. La superstition pénétra brûlante et froide dans son sang ; tout ce dont elle n'aurait jamais voulu parler lui vint à l'esprit. Sans bruit, comme l'ombre du nuage au clair de lune, passa devant elle une vision, dont elle avait déjà entendu parler. Tout près d'elle couraient quatre chevaux fumants, le feu leur sortait des yeux et des naseaux, ils tiraient un carrosse flamboyant où était assis le méchant seigneur qui, cent ans plus tôt, avait sévi dans la région. Tous les jours à minuit, disait-on, il s'engouffrait dans son château et en ressortait aussitôt ; il n'était pas blanc, comme on dit que sont les morts, non, il était noir comme charbon, un charbon éteint. Il fit signe à Anne Lisbeth et l'appela d'un geste :

— Tiens bon ! tiens bon ! tu pourras encore t'asseoir dans la voiture du comte et oublier ton enfant !

Elle précipita ses pas et atteignit le cimetière ; mais les croix noires et les corbeaux noirs se confondirent à ses yeux, les corbeaux criaient comme avait crié le corbeau dans la journée, mais cette fois elle comprit ce qu'ils disaient :

— Je suis mère corbeau ! je suis mère corbeau ! disait chacun d'eux.

Et Anne Lisbeth savait que ce nom la concernait aussi, elle serait peut-être muée en un gros oiseau comme celui-ci, et devrait constamment crier ce qu'il criait, si elle ne creusait pas la tombe.

Alors elle se jeta par terre, et de ses mains elle creusa une tombe dans le sol dur, si bien que le sang lui jaillit des doigts.

— Enterre-moi ! enterre-moi ! entendait-elle sans cesse, elle craignait le chant du coq et la première ligne rouge à l'est, car s'ils arrivaient avant que son travail fût fini, elle était perdue. Et le coq chanta et l'est s'illumina... la tombe n'était creusée qu'à demi, une main glaciale glissa sur sa tête et sa figure, descendant jusqu'à la place du cœur.

— Rien qu'une demi-tombe ! soupira cet être, qui disparut au fond de la mer, c'était bien le « fantôme marin » ; Anne Lisbeth s'affaissa par terre, épuisée, accablée, elle n'avait plus ni sentiment ni pensée.

Il faisait grand jour quand elle revint à elle, deux hommes la soulevaient ; elle n'était pas couchée dans le cimetière, mais en bas, sur le rivage, et elle y avait creusé devant elle un trou profond dans le sable, et s'était coupé les doigts jusqu'au sang avec un verre brisé dont le pied tranchant était piqué dans un bloc de bois peint en bleu. Anne Lisbeth était malade ; la conscience avait battu les cartes de la superstition, les avait tirées, et en avait conclu qu'elle n'avait plus qu'une moitié d'âme, que son enfant avait emporté l'autre moitié au fond de la mer ; jamais elle ne pourrait s'envoler vers la grâce du ciel avant d'avoir recouvré la moitié retenue dans l'eau profonde ; Anne Lisbeth rentra chez elle, elle n'était plus la même qu'auparavant ; ses idées enchevêtrées étaient comme les fils du filet, elle n'en avait débrouillé qu'un fil, l'idée de porter le « fantôme marin » au cimetière, de lui creuser une tombe, et de recouvrer ainsi son âme entière.

Bien des nuits elle fut absente de chez elle, et toujours on la trouva sur le rivage, où elle attendait le « fantôme marin » ; une année entière s'écoula ainsi, et une nuit elle disparut de nouveau, mais on ne put la retrouver ; toute la journée suivante se passa en recherches inutiles.

Vers le soir, lorsque le sacristain entra dans l'église pour sonner la fin du jour, il vit Anne Lisbeth qui gisait devant l'autel ; depuis les premières heures du matin elle était là, presque sans force, mais ses yeux étaient brillants, son visage avait une rougeur éclatante ; les derniers rayons du soleil l'éclairaient, ils illuminaient, sur la table de l'autel, les fermoirs polis de la Bible, qui était ouverte sur les paroles du prophète Joël : « Déchirez vos cœurs et non vos vêtements, retournez au Seigneur ! »

— C'était par hasard ! a-t-on dit, que ne se produit-il pas par hasard ?

Sur la figure d'Anne Lisbeth irradiée par le soleil, on pouvait lire paix et grâce. Elle se sentait bien ! disait-elle. Elle avait retrouvé ce qui lui manquait ! Cette nuit, le « fantôme marin », son propre enfant, était venu à elle, il avait dit :

— Tu ne m'as creusé qu'une demi-tombe, mais en une année entière tu m'as maintenant fait une tombe entière en ton cœur, et c'est là qu'une mère garde le mieux son enfant !

Et il lui avait rendu sa moitié d'âme perdue et l'avait menée à l'église.

— Maintenant je suis dans la maison de Dieu ! dit-elle, et là, on est sauvé !

Lorsque le soleil fut tout à fait en bas, l'âme d'Anne Lisbeth fut tout à fait en haut, où n'atteint aucune crainte, quand on a combattu jusqu'au bout ici-bas et Anne Lisbeth avait combattu jusqu'au bout.

CE QUE FAIT LE PATRON EST TOUJOURS BIEN FAIT

Maintenant je vais vous raconter une histoire que j'ai entendue quand j'étais petit, et toutes les fois que j'y ai pensé depuis, elle m'a semblé beaucoup plus belle ; car il en va des histoires comme de beaucoup de gens, elles deviennent de plus en plus belles avec l'âge, et c'est fort agréable !

Vous avez été à la campagne ? Vous avez vu une vraie vieille maison paysanne à toit de chaume ; mousse et plantes y poussent d'elles-mêmes ; un nid de cigognes est sur le faîte, on ne peut pas se passer de la cigogne, les murs penchent, les fenêtres sont basses, il n'y en a même qu'une qui puisse s'ouvrir ; le four de boulanger s'avance comme un petit ventre rebondi, et le sureau s'incline sur la palissade, où il y a une petite mare avec un canard ou des canetons, juste sous le saule noueux. Et puis, il y a le chien à la chaîne, qui aboie après tous et chacun.

C'était précisément une de ces maisons paysannes qu'il y avait à la campagne, et deux personnes l'habitaient, le paysan et sa femme. Si maigre que fût leur bien, ils auraient tout de même pu se passer d'un cheval qui paissait dans le fossé de la route. Le père le montait pour aller en ville. Les voisins l'empruntaient, et ils rendaient service pour service, mais il serait sans doute plus avantageux de vendre le cheval ou de l'échanger contre ceci et cela qui ferait encore plus de profit. Mais contre quoi ?

— C'est toi, patron, qui le sauras le mieux, dit la femme, c'est jour de marché à la ville, vas-y sur le cheval, rapporte l'argent ou fais un bon échange. Ce que tu feras, ce sera toujours bien fait. Va au marché !

Et elle lui noua sa cravate, car à cela elle s'entendait tout de même mieux que lui ; elle y fit un double nœud, c'était plus élégant, elle lui brossa son chapeau en y passant la paume de la main, elle le baisa sur ses lèvres chaudes, et il partit sur le cheval qui devait être vendu ou échangé. Oui, le patron s'y entendait !

Le soleil était chaud, le ciel sans nuages. La route était poussiéreuse, beaucoup de gens se rendaient au marché, en voiture, à cheval et sur leurs propres jambes. Le soleil ardait, et pas un nuage sur la route.

Un homme poussait une vache, qui était aussi jolie qu'une vache peut l'être. « Elle doit donner un lait excellent ! se dit le paysan, ça pourrait faire un fort bon échange. »

— Hé, l'homme à la vache, dit-il, ne pourrions-nous pas causer un peu ensemble, nous deux ! Vois-tu, un cheval, je crois bien, coûte plus cher qu'une vache ; ferons-nous l'échange ?

— Oui, ça va, dit l'homme à la vache, et ils firent l'échange.

C'était fait, et le paysan aurait pu s'en retourner, il avait fait ce qu'il voulait, mais puisqu'il s'était proposé de venir au marché, il voulait y aller, rien que pour regarder, et il s'y rendit avec sa vache. Il allait vite, et la vache alla vite, et ils furent bientôt juste au niveau d'un homme qui conduisait un mouton. C'était un beau mouton, en bon état et bien fourni de laine.

— Je voudrais bien l'avoir ! se dit le paysan. Il ne manquerait pas de pâture dans notre fossé, et l'hiver on pourrait le prendre chez soi dans la chambre. Au fond, ça nous conviendrait mieux d'avoir un mouton qu'une vache. Ferons-nous l'échange ?

Oui, l'homme qui avait le mouton voulait bien, et le paysan poursuivit son chemin avec son mouton. Près d'un échalier il vit un homme qui portait une grosse oie sous le bras.

— Elle est bien grosse, celle que tu as là ! dit le paysan. Elle a de la plume et de la graisse ! Elle aurait bon air, attachée auprès de notre mare ! Ce serait bien l'affaire de ma femme de garder des épluchures pour elle ! Elle a souvent dit : « Si seulement nous avions une oie ! » maintenant elle peut en avoir une... et elle l'aura ! Veux-tu faire l'échange ? Je te donne le mouton pour l'oie et un remerciement par-dessus le marché !

Oui, l'autre voulait bien et l'échange fut fait ; le paysan eut l'oie. Il était près de la ville, l'encombrement augmentait sur la route, c'était un grouillement de gens et de bestiaux, on allait sur la chaussée et dans le fossé, jusqu'au champ de pommes de terre du commis de l'octroi, dont la poule était attachée à une corde, afin que, prise de peur, elle ne pût s'égarer et disparaître. C'était une poule à queue courte, qui clignait d'un œil et avait belle mine. « Klouk, klouk ! » disait-elle ; ce qu'elle exprimait par là, je ne peux le dire, mais le paysan se dit en la voyant : « Voilà la plus belle poule que j'aie encore vue, elle est plus belle que la poule couveuse du curé, il faut que je l'aie ! Une poule trouve toujours un grain, elle peut presque se nourrir toute seule, je crois que ce serait un bon échange, si je l'avais au lieu de l'oie. »

— Ferons-nous l'échange ? demanda-t-il.

— Échange ! dit l'autre, oui, ce ne serait pas mal !

Et ils troquèrent. Le commis eut l'oie, le paysan eut la poule.

C'était beaucoup, ce qu'il avait fait pendant ce voyage en ville ; et il faisait chaud, et il était fatigué. Il avait besoin d'un petit verre et d'un bout de pain ; il était à ce moment près de l'auberge, et voulut y entrer ; mais l'aubergiste voulait en sortir, le paysan le rencontra juste à la porte avec un sac tout plein.

— Qu'est-ce que tu as là ? demanda le paysan.

— Des pommes blettes, dit l'homme, tout un sac pour les cochons.

— En voilà une fameuse quantité ! Je voudrais que ma femme voie ça. Nous n'avons eu l'an dernier qu'une seule pomme sur le vieil arbre près du hangar à tourbe ! Il fallait conserver cette pomme, et elle est restée sur le bahut jusqu'au moment où elle s'est fendillée. « C'est toujours de l'abondance ! » disait ma femme, elle en verrait là, de l'abondance. Je voudrais qu'elle voie ça.

— Bon, qu'est-ce que vous donnez ? demanda l'homme.

— Donner ? Je donne ma poule en échange.

Et il donna sa poule en échange, reçut les pommes, et entra dans l'auberge, tout droit au comptoir, il posa son sac de pommes contre le poêle, qui était chargé, il n'y fit pas attention. La salle était pleine d'étrangers, marchands de chevaux, marchands de bestiaux, et deux Anglais, et ceux-là sont si riches que leurs poches crèvent de pièces d'or ; ils font des paris, écoutez-moi ça !

Tss ! Tss ! Quel est ce bruit près du poêle ? Les pommes commençaient à cuire.

— Qu'y a-t-il ? On ne tarda pas à le savoir ! Toute l'histoire du cheval échangé pour une vache, et jusqu'aux pommes blettes.

— Eh bien ! tu recevras des taloches de ta femme en rentrant, dirent les Anglais, il y aura du vacarme !

— Je recevrai un baiser et non des taloches ! dit le paysan, ma femme dira : Ce que fait le patron est bien fait !

— Parierons-nous ! dirent-ils, des tonneaux d'or ! cent livres, ça fait un gallon !

— Un boisseau suffit, dit le paysan, je ne peux offrir qu'un boisseau plein de pommes, et moi-même et la mère avec, mais à mesure plus que rase, à mesure comble !

— Tope ! Tope ! dirent-ils : le pari était engagé.

La voiture de l'aubergiste fut avancée, les Anglais montèrent, le paysan monta, les pommes blettes furent montées, et l'on arriva à la maison du paysan.

— Bonsoir, la mère !

— Merci, le père !

— J'ai fait un échange !

— Oui, tu t'y entends ! dit la femme, elle le prit à bras-le-corps sans se soucier du sac ni des étrangers.

— J'ai changé un cheval contre une vache !

— Dieu merci pour le lait ! dit la femme, nous aurons du lait, du beurre et du fromage sur la table. C'est un excellent troc !

— Oui, mais j'ai ensuite échangé la vache contre une brebis !

— C'est sûrement mieux, dit la femme, tu penses toujours à tout ; nous avons toute la pâture qu'il faut à une brebis. Nous aurons lait de brebis, fromage de brebis et bas de laine, même chemise de nuit de laine ! La vache ne donne pas ça, elle perd ses poils ! Tu es un homme réfléchi !

— Mais la brebis, je l'ai troquée pour une oie !

— Aurons-nous vraiment une oie de la Saint-Martin cette année, mon petit patron ! Tu penses toujours à me faire plaisir ! C'est gentil de ta part ! L'oie pourra être à la corde et engraisser encore jusqu'à la Saint-Martin !

— Mais j'ai troqué l'oie pour une poule, dit le mari.

— Une poule ! c'est un bon échange, dit la femme, la poule pond des œufs, elle couve, nous aurons des poussins, un poulailler ! c'est juste ce que je désirais tant !

— Oui, mais j'ai troqué la poule contre un sac de pommes blettes !

— Ah, il faut que je t'embrasse, dit la femme, merci, cher mari ! Je vais te raconter... lorsque tu es parti, j'ai pensé à te préparer un bon repas : une omelette à la ciboulette. J'avais les œufs, pas la ciboulette. Je suis allée chez l'instituteur ; je sais qu'ils ont de la ciboulette, mais la femme est avare, la bonne bête ! Je lui ai demandé à en emprunter !... Emprunter ? dit-elle. Rien ne pousse dans notre jardin, pas même une pomme blette ! Je ne pouvais pas lui prêter ça ! Maintenant je peux lui en prêter dix, même un sac plein ! C'est rigolo, patron !

Et elle lui donna un baiser à pleine bouche.

— J'aime ça ! dirent les Anglais. Ça va en déclinant, et toujours aussi contente ! Ça vaut bien l'argent.

Et ils payèrent un gallon d'argent au paysan qui avait reçu un baiser et non des taloches.

Mais oui, c'est toujours avantageux, quand la femme comprend et déclare que le patron est le plus sage, et que ce qu'il fait est bien fait.

Eh bien, voilà une histoire ! Je l'ai entendue quand j'étais petit, maintenant vous l'avez entendue aussi, et savez que ce que fait le patron, c'est toujours bien.

L'HOMME DE NEIGE

— Ça craque rudement en moi, tant il fait délicieusement froid ! dit l'homme de neige. Comme le vent vous anime par ses morsures ! Et celui-là, avec ses grands yeux fixes, comme il regarde ! — c'était du soleil, sur le point de se coucher, qu'il parlait. Il ne me fera pas sourciller, je saurai bien garder mes morceaux.

Il parlait de deux grands morceaux de tuiles triangulaires qui lui servaient d'yeux ; sa bouche était un bout de vieux râteau, qui lui faisait des dents.

Il était né aux applaudissements des garçons, salué par le son des clochettes et les claquements de fouet des traîneaux.

Le soleil disparut, la pleine lune monta, ronde et grande, claire et superbe dans l'air bleu.

— Voilà que nous l'avons encore de l'autre côté, dit l'homme de neige. — Il croyait que c'était le soleil qui reparaissait. Je l'ai déshabitué de darder ses yeux ! Il peut bien rester là maintenant et m'éclairer, pour que je puisse me voir moi-même. Si je savais seulement comment on s'y prend pour se déplacer ! Je voudrais bien me déplacer ! Si je le pouvais, je voudrais descendre glisser sur la glace, comme je l'ai vu faire aux enfants ; mais je ne sais pas courir.

— Ouais ! ouais ! aboya le vieux chien à la chaîne ; il était un peu enroué, il l'était depuis le temps où, chien de salon, il couchait sous le poêle. — Le soleil t'apprendra bien à courir ! Je l'ai vu avec ton prédécesseur l'an dernier, et avec son prédécesseur ; ouais, ouais ! tous ont disparu !

— Je ne te comprends pas, camarade, dit l'homme de neige ; celui qui est là-haut m'apprendrait à courir ? — Il voulait dire la lune. — Oui, c'est vrai, il a couru tout à l'heure, quand je l'ai regardé fixement, il glisse maintenant d'un autre côté.

— Tu ne sais rien, dit le chien à la chaîne, mais c'est que tu viens d'être bâti et modelé ! Ce que tu vois maintenant, ça s'appelle la lune, ce qui est parti, c'est le soleil, il reviendra demain matin, il t'apprendra bien à courir dans la douve en bas du remblai. Nous aurons bientôt un changement de temps, je m'en aperçois à ma patte gauche de derrière, j'y ai des élancements. Le temps va changer.

— Je n'y comprends rien, mais j'ai le sentiment que c'est désagréable, ce qu'il dit là. Celui qui ouvrait de grands yeux et qui est parti, le soleil, comme il l'appelle, n'est pas mon ami, à ce qu'il me semble.

— Ouais ! ouais ! aboya le chien à la chaîne, il tourna trois fois sur lui-même, puis alla se coucher dans sa maison pour dormir.

Le temps changea vraiment en effet. Un brouillard épais et humide s'étendit le matin sur toute la région ; à l'aube il y eut un peu de vent ; l'air était glacial, on était saisi par le gel, mais quel spectacle, quand le soleil se leva ! Tous les arbres et arbustes étaient couverts de givre ; on aurait dit une forêt de coraux blancs, toutes les branches semblaient surchargées de fleurs d'une blancheur merveilleuse. Toute l'infinité des minces ramilles, que l'abondance du feuillage empêche de voir en été, apparaissait maintenant; c'était une dentelle, et d'une telle blancheur qu'un éclair blanc semblait jaillir de chaque branche. Le bouleau pleureur remuait sous le vent, il était plein de vie, comme les arbres en été; c'était une splendeur sans pareille! et quand le soleil brilla, non, quel étincellement, comme si une poussière de diamant avait tout poudré, et sur la couche de neige luisaient de grands diamants, ou bien on pouvait croire que brûlaient d'innombrables petites lumières, plus blanches encore que la neige blanche.

— C'est une splendeur sans pareille! dit une jeune fille qui se promenait dans le jardin avec un jeune homme et s'arrêta précisément près de l'homme de neige à regarder les magnifiques arbres. On n'a pas de plus beau spectacle en été, dit-elle, et ses yeux rayonnaient.

— Et un gaillard comme celui-là, on ne l'a pas non plus, dit le jeune homme en désignant l'homme de neige. Il est admirable.

La jeune fille rit, salua de la tête le bonhomme, puis, avec son ami, se mit à danser sur la neige, qui crissa sous eux comme s'ils marchaient sur de l'amidon.

— Qui sont ces deux-là ? demanda l'homme de neige au chien de garde; tu es plus ancien que moi dans la maison; les connais-tu ?

— Je les connais! dit le chien. Elle m'a caressé, et lui m'a donné un os; je ne les mords pas.

— Mais que font-ils ici ? demanda l'homme de neige.

— Ils sont fiii-ancés! dit le chien à la chaîne. Ils vont s'en aller au chenil et ronger des os ensemble.

— Ont-ils tous deux autant d'importance que toi et moi ? demanda l'homme de neige.

— Ils font partie des maîtres, dit le chien ; on en sait vraiment bien peu, quand on est né d'hier ; je m'en aperçois en t'écoutant ! J'ai de l'âge et je suis au courant ; je connais tout le monde ici dans la maison, et il fut un temps où je n'étais pas ici au froid et à la chaîne ; ouais ! ouais !

— Le froid est délicieux, dit l'homme de neige. Raconte, raconte ! mais il ne faut pas faire cliqueter ta chaîne, car ça me donne des craquements.

— Ouais ! ouais ! aboya le chien de garde ; j'ai été petit toutou ; petit et gentil, disait-on ; dans ce temps-là je couchais sur une chaise de velours dans l'intérieur de la maison, montais sur les genoux des plus grands maîtres ; on me baisait le museau et m'essuyait les pattes avec un mouchoir brodé ; on m'appelait « le mignon », « le fanfan » ; mais je suis devenu trop grand pour eux ; alors ils m'ont donné à la gouvernante ; je descendis dans le sous-sol ! Tu peux voir dedans, d'où tu es ; tu peux voir dans la pièce où j'étais maître ; car je l'étais chez la gouvernante. C'était sans doute un endroit plus humble qu'au-dessus, mais bien plus agréable ; je n'y étais pas tripoté et traîné par des enfants, comme au-dessus. J'étais aussi bien nourri qu'auparavant, et beaucoup plus ! J'avais mon coussin à moi, et puis, il y avait un poêle, qui est en cette saison ce qu'il y a de plus délicieux au monde ! Je rampais tout à fait dessous, en sorte que je disparaissais. Oh, ce poêle, j'en rêve encore ; ouais ! ouais !

— Un poêle est-il si beau ? demanda l'homme de neige. Est-ce qu'il me ressemble ?

— Il est tout le contraire de toi ! il est noir de charbon, il a un long cou et un four de cuivre. Il mange du bois, dont le feu lui sort par la bouche. Il faut se tenir à côté de lui, tout contre, ou au-dessous, c'est un plaisir infini. Tu dois pouvoir, d'où tu es, le voir par la fenêtre !

Et l'homme de neige regarda, et vit en effet un objet noir bien fourbi avec un four de cuivre ; le feu y luisait en bas. L'homme de neige éprouva une impression singulière qu'il ne pouvait s'expliquer ; c'était un sentiment qu'il ne connaissait pas, mais que tous les hommes connaissent, quand ils ne sont pas hommes de neige.

— Et pourquoi l'as-tu quittée ? demanda l'homme de neige. Il pensait que le poêle devait être un être féminin. Comment as-tu pu abandonner un pareil endroit ?

— J'y étais obligé, dit le chien. On m'a fichu dehors et mis à la chaîne. J'avais mordu à la jambe le plus jeune monsieur qui m'avait arraché l'os que je rongeais ; os pour os, je pense ! Mais cela fut mal pris, et depuis ce temps-là j'ai été à la chaîne et j'ai perdu ma voix claire ; écoute comme je suis enroué : ouais ! ouais ! Ce fut la fin.

L'homme de neige n'écoutait plus ; il ne cessait de regarder le sous-sol de la gouvernante, avec sa pièce où le poêle se tenait sur ses quatre pieds et paraissait aussi grand que l'homme de neige lui-même.

— Ça craque singulièrement en moi, dit-il. N'entrerai-je jamais là-dedans ? C'est un désir innocent, et nos désirs innocents doivent certainement se réaliser. C'est mon plus grand désir, mon unique désir, et ce serait presque injuste s'il n'était pas satisfait. Il faut que j'entre là-dedans, il faut que je m'appuie contre elle, dussé-je casser la vitre.

— Jamais tu n'y entreras, dit le chien à la chaîne, et si tu parvenais au poêle, tu serais fini, fini ! Ouais ! ouais !

— Je suis, autant dire, fini, dit l'homme de neige, je me brise en deux, je crois.

Toute la journée l'homme de neige resta debout à regarder dans la pièce par la fenêtre ; au crépuscule elle devint encore plus séduisante ; elle était éclairée par le poêle avec une douceur que n'a pas la lune, non plus que le soleil ; le poêle seul peut éclairer ainsi, quand il est chargé. Si l'on ouvrait la porte, la flamme sortait, elle en avait l'habitude ; elle flamboyait rouge sur la figure blanche de l'homme de neige, la lueur lui courait jusque sur la poitrine.

— Je ne peux y tenir, dit-il. Comme ça lui va bien de tirer la langue !

La nuit fut très longue, mais pas pour l'homme de neige, il était tout à ses charmantes pensées, qui gelaient à en craquer.

Vers le matin, les fenêtres du sous-sol étaient givrées, elles portaient les plus charmantes fleurs de glace que pût demander un homme de neige, mais elles cachaient le poêle. Les vitres ne voulaient pas se dégeler, l'homme de neige ne pouvait pas le voir. Ça craquait, ça crissait, c'était un temps qui devait lui plaire, et il n'était pas content ; il aurait pu et dû se sentir heureux, et il n'était pas heureux ; le poêle lui manquait.

— C'est une triste maladie pour un homme de neige, dit le chien à la chaîne ; j'ai aussi un peu de cette maladie-là, mais je l'ai surmontée, ouah ! ouah !... maintenant le temps va changer.

Et le temps changea, ce fut le dégel.

Le dégel crût, l'homme de neige décrût. Il ne dit rien, ne se plaignit pas, et c'est là le vrai signe.

Un matin, il s'effondra. Une sorte de manche à balai pointa en l'air à l'endroit où il avait été, c'est autour de cela que les garçons l'avaient dressé.

— Je comprends maintenant ses sentiments, dit le chien à la chaîne, l'homme de neige a eu un racloir de poêle dans le corps, c'est ce racloir qui s'agitait en lui ; maintenant le voilà quitte ; ouais ! ouais !

Et l'on fut bientôt quitte aussi de l'hiver.

— Ouais ! ouais ! aboya le chien à la chaîne ; et les petites filles de la maison chantèrent :

Pousse, muguet, frais et charmant,
suspends ton gant de laine, saule,
alouette, coucou, chantez,
c'est le printemps dès février !
Je chante aussi, coucou ! Qvivit !
Viens, soleil, viens souvent si vite !

Et personne ne pensait plus à l'homme de neige.

« LES FEUX FOLLETS SONT DANS LA VILLE », DIT LA BRASSEUSE DU MARAIS

Il y avait un homme qui savait autrefois beaucoup de contes nouveaux, mais ils lui avaient échappé, disait-il ; le Conte, qui venait de lui-même lui rendre visite, ne cognait plus à sa porte ; et pourquoi ne venait-il pas ? Oui, c'est bien vrai, pendant plus d'un an, l'homme n'y avait pas pensé, ne s'était pas attendu à ce qu'il vînt frapper, et il ne serait sûrement pas venu non plus, car, au-dehors, il y avait une guerre, et à l'intérieur deuil et misère, qu'entraîne la guerre.

Cigognes et hirondelles arrivèrent de leur long voyage ; elles ne pensaient à aucun danger et trouvèrent leurs nids brûlés, les maisons des hommes brûlées, la barrière renversée, même disparue ; les chevaux de l'ennemi foulaient les vieilles tombes. C'étaient des temps pénibles, sombres ; mais ces temps-là aussi prennent fin.

Et ils avaient pris fin, disait-on, mais le Conte ne frappait pas encore, ni ne s'annonçait.

— Il est sans doute mort et disparu avec tant d'autres, dit l'homme.

Mais le Conte ne meurt jamais !

Et une année entière passa, et ses regrets furent très vifs.

— Le Conte ne reviendra-t-il plus cogner à la porte ?

Et il se rappela le Conte sous les nombreuses formes où il était venu le trouver ; tantôt jeune et charmant, le printemps même, gentille fillette avec une couronne de muguet dans les cheveux et une branche de hêtre à la main, dont les yeux brillaient comme de profonds lacs de forêt au soleil ; tantôt il avait paru aussi en colporteur, avait ouvert son coffre de marchandises et fait voltiger des rubans de soie portant des vers et des inscriptions qui rappelaient de vieux souvenirs ; mais le plus charmant, c'était quand il arrivait en petite vieille aux cheveux d'argent et aux grands yeux malins ; alors elle savait si bien raconter les temps les plus anciens, longtemps avant celui où les princesses filaient l'or pendant que des dragons et des guivres restaient dehors et regardaient. Elle racontait de façon si vivante que les yeux de ceux qui l'écoutaient se couvraient de grandes taches noires ; le plancher devenait noir de sang ; c'était affreux à voir et à entendre, et tout de même amusant, parce qu'il y avait si longtemps que ça s'était passé.

— Est-ce qu'elle ne frappera plus ? dit l'homme.

Et il regardait si fixement la porte qu'il venait des taches noires sur ses yeux, des taches noires sur le plancher ; il ne savait si c'était du sang ou les crêpes de deuil des jours sombres.

Et, comme il était assis là, il se demanda si le Conte ne s'était pas caché comme la princesse des vieux contes qui voulait être recherchée ; si on la trouvait, elle rayonnait d'une splendeur nouvelle, plus délicieuse que jamais.

— Qui sait ? Peut-être est-il caché dans le brin de paille jeté en passant sur la margelle du puits. Prudence ! prudence ! Peut-être s'est-il caché dans une fleur séchée, dans un des gros livres de la bibliothèque.

Et l'homme alla voir, ouvrit un récent ouvrage d'érudition ; mais il ne contenait aucune fleur, il y était question d'Ogier le Danois ; et l'homme lut que toute son histoire était une invention composée par un moine en France, que c'était un roman qui avait été « traduit et imprimé en danois » ; qu'Ogier n'avait pas existé, qu'il ne reviendrait donc jamais, comme nous l'avions chanté et comme nous désirions tant le croire. Il en était d'Ogier le Danois comme de Guillaume Tell, propos en l'air sur lesquels on ne peut faire fond, et c'était écrit dans le livre avec une grande érudition.

— Bon ! je crois ce que je crois, et il ne pousse pas de plantain où personne n'a mis le pied.

Il ferma le livre, le plaça sur le rayon et alla vers les fleurs fraîches qui étaient sur l'appui de la fenêtre ; le Conte avait pu se cacher dans la tulipe rouge aux bords jaune d'or, ou bien dans la belle rose, ou dans le camélia de couleur vive. L'éclat du soleil était dans les pétales, mais non le Conte.

— Les fleurs qui étaient ici au temps du malheur étaient toutes bien plus belles ; mais toutes ont été coupées, tressées en couronnes et déposées sur des cercueils que recouvrait le drapeau. Le Conte est peut-être enterré avec ces fleurs ! Mais les fleurs l'auraient su, et le cercueil l'aurait senti, la terre l'aurait senti, chaque brin d'herbe qui a poussé l'aurait dit. Le Conte ne meurt jamais !

Peut-être aussi est-il venu ici, peut-être a-t-il frappé, mais qui avait alors une oreille pour l'entendre, qui pensait à lui ! Le soleil du printemps, le gazouillis des oiseaux et toute la fraîche verdure vous assombrissaient, vous attristaient, vous mettaient presque en colère ; la langue ne pouvait même supporter les vieux chants populaires, ils étaient délaissés, avec tant d'autres choses chères à notre cœur. Il est bien possible que le Conte ait frappé à la porte ; mais on ne l'a pas entendu, on ne l'a pas reçu et il est parti.

Je veux aller à sa recherche.

En route pour la campagne ! En forêt, sur la côte !

Il est un vieux manoir aux murs rouges, au pignon dentelé, drapeau flottant sur la tour. Le rossignol chante sous les feuilles de hêtre délicatement découpées, tout en regardant les pommiers en fleur du jardin et croyant qu'ils portent des roses. Au soleil de l'été, les abeilles sont ici fort occupées et s'empressent en bourdonnant autour de leur reine. Les orages d'automne savent raconter la chasse infernale, les générations humaines et les feuilles de la forêt qui s'envolent. Au temps de Noël, les cygnes sauvages chantent sur le lac, tandis que, dans la vieille demeure, auprès du poêle, on se sent disposé à écouter des chants et des légendes.

En bas du jardin, dans sa partie ancienne où la grande allée de marronniers attire par sa demi-obscurité, l'homme se rendit à la recherche du Conte ; c'est ici qu'autrefois le vent avait murmuré pour lui l'histoire de Valdemar Daae et ses filles. La Dryade de l'arbre, qui était la mère des contes elle-même, lui avait ici raconté le dernier rêve du vieux chêne. Au temps de grand-mère, il y avait là des églantiers taillés, il n'y poussait plus que des fougères et des orties qui couvraient les restes de vieilles statues de pierre jetées par terre ; la mousse poussait sur les yeux des statues, mais elles voyaient aussi bien qu'auparavant, ce que ne pouvait pas l'homme en quête du Conte ; il ne voyait pas le Conte. Où était-il ?

Au-dessus de l'homme et des vieux arbres volaient des centaines de corneilles criant :

— Il est là ! Il est là !

Et du jardin l'homme, traversant la douve du manoir, entra dans l'aunaie, où était une petite maison hexagonale avec poulailler et canardière. Au milieu de la pièce était assise la vieille femme qui dirigeait le tout, et connaissait exactement chaque œuf pondu et chaque poussin sorti de l'œuf ; mais elle n'était pas le Conte que l'homme cherchait ; elle pouvait le prouver par son certificat de baptême et son certificat de vaccine, tous deux rangés dans l'armoire.

Dehors, non loin de la maison, est une hauteur où poussent des épines roses et des cytises ; une vieille pierre tombale y est couchée, venue là, il y a de nombreuses années, du cimetière de la ville voisine : c'est un souvenir de l'un des honorables échevins de la ville ; sa femme et ses cinq filles, mains jointes et en collerettes à tuyaux, sont debout autour de lui, sculptées dans la pierre. On pourrait contempler cette pierre, si longtemps qu'elle agirait en quelque sorte sur l'esprit, qui, à son tour, agirait sur elle, en sorte qu'elle parlerait des temps anciens ; cette idée, du moins, était venue à l'homme qui cherchait le Conte. Or, au moment où il arrivait là, il vit un papillon vivant posé juste sur le front du portrait sculpté de l'échevin : il battit des ailes, vola un instant et se posa de nouveau tout près de la dalle, comme pour montrer ce qui poussait là : c'était un trèfle à quatre feuilles, il en poussait même sept à côté les uns des autres. Quand un bonheur vient, il ne vient jamais seul ! L'homme cueillit les trèfles et les mit dans sa poche. Le bonheur vaut de l'argent comptant, mais un joli conte aurait encore mieux valu, se dit-il, mais il n'en trouva pas là.

Le soleil descendait, rouge et large ; les prés s'embrumaient, la femme du marais brassait.

La soirée s'avançait ; il était seul dans sa chambre, regardant le jardin, les prés, le marais et le rivage ; la lune brillait claire, une buée s'élevait sur les prés qui avaient l'air d'un grand lac, et c'est ce qu'ils avaient été autrefois ; il y avait une légende là-dessus, et, au clair de lune, cela semblait évident. L'homme réfléchit alors à ce qu'il avait lu en ville, que Guillaume Tell et Ogier le Danois n'ont pas existé, mais, dans la croyance populaire, ils restent quand même, ainsi que le lac que voilà, une vivante évidence. Oui, Ogier le Danois reviendra.

Comme il réfléchissait ainsi, un coup fut frappé à la fenêtre. Était-ce un oiseau ? Une chauve-souris ou un hibou ? A ceux-là on n'ouvre pas quand ils frappent. La fenêtre s'ouvrit brusquement d'elle-même, une vieille femme regarda l'homme.

— Qu'est-ce que c'est ? dit-il. Qui êtes-vous ? Regarder au premier étage ! Êtes-vous sur une échelle ?

— Vous avez un trèfle à quatre feuilles dans votre poche, il y en a même sept, dont l'un est un trèfle à six feuilles.

— Qui êtes-vous ? demanda l'homme.

— La femme du marais, dit-elle. La brasseuse ; j'étais en train de brasser, la canette était dans le tonneau, mais un des gosses du marais l'a retirée pour s'amuser et l'a lancée contre la maison, où elle a frappé la fenêtre ; la bière coule maintenant du tonneau, et ce n'est bon pour personne.

— Dites-moi donc ?... dit l'homme.

— Oui, attendez un peu, dit la femme du marais, j'ai autre chose à faire pour le moment !

Et elle disparut.

L'homme allait fermer la fenêtre, quand la femme reparut.

— Voilà qui est fait ! dit-elle, et je peux rebrasser la moitié de la bière demain, si le temps est favorable. Eh bien, qu'avez-vous à demander ? Je suis revenue, parce que je tiens toujours parole, et vous avez dans votre poche sept trèfles à quatre feuilles, dont l'un est un trèfle à six feuilles, ça inspire du respect ; ce sont là des décorations qui poussent sur la route, mais que tout le monde ne trouve pas. Qu'avez-vous donc à demander ? Ne restez pas planté là, il faut que je retourne vite à ma canette et à mon tonneau !

Et l'homme s'informa du Conte, il demanda si la femme des marais ne l'avait pas vu en chemin.

— Hé, par le grand brassage ! dit la femme, n'en avez-vous pas encore assez du Conte ? Je crois vraiment que la plupart des gens en ont assez. On a ici d'autres soucis. Même les enfants en ont assez. Donnez aux gamins un cigare et aux fillettes une crinoline neuve, ils aiment mieux ça ! Écouter des contes ! Non, il y a ici autre chose à faire, des choses plus importantes !

— Que voulez-vous dire par là ? demanda l'homme. Et que savez-vous du monde ? Vous ne voyez que des grenouilles et des feux follets !

— Oh ! méfiez-vous des feux follets ! dit la femme, ils sont sortis ! Ils se sont échappés ! Nous ferions bien de parler d'eux ! Venez me voir au marais, où ma présence est nécessaire ; là, je vous raconterai tout, mais dépêchez-vous un peu, pendant que vos sept trèfles à quatre feuilles, y compris celui à six, sont encore frais, et que la lune est encore au ciel !

Et la femme du marais disparut.

A l'horloge de la tour, minuit sonna, et, avant le coup du quart, l'homme sortit du manoir, sortit du jardin et fut dans les prés. Le brouillard était tombé. La femme du marais cessait de brasser.

— Vous avez mis longtemps à venir, dit-elle. Les

sorciers arrivent plus vite, et je suis heureuse d'être née sorcière.

— Qu'avez-vous à me dire ? demanda l'homme. Est-ce du Conte qu'il s'agit ?

— En êtes-vous toujours à interroger là-dessus ? dit la femme.

— Est-ce alors de la poésie de l'avenir que vous voulez parler ? demanda l'homme.

— Ne soyez pas si pompeux, dit la femme, et je vous répondrai. Vous ne pensez qu'à la rimaillerie, vous interrogez sur le Conte, comme s'il était le maître souverain ! Il est seulement le plus ancien, mais il passe toujours pour le plus jeune. Je le connais bien ! J'ai été jeune, moi aussi, et ce n'est pas une maladie d'enfance. J'ai été autrefois une fort jolie fille-elfe, et j'ai dansé avec les autres au clair de lune, écouté le rossignol, marché dans la forêt et rencontré le sire Conte, qui était toujours à errer dehors. Tantôt il passait dans une tulipe mi-éclose ou dans une fleur des prés ; tantôt il se faufilait dans l'église et s'enveloppait dans le crêpe noir qui pendait après les flambeaux de l'autel.

— Vous êtes rudement bien renseignée ! dit l'homme.

— J'en sais sûrement aussi long que vous ! dit la femme des marais. Conte et poésie, les deux font la paire, ils peuvent aller se coucher où ils voudront. Tout ce qu'ils font et disent, on peut en brasser autant, et l'avoir meilleur et moins cher. Vous l'aurez chez moi pour rien. J'ai toute une armoire pleine de poésie en bouteilles. C'en est l'essence, et ce qu'elle a de mieux : le moût, l'amer et le sucré à la fois. J'ai en bouteilles tout ce qu'il faut de poésie aux hommes pour en avoir un peu à sentir sur leur mouchoir, le dimanche.

— Ce que vous dites là est très singulier, dit l'homme. Vous avez de la poésie en bouteilles ?

— Plus que vous n'en pouvez supporter ! dit la

femme. Vous connaissez sans doute l'histoire de la petite fille qui a marché sur le pain pour ne pas salir ses souliers neufs ? Elle est écrite et imprimée.

— Je l'ai contée moi-même, dit l'homme.

— Bon ! vous la connaissez donc et savez que la fille s'est enfoncée dans la terre chez la femme du marais, juste au moment où l'arrière-grand-mère du diable était en visite pour voir la brasserie. La vieille demanda la fille comme souvenir de la visite, pour en faire un piédestal, et l'emmena, et j'eus un cadeau qui ne me sert à rien, une pharmacie de voyage, toute une armoire pleine de poésie en bouteilles. L'arrière-grand-mère a dit où l'armoire devait être placée, et elle y est encore. Regardez ! vous avez vos sept trèfles à quatre feuilles dans votre poche, dont l'un est un trèfle à six feuilles, vous pourrez donc bien la voir.

Et, en effet, au milieu du marais se trouvait une grande souche d'aulne, c'était l'armoire de l'arrière-grand-mère. Elle était à la disposition de la femme du marais et de quiconque, dans tous les pays et dans tous les temps, disait-elle, qui saurait la trouver. Elle s'ouvrait devant et derrière, de tous les côtés et par tous les bouts, une vraie merveille de construction, qui pourtant avait l'air de n'être qu'une vieille souche d'aulne. Les poètes de tous pays, surtout de notre propre pays, avaient ici leur réplique ; l'esprit, en eux, avait été analysé, critiqué, rénové, concentré et mis en bouteille. Avec un grand instinct, comme cela s'appelle quand on ne veut pas dire génie, l'arrière-grand-mère avait pris dans la nature ce qui, pour ainsi dire, avait le goût de tel ou tel poète, elle y avait ajouté un peu de diablerie et avait ainsi sa poésie en bouteilles pour l'avenir.

— Voyons un peu ! dit l'homme.

— Oui, mais ce qu'il vous reste à entendre est plus important ! dit la femme du marais.

— Mais nous voilà devant l'armoire ! dit l'homme, qui regardait dedans. Il y a là des bouteilles de toutes les tailles. Qu'y a-t-il dans celle-ci ? Et dans celle-ci ?

— Ça, c'est ce qu'ils appellent « parfum de mai » ! dit la femme ; je ne l'ai pas essayé, mais je sais que, si l'on en répand par terre seulement un petit fond de bouteille, aussitôt s'étale un superbe lac de forêt avec des nénuphars, des joncs fleuris et de la menthe crépue. Deux gouttes seulement sur un vieux cahier de devoirs, même de la classe des plus petits, et le cahier devient toute une comédie vaporeuse qu'on peut très bien jouer et qui endort, tant elle sent fort. C'est sans doute par politesse envers moi qu'on a écrit sur la bouteille : « Brasserie de la femme du marais ».

» Voici la bouteille à scandale. On dirait qu'elle contient de l'eau sale, et c'est de l'eau sale, mais avec de la poudre effervescente de cancans de ville ; trois marcs de mensonge et deux grains de vérité, agités avec une rame de bouleau, — pas une de ces baguettes prises dans un fagot, mises dans la saumure et brisées sur le corps sanglant du coupable ; pas une brindille des verges de l'instituteur, non — mais une rame de bouleau prise directement au balai dont on se sert pour le ruisseau.

» Voici la bouteille de la poésie pieuse, sur le ton du psaume. Chaque goutte fait entendre comme un claquement de la porte de l'enfer ; elle est composée du sang et de la sueur du châtiment ; d'aucuns disent que c'est seulement de la bile de pigeon ; mais les pigeons sont les bêtes les plus pieuses, ils n'ont pas de bile, disent les gens qui ne connaissent pas l'histoire naturelle. »

La bouteille par excellence était là ; elle occupait la moitié de l'armoire : la bouteille des « Histoires de tous les jours » ; elle était enveloppée de peau de porc et de peau de vessie, car elle ne devait rien perdre de sa force. Chaque nation pouvait ici avoir sa propre soupe, suivant la façon de tourner la bouteille. Il y avait la vieille soupe au sang allemande avec des boulettes de brigand, et aussi la soupe maigre de paysan avec de vrais conseillers antiques en guise de haricots, et par-dessus nageaient des yeux gras philosophiques. Il y avait la soupe de gouvernante anglaise et le « potage à la Kock » français, fait de pattes de coq et d'œufs de moineau, appelé en danois soupe-cancan ; mais la meilleure des soupes était celle de Copenhague. C'est ce que disait la famille.

La Tragédie était là, dans une bouteille de champagne ; elle pouvait faire explosion, et c'est ce qu'il faut. La Comédie avait l'air de poudre fine pour jeter aux yeux des gens, je veux dire la comédie élégante ; celle qui est plus grossière était aussi en bouteille, mais ne consistait qu'en affiches futures, où le titre de la pièce était ce qu'il y avait de plus vigoureux. C'étaient des titres de comédie remarquables, comme : « Oses-tu cracher sur l'ouvrage ? », « Mornifles », « Le gentil baudet », « Elle est soûle comme une grive ! »

L'homme s'abandonnait à ses réflexions là-dessus, mais la femme des marais pensait à la suite, elle voulait en finir.

— Eh bien ! vous avez assez vu ce fatras ! dit-elle, vous savez maintenant ce qu'il y a là ; mais vous ne savez pas encore le plus important, que vous devriez savoir. Les feux follets sont dans la ville ! C'est plus important que la poésie et le Conte. Je devrais m'en taire, mais il y a sans doute un destin, un sort, je ne sais quoi qui me dépasse, ça me tient à la gorge, il faut que ça sorte. Les feux follets sont dans la ville ! ils se sont échappés ! Méfiez-vous, hommes !

— Je ne comprends pas un mot ! dit l'homme.

— Veuillez vous asseoir sur l'armoire, dit-elle, mais ne tombez pas dedans et ne cassez pas les bouteilles ; vous savez ce qu'elles contiennent. Je vais vous raconter le grand événement ; il est arrivé pas plus tard qu'hier ; il s'est déjà produit antérieurement. Cette fois, il a encore trois cent soixante-quatre jours à courir. Vous savez combien il y a de jours dans l'année ?

Et la femme du marais raconta :

Il y a eu grand branle-bas hier, dans le marécage ! Une fête d'enfants ! Un petit feu follet est né ici, douze sont nés ici de cette portée, qui ont le privilège de pouvoir, s'ils le veulent, faire figure d'homme, se comporter et commander parmi les hommes, tout comme s'ils étaient nés hommes. C'est un grand événement dans le marécage, aussi dansaient comme de petites lumières, sur le marais et la prairie, tous les feux follets et feux follettes ; il en est de féminins, mais ce n'est pas de cela qu'il s'agit. J'étais assise là, sur l'armoire, et j'avais sur les genoux les douze petits feux follets nouveau-nés ; ils brillaient comme des vers luisants ; déjà ils commençaient à sauter et, à chaque minute, ils grandissaient si bien qu'au bout de moins d'un quart d'heure chacun d'eux était aussi grand que père ou oncle. Or, c'est une vieille loi naturelle et une faveur que, si la lune est justement telle qu'hier et si le vent souffle comme il soufflait hier, il est accordé à tous les feux follets nés à cette heure et à cette minute de pouvoir devenir hommes, chacun d'eux, et d'exercer leur pouvoir, çà et là, pendant toute une année. Le feu follet peut courir le pays, et même le monde, s'il n'a pas peur de tomber dans la mer ou d'être soufflé par un grand orage. Il peut pénétrer tout droit dans l'homme, parler pour lui et s'agiter comme il le veut. Le feu follet peut prendre n'importe quelle forme, homme ou femme, agir selon leur esprit, mais avec tout l'excès de sa propre nature, en sorte qu'il en résulte ce qu'il veut ; mais il faut qu'en un an il réussisse à mettre trois cent soixante-cinq personnes sur la mauvaise voie, et cela en grand, qu'il les détourne du vrai et du juste ; il obtient alors le summum où peut atteindre un feu follet, il devient coureur devant le carrosse du diable, il a un ardent costume jaune-feu, et la flamme au bout de la queue. Il y a de quoi se lécher les babines pour un simple feu follet. Mais il y a danger aussi, et grand tracas, pour un feu follet ambitieux qui veut jouer un rôle. Si l'homme s'aperçoit de ce qu'il est, il peut le chasser en soufflant dessus, et le feu follet doit retourner au marécage ; et, si, avant que l'année soit écoulée, le feu follet est pris de nostalgie et veut retourner dans sa famille, s'il renonce, c'est encore fini, et il doit retourner au marécage, il ne peut plus flamber clair, ne tarde pas à s'éteindre et ne peut plus se rallumer ; et, si, l'année achevée, il n'a pas encore détourné trois cent soixante-cinq personnes de la vérité et de ce qui est bon et charmant, il est condamné à rester dans du bois pourri et à briller sans pouvoir bouger, ce qui est le châtiment le plus effroyable pour un feu follet. Je savais tout cela et je dis tout cela aux douze petits feux follets que je tenais sur mes genoux, et ils ne se sentirent pas de joie. Je leur dis que le plus sûr et le plus simple était de renoncer à l'honneur et de ne rien faire ; les jeunes feux ne le voulurent pas, ils se voyaient déjà en ardent costume jaune-feu avec une flamme au bout de la queue.

— Restez chez nous ! dirent plusieurs des vieux.

— Jouez des tours aux hommes, disaient les autres. Les hommes assèchent nos prés, ils drainent ! Que deviendront nos successeurs ?

— Nous voulons flamber ! dirent les feux follets nouveau-nés.

Et ainsi fut résolu.

Il y eut aussitôt bal d'une minute, on ne pouvait le faire plus court. Les filles-elfes tournoyèrent trois fois avec tous les autres, afin de ne pas paraître fières ; elles dansent surtout, d'habitude, entre elles. Puis les parrains donnèrent des cadeaux, « firent des ricochets », comme on dit. Les cadeaux volèrent comme des silex sur l'eau du marécage. Les filles-elfes donnèrent chacune un bout de leur voile.

— Prends ça, disaient-elles, et tu sauras tout de suite la danse élégante, les pas et les voltes les plus difficiles ; tu prendras le bon ton et tu pourras te montrer dans les sociétés les plus huppées.

L'engoulevent apprit à chacun des jeunes feux follets à dire : « Bra, bra, brav ! » et à le dire au bon endroit, c'est là un don précieux, qui n'est pas à dédaigner. Le hibou et la cigogne laissèrent aussi tomber quelque chose, mais ce n'était pas la peine d'en parler, et nous n'en parlons pas. La chasse infernale du roi Valdemar justement passa en trombe au-dessus du marécage, et, lorsque la compagnie entendit parler de la fête, elle envoya en cadeau un couple de beaux chiens qui chassent aussi vite que le vent et peuvent bien porter un feu follet ou trois. Deux vieux incubes, dont le métier était de chevaucher, étaient au banquet ; ils enseignèrent tout de suite l'art de passer par le trou d'une serrure ; c'est comme si toutes les portes vous étaient ouvertes. Ils offrirent de mener les jeunes feux follets à la ville, où ils connaissaient les aîtres. Ils volaient d'habitude à cheval sur leur propre chignon où ils faisaient un nœud pour être solidement assis, mais cette fois ils s'assirent à califourchon sur les chiens de la chasse infernale, prirent sur leurs genoux les jeunes feux follets qui devaient entraîner et égarer les gens, ... hui-i ! les voilà partis. Tout ça, c'était la nuit dernière. Maintenant, les feux follets sont dans la ville, maintenant ils se sont mis à la besogne, mais comment ? dites-le-moi ! J'ai un fil qui me traverse le gros orteil, il me dit toujours quelque chose.

— C'est tout un conte, dit l'homme.

— Oh ! ce n'est que le commencement d'un conte, dit la femme. Pouvez-vous me dire comment s'agitent et se comportent les feux follets, sous quelles formes ils se sont présentés pour entraîner les hommes dans de mauvaises voies ?

— Je crois bien, dit l'homme, que l'on pourrait écrire tout un roman sur les feux follets, en douze parties, une sur chacun d'eux, ou peut-être encore mieux, une comédie populaire.

— Vous devriez l'écrire, dit la femme, ou vous abstenir plutôt.

— C'est plus commode et plus agréable, dit l'homme, on évite ainsi d'être mis au pilori dans un journal, ce qui est souvent aussi pénible que pour un feu follet de rester dans du bois pourri sans pouvoir souffler mot.

— Moi, je m'en fiche, dit la femme, mais laissez plutôt écrire les autres, ceux qui savent et ceux qui ne savent pas ! Je donne une vieille canette de mon tonneau, elle ouvre l'armoire de la poésie en bouteilles, ils pourront trouver là tout ce qui leur manque ; mais vous, mon bonhomme, je trouve que vous vous êtes suffisamment noirci les doigts et vous devez être parvenu à un âge et une pondération à ne pas courir tous les ans après des contes ; ce qui doit se faire ici désormais est beaucoup plus important. Vous avez, je pense, bien compris ce qui se passe ?

— Les feux follets sont dans la ville ! dit l'homme, je

l'ai entendu, je l'ai compris ! Mais que voulez-vous que je fasse ? Je serai criblé d'injures si je dis aux gens : « Regardez, voilà un feu follet qui se promène bien vêtu... ! »

— Ils vont aussi en jupon, dit la femme. Le feu follet peut prendre toutes les formes et se présenter en tous lieux. Il fréquente l'église, pas pour Notre-Seigneur, peut-être s'est-il introduit dans le prêtre ! Il parle le jour des élections, pas pour l'amour du pays et du royaume, mais de lui-même. Il est artiste aussi bien en peinture qu'au théâtre, mais, s'il a tout à fait le pouvoir, l'art n'y est plus ! Je bavarde et je bavarde, il faut que je sorte ce que j'ai dans la gorge, au préjudice de ma propre famille ; mais je serai maintenant le sauveur des hommes ! Ce n'est vraiment pas par bonne volonté, ni pour la médaille. Je fais ce que je peux faire de plus fou, je parle à un poète, et toute la ville va bientôt le savoir.

— La ville n'y fera pas attention, dit l'homme. Ça ne troublera personne, les gens croiront tous que c'est un conte, alors que je leur dis avec le plus profond sérieux : « Les feux follets sont dans la ville, a dit la femme du marais, prenez garde ! »

LE GRAND SERPENT DE MER

Il était un petit poisson de mer dont je ne me rappelle pas le nom ; aux savants de vous le dire. Ce petit poisson avait dix-huit cents frères et sœurs, tous du même âge ; ils ne connaissaient pas leur père ni leur mère, ils devaient tout de suite s'occuper de leurs affaires et nager çà et là, mais c'était un grand plaisir. Ils avaient assez d'eau à boire, tout l'océan. La nourriture, ils n'y pensaient pas, elle viendrait bien ; chacun voulait suivre sa guise, chacun voulait avoir sa propre histoire, mais aucun ne pensait à cela non plus.

Le soleil brillait dans l'eau, brillait autour d'eux, il faisait très clair, c'était un monde plein d'êtres étonnants, dont plusieurs énormes, à formidables gueules, étaient capables d'engloutir les dix-huit cents frères et sœurs, mais ils n'y pensaient pas non plus, car aucun d'entre eux n'avait encore été englouti.

Les petits nageaient ensemble, en groupe compact, comme nagent les harengs et les maquereaux, et, tandis qu'ils nageaient sans penser à rien, voilà que d'en haut, avec un bruit terrible, s'enfonce au milieu d'eux un objet long et lourd, qui n'en finissait pas ; il s'allongeait de plus en plus, et chacun des petits poissons était broyé ou éprouvait une secousse dont il ne revenait pas. Tous les petits poissons, les grands aussi, depuis la surface de la mer jusqu'à son fond, s'écartèrent épouvantés ; le lourd, énorme objet s'enfonçait de plus en plus, s'allongeait de plus en plus, jusqu'à des milles, à travers la mer.

Poissons et mollusques, tout ce qui nage, tout ce qui rampe ou est poussé par les courants aperçut cet objet effrayant, cette anguille de mer immense, inconnue, qui était arrivée soudain d'en haut.

Qu'était-ce donc ? Nous le savons : c'était le grand câble télégraphique que les hommes posaient entre l'Europe et l'Amérique.

Ce fut une terreur, ce fut un remue-ménage parmi les habitants réguliers de la mer où le câble était plongé. Le poisson volant s'élança le plus haut qu'il put au-dessus de la surface de la mer, le grondin monta même à une portée de fusil au-dessus de l'eau, car il le peut ; d'autres poissons se réfugièrent au fond de la mer, ils s'enfuirent avec tant de hâte qu'ils y arrivèrent longtemps avant que le câble du télégraphe eût été si bas ; ils effrayèrent cabillaud et plie, qui circulaient paisiblement au fond de la mer et mangeaient leurs congénères.

Deux holothuries furent tellement épouvantées qu'elles crachèrent leurs intestins, mais vécurent encore, car elles le peuvent ; beaucoup de homards et de tourteaux sortirent de leur sordide carapace et durent abandonner leurs pattes.

Dans tout cet effroi et ce désordre, les dix-huit cents frères et sœurs se dispersèrent et ne se retrouvèrent plus, ou ne se reconnurent pas. Une dizaine seulement restèrent au même endroit et, après être demeurés immobiles quelques heures, ils se remirent de leur première peur et commencèrent à devenir curieux.

Ils regardèrent autour d'eux, regardèrent en haut et

en bas et, dans la profondeur, ils crurent apercevoir le terrible objet qui les avait effrayés, qui avait effrayé grands et petits. L'objet s'étendait au fond de la mer, aussi loin qu'ils pouvaient voir, mais ils ignoraient combien il pouvait grossir, ou quelle était sa force. Il ne bougeait pas du tout, mais, pensaient-ils, cela pouvait être par fourberie.

— Qu'il reste où il est ! Ce n'est pas notre affaire ! dit le plus prudent des petits poissons.

Mais le plus petit de tous ne voulait pas renoncer à savoir ce que c'était ; c'était descendu d'en haut, le mieux était de s'informer en haut, et tous nagèrent vers la surface de la mer, où régnait un calme plat.

Ils y rencontrèrent un dauphin ; c'est une sorte d'étourdi, de vagabond de mer qui sait faire des culbutes à la surface ; il sait ouvrir les yeux et devait avoir vu et être au courant ; ils l'interrogèrent, mais il n'avait pensé qu'à lui-même et à ses culbutes, n'avait rien vu, ne savait que répondre, se tut et prit un air hautain.

Ils s'adressèrent ensuite au phoque, juste comme il plongeait ; celui-là fut plus poli, bien qu'il mange les petits poissons, mais il était rassasié. Il en savait un peu plus long que l'animal à culbutes.

— Bien des nuits je me suis couché sur une pierre mouillée, et j'ai regardé la terre, à de nombreux milles d'ici ; on voit là des créatures perfides, elles s'appellent, en leur langue, des hommes, elles tâchent de nous prendre, mais le plus souvent nous leur échappons, j'ai compris cela, et l'anguille de mer dont vous parlez l'a aussi compris. Elle a été en leur pouvoir, elle a été sur la terre, certainement de temps immémorial ; les hommes ont voulu la conduire en bateau par-dessus la mer dans une autre terre éloignée. J'ai vu combien ils peinaient, mais ils parvenaient à la maîtriser, car elle s'était affaiblie sur la terre. Ils l'ont roulée en anneaux, j'ai entendu le bruit qu'elle faisait lorsqu'ils l'ont roulée, mais elle leur a tout de même échappé, s'est enfuie en mer. Ils la tenaient de toutes leurs forces, des mains nombreuses la tenaient, elle a pu tout de même s'esquiver, elle est parvenue au fond ; elle y est, je pense, pour le moment !

— Elle est un peu mince ! dirent les petits poissons.

— Ils l'ont affamée, dit le phoque, mais elle se remettra bientôt et reprendra sa grosseur et sa grandeur anciennes. Je suppose que c'est le grand serpent de mer dont les hommes ont tellement peur et dont ils parlent tant ; je ne l'ai jamais vu et je n'y ai jamais cru ; maintenant je crois que c'est lui !

Et le phoque plongea.

— Comme il en savait long ! Et quel long discours ! dirent les petits poissons. Jamais encore nous n'avions été si bien informés !... Pourvu que ce ne soit pas un mensonge !

— Nous pouvons nager en bas et vérifier, dit le plus petit ; en chemin nous entendrons d'autres avis.

— Nous ne donnerons pas un coup de nageoire pour apprendre quoi que ce soit ! dirent les autres, et ils s'éloignèrent.

— Mais moi, si ! dit le plus petit.

Et il se dirigea vers les profondeurs ; mais il était loin de l'endroit où s'étalait « le long objet enfoncé ». Le petit poisson regarda et chercha de tous les côtés dans le fond.

Jamais son monde ne lui avait paru si vaste. Les harengs allaient par grands bancs, brillaient comme un énorme bateau d'argent ; les maquereaux nageaient aussi de compagnie avec plus de splendeur encore. Il venait des poissons de toutes formes, avec des dessins de toutes couleurs ; des méduses, fleurs à demi transparentes, se laissaient porter par les courants. De grandes plantes poussaient au fond de la mer, herbes hautes de plusieurs brasses et arbres à forme de palmiers, chaque feuille chargée de coquillages luisants.

Enfin le petit poisson aperçut une longue raie sombre, en bas, et y alla, mais ce n'était ni un poisson ni un câble, c'était le bastingage d'un grand vaisseau naufragé, dont les ponts supérieur et inférieur avaient été brisés sous la pression de la mer. Le petit poisson nagea dans l'intérieur, d'où les nombreuses victimes du naufrage avaient été emportées par les eaux, sauf deux : une jeune femme gisait avec un bébé dans ses bras. L'eau semblait les bercer, ils avaient l'air de dormir. Le petit poisson fut très effrayé, il ne savait pas qu'ils ne pouvaient plus se réveiller. Des plantes marines pendaient comme des rinceaux au bastingage au-dessus des deux beaux corps de la mère et de l'enfant. L'endroit était tranquille et solitaire. Le petit poisson se hâta de sortir le plus vite qu'il put vers des eaux mieux éclairées, et où des poissons seraient en vue. Il ne tarda pas à rencontrer une jeune baleine terriblement grande.

— Ne m'avale pas ! dit le petit poisson. Je ne suis même pas une bouchée, petit comme je suis, et je trouve très agréable de vivre !

— Que viens-tu faire en ces profondeurs où ton espèce ne vient pas ? demanda la baleine.

Et le petit poisson parla de la longue, étonnante anguille, si c'en était une, qui s'était enfoncée et qui avait effrayé même les plus hardies des créatures de la mer.

— Ho ! ho ! dit la baleine, et elle absorba de l'eau si violemment qu'elle dut en rejeter une énorme gerbe lorsqu'elle émergea pour respirer. Ho ! ho ! dit-elle, c'est l'objet qui m'a chatouillée dans le dos quand je me suis retournée ! Je croyais que c'était un mât de navire dont je pourrais me servir pour me gratter ! Mais ce n'était pas par ici. Non, l'objet est beaucoup plus loin. Mais je vais aller à sa recherche, puisque je n'ai rien à faire.

Et elle se mit à nager, et le petit poisson derrière elle, mais pas trop près, car il se produisait comme un courant rapide, quand la grosse baleine avançait vite dans l'eau.

Ils rencontrèrent un requin et un vieux poisson-scie ; tous deux avaient aussi entendu parler de la singulière anguille de mer si longue et si mince ; ils ne l'avaient pas vue, mais ils voulaient bien la voir.

Puis, arriva un loup marin.

— Je vous accompagne ! dit-il.

Et il prit le même chemin.

— Si le grand serpent de mer n'est pas plus gros qu'un câble d'ancre, je le mordrai et le couperai d'un coup.

Et il ouvrit sa gueule, montrant ses six rangées de dents.

— Je peux laisser une marque dans une ancre de vaisseau, je pourrai certainement couper cette branchette.

— Le voilà ! dit la grande baleine, je le vois.

Elle croyait voir mieux que les autres.

— Regardez comme il se soulève, se cambre, tourne et se tortille !

Pourtant ce n'était pas lui, mais une énorme anguille de mer, longue de plusieurs brasses, qui s'approchait.

— Celle-là, je l'ai déjà vue ! dit le poisson-scie, elle n'a jamais fait grand vacarme dans la mer, ni effrayé aucun grand poisson !

Et ils lui parlèrent de la nouvelle anguille et lui

demandèrent si elle voulait venir avec eux à la découverte.

— Cette anguille est-elle plus longue que moi ? dit l'anguille de mer. Alors, elle causera un malheur !

— Il paraît que oui ! dirent les autres. Nous sommes assez nombreux pour ne pas la craindre.

Et ils se dépêchèrent.

Droit devant eux arriva un monstre étrange, plus gros qu'eux tous. Il avait l'air d'une île nageant, qui n'aurait pu se maintenir sur l'eau.

C'était une très vieille baleine. Elle avait la tête converte de plantes marines, le dos envahi par des bêtes rampantes et une quantité si prodigieuse d'huîtres et de coquillages que sa peau noire était toute tachetée de blanc.

— Viens, la vieille, dirent-ils. Un nouveau poisson est venu, qu'il ne faut pas admettre.

— J'aime mieux rester où je suis, dit la vieille baleine. Laissez-moi tranquille ! Laissez-moi là ! Ah ! oui, j'ai une grave maladie ! Je trouve mon soulagement à me tenir à la surface de la mer, le dos en dehors. Alors les bons grands oiseaux de mer viennent m'éplucher, ce qu'ils font très bien, du moins quand ils n'enfoncent pas trop leur bec ; ils le piquent souvent jusque dans ma panne. Regardez ! J'ai encore dans le dos tout le squelette d'un oiseau ; il avait trop enfoncé ses griffes et n'a pas pu se dégager quand j'ai plongé. Maintenant les petits poissons l'ont plumé. Voyez comme il est, et comme je suis. Je suis malade !

— Pure imagination, dit la jeune baleine. Je ne suis jamais malade. Aucun poisson n'est malade !

— Pardon ! dit la vieille baleine. L'anguille a des maladies de peau, il paraît que la carpe a la variole, et nous avons tous des vers dans l'intestin !

— Des bêtises ! dit le requin.

Il ne voulait pas en entendre davantage, les autres non plus ; ils avaient autre chose à faire.

Enfin ils parvinrent à l'endroit où était le câble télégraphique. Il s'étend tout de son long au fond de la mer, de l'Europe à l'Amérique, sur des bancs de sable, de la vase marine, du roc et des fourrés de plantes, même des forêts de corail, et les courants changent dans le bas, des tourbillons s'y forment, les poissons y grouillent, plus nombreux que les troupeaux innombrables d'oiseaux que voient les hommes au moment de la migration. Tout cela remue, patauge, gronde, bruit : un peu de ce bruit subsiste encore dans les grands coquillages vides quand nous les mettons à notre oreille.

— Voilà l'animal ! dirent les grands poissons.

Et le petit le dit aussi. Ils étaient devant le câble dont le commencement et la fin échappaient à leur vue.

Des éponges, des poulpes et des gorgones se balançaient au fond, se penchaient sur l'objet, qui tantôt était caché, tantôt visible. Des oursins, des coquillages et des vers remuaient sur lui ; d'énormes araignées, qui portaient sur elles tout un chargement d'animaux rampants, arpentaient le câble gravement. Des holothuries bleu sombre, qui mangent avec tout leur corps, étaient couchées et semblaient flairer l'animal nouveau. Plie et câbliau virevoltaient pour entendre les bruits de tous côtés. L'étoile de mer, qui toujours se tient dans la vase et a deux yeux hors d'elle au bout de longues tiges, les ouvrait tout grands pour voir ce qui sortirait de cette agitation.

Le câble du télégraphe était immobile. Mais il y avait vie et pensée en lui. Des pensées d'hommes y circulaient.

— Cet objet est perfide ! dit la baleine. Il est capable de me frapper au ventre, qui est mon point faible.

— Tâtons-le un peu ! dit le poulpe. J'ai de longs bras, j'ai des doigts agiles ; je l'ai touché, je vais maintenant le saisir un peu plus solidement.

Et il étendit ses longs bras agiles vers le câble et l'entoura.

— Il n'a pas d'écailles ! dit le poulpe, il n'a pas de peau ! Je crois qu'il n'aura jamais d'enfants vivants !

L'anguille de mer se coucha le long du câble et s'étira le plus qu'elle put.

— L'objet est plus long que moi, dit-elle. Mais ce n'est pas la longueur qui compte, il faut avoir peau, ventre et souplesse.

La baleine, la jeune, puissante baleine, s'inclina très bas, plus bas qu'elle n'avait jamais fait.

— Es-tu poisson ou plante ? demanda-t-elle. Ou bien n'es-tu qu'œuvre de là-haut, qui ne peut vivre ici-bas chez nous ?

Mais le câble télégraphique ne répondit pas ; répondre n'était pas son affaire. Des pensées le parcouraient, pensées d'hommes ; en une seconde on les entendait d'un pays à l'autre, à des centaines de milles.

— Veux-tu répondre, ou veux-tu être rompu ? demanda le requin féroce.

Et tous les autres grands poissons posèrent la même question :

— Veux-tu répondre ou veux-tu être rompu ?

Le câble ne bougea pas, il avait son idée à lui, et celui-là peut bien en avoir une, qui est rempli de pensées : « Qu'ils me rompent, on me remontera et me réparera ; c'est arrivé déjà à d'autres de mon espèce, dans de moindres étendues d'eau. »

Il ne répondit donc pas, il avait mieux à faire, il télégraphiait, remplissait sa fonction au fond de la mer.

Le soleil, comme l'appellent les hommes, déclinait à

ce moment, il devint un feu très rouge, et tous les nuages du ciel brillèrent comme le feu, plus splendides les uns que les autres.

— Voici maintenant la lumière rouge, dirent les poulpes, on va peut-être mieux voir l'objet, s'il en est besoin.

— Sus à lui ! cria le loup marin, qui montra toutes ses dents.

— Sus à lui ! crièrent le poisson-scie et la baleine et l'anguille de mer.

Ils se précipitèrent, le loup marin en avant ; mais, comme celui-ci allait mordre le câble, le poisson-scie, dans son ardeur, pointa sa scie juste dans l'arrière du loup marin ; ce fut une grave méprise, et le loup marin n'eut pas la force de mordre.

Il y eut une pagaille dans cette vase. Gros et petits poissons, holothuries et coquillages coururent les uns contre les autres, se mangèrent et s'écrasèrent les uns les autres. Le câble ne bougeait pas, il faisait sa besogne, comme il convient.

La nuit sombre régnait au-dessus. Mais les milliards et les milliards de petits animaux de la mer luisaient. Des écrevisses, pas plus grosses qu'une tête d'épingle, luisaient. C'est merveilleux, mais c'est ainsi.

Les animaux de la mer regardaient le câble télégraphique.

— Qu'est-ce donc que cet objet, et que n'est-il pas ?

Oui, c'était la question.

Survint un vieux veau marin. Les hommes appellent cette sorte d'être : ondin ou ondine. C'était une femelle, elle avait une queue et deux bras courts pour patauger, des seins pendants, et du varech et des parasites dans la tête, ce dont elle était fière.

— Voulez-vous être informés et savoir ? dit-elle. Je suis bien la seule qui puisse vous renseigner ; mais pour cela je demande pâturage sûr au fond de la mer pour moi et les miens. Je suis poisson comme vous, et à force d'exercice, j'ai même appris à ramper. Je suis l'être le plus intelligent de la mer. Je suis au courant de tout ce qui s'agite ici-bas et de tout ce qui existe au-dessus. Cet objet-là, dont vous êtes préoccupés, vient de là-haut, et ce qui tombe de là-haut est mort, ou meurt et devient impuissant ; laissez-le couché tel qu'il est. Ce n'est qu'une invention d'homme !

— Je crois qu'il y a beaucoup plus là-dedans, dit le petit poisson.

— Tais-toi, maquereau ! dit le grand veau marin.

— Épinoche ! dirent les autres, ce qui était encore plus injurieux.

Et le veau marin leur expliqua que ce grand animal qui causait tant d'alarmes, et d'ailleurs ne soufflait mot, était simplement une invention venue de la terre sèche, et fit une petite conférence sur la perfidie des hommes.

— Ils veulent nous attraper, dit-elle, ils ne vivent que pour ça ; ils tendent des filets, ils mettent de la nourriture après des crochets pour nous attirer. Ceci est une sorte de corde à laquelle ils croient que nous allons mordre, ils sont si bêtes ! Nous ne le sommes pas ! Ne touchez pas à cette saleté-là, ça s'effilochera, ça tombera en poussière et en boue. Ce qui vient de là-haut, ça casse, ça passe, ça ne vaut rien !

— Ça ne vaut rien ! dirent toutes les créatures de la mer.

Elles s'en tenaient à l'opinion du veau marin pour avoir un avis.

Le petit poisson de mer conserva son opinion :

— Ce serpent mince et immensément long est peut-être le plus merveilleux poisson de mer. J'en ai l'impression.

Le plus merveilleux, disons-nous aussi, nous, les hommes, et nous le disons en connaissance de cause et avec conviction.

Il est le grand serpent de mer, dont il fut question longtemps d'avance dans les chants et les légendes.

Il est né, il a jailli de l'intelligence humaine, et il a été déposé au fond de la mer, où il s'étend des pays de l'Est aux pays de l'Ouest et porte des nouvelles, aussi rapide que les rayons de lumière qu'envoie le soleil à notre terre. Il croît, il croît en puissance et en extension, il croît d'année en année, à travers toutes les mers, tout autour du globe, sous les eaux orageuses et les eaux limpides où le marin regarde comme s'il voguait, à travers le grouillement des poissons, tout un feu d'artifice.

Tout en bas s'étend le serpent, un grand serpent bienfaisant qui se mord la queue en entourant la terre. Poissons et bêtes rampantes s'y heurtent, mais ils ne comprennent pas cette vérité d'en haut : l'humanité a, dans le serpent de la connaissance du bien et du mal, plein de pensées, qui s'exprime en toutes langues et pourtant est muet, la plus merveilleuse des merveilles de la terre, notre actuel *grand serpent de mer*.

LE POU ET LE PROFESSEUR

Il était un aéronaute qui eut du malheur, son ballon creva. L'homme tomba et fut mis en pièces. Deux minutes auparavant il avait fait descendre son fils avec un parachute, ce fut la chance du garçon ; il fut indemne. Il montrait de grandes connaissances pour devenir aéronaute, mais il n'avait pas de ballon, ni les moyens de s'en procurer un.

Il lui fallait vivre, et il s'adonna aux tours de prestidigitation et s'exerça à parler avec son ventre, ce qui s'appelle être ventriloque. Il avait bonne mine, et, lorsqu'il eut un peu de moustache et qu'il put bien s'habiller on pouvait le prendre pour un fils de comte. Les dames le trouvaient beau, une demoiselle fut même si charmée de son élégance et de ses tours de prestidigitation qu'elle le suivit dans des villes et des pays étrangers ; là, il s'intitulait professeur, il ne pouvait pas faire moins.

Il rêvait d'avoir un ballon et de s'élever en l'air avec sa petite femme, mais ils n'en avaient pas encore les moyens.

— Ils viendront ! disait-il.

— Pourvu qu'ils viennent ! disait-elle.

Elle l'aidait loyalement, s'asseyait à la porte et

vendait les billets pour la représentation, ce qui manquait d'agrément en hiver. Elle l'aidait aussi pour un de ses tours. Il plaçait sa femme dans le tiroir de la table, un grand tiroir ; de là, elle se glissait dans le tiroir du fond, et ainsi n'était plus visible dans le tiroir de devant ; c'était comme un sortilège.

Mais un soir, lorsqu'il tira le tiroir, elle avait disparu ; elle n'était pas dans le tiroir du devant, dans le tiroir du fond non plus, ni dans toute la maison ; on ne la voyait ni ne l'entendait ; c'était son tour de passe-passe à elle. Jamais elle ne revint ; elle en avait eu assez. Il en fut très ennuyé, perdit sa bonne humeur, ne sut plus rire et dire des blagues, et les gens ne vinrent plus ; le bénéfice devint médiocre, les costumes devinrent médiocres ; il ne posséda plus finalement qu'un grand pou, héritage de sa femme, et qu'il aimait beaucoup à cause de cela. Il le dressa, lui apprit des tours, lui apprit à présenter les armes et à manier un petit canon.

Le professeur était fier du pou, et le pou était fier de lui-même ; il avait appris quelque chose, il avait du sang humain, il avait été dans les plus grandes villes, des princes et des princesses l'avaient vu et applaudi. C'était imprimé dans les journaux et sur les affiches. Il savait qu'il était une célébrité et pouvait entretenir un professeur et même toute une famille.

Il était fier, il était célèbre, et pourtant, lui et le professeur lorsqu'ils voyageaient en chemin de fer, prenaient la quatrième classe ; elle arrive aussi vite que la première. Une promesse existait tacitement entre eux de ne jamais se séparer, ne jamais se marier : le pou resterait vieux garçon, et le professeur, veuf. Cela revient au même.

— Où l'on réussit le mieux, disait le professeur, il ne faut pas venir deux fois.

Il connaissait les gens : cela faisait partie de son savoir.

Finalement il avait parcouru tous les pays, excepté les pays sauvages ; aussi voulait-il aller au pays des sauvages ; il est vrai qu'on y mange les chrétiens, le professeur le savait, mais il n'était pas vraiment chrétien et le pou n'était vraiment pas homme ; aussi se disait-il qu'ils pourraient faire le voyage et en tirer un bon bénéfice.

Ils voyagèrent en vapeur et en bateau à voile ; le pou fit ses tours, grâce à quoi ils eurent le passage gratuit et arrivèrent au pays des sauvages.

Il était gouverné par une petite princesse qui n'avait que huit ans, mais elle gouvernait ; elle avait enlevé le pouvoir à son père et à sa mère, car elle avait de la volonté. Elle était très charmante et mal élevée.

Aussitôt que le pou présenta les armes et tira un coup de canon, elle fut si ravie du pou, qu'elle dit :

— Ce sera lui ou personne !

Elle fut prise d'un amour éperdu, un amour de sauvage.

— Chère petite enfant si raisonnable, dit son propre père, si l'on pouvait d'abord en faire un homme !

— Ça, c'est mon affaire, vieux ! dit-elle. Ce n'était pas gentil de la part d'une petite princesse qui parle à son père, mais elle était sauvage.

Elle mit le pou sur sa petite main.

— Maintenant tu es un homme, tu gouvernes avec moi, mais il faudra faire ce que je veux, sans quoi je te tuerai, et je mangerai le professeur.

Le professeur fut logé dans une grande salle. Les murs étaient en canne à sucre, il pouvait les lécher, mais il n'était pas amateur. Il eut un hamac pour dormir : c'était comme s'il était couché dans un ballon, ce qu'il avait toujours désiré.

Le pou resta chez la princesse, posé sur sa petite main ou sur son cou mince. Elle avait pris un cheveu de sa propre tête, que le professeur dut attacher à une patte du pou, et ainsi elle le tint lié au grand morceau de corail qu'elle avait au bout de l'oreille.

Comme ce fut pour la princesse un temps charmant, et aussi pour le pou ! pensait-elle. Le professeur, lui, ne se sentait pas satisfait ; il était voyageur, aimait passer de ville en ville, lire dans les journaux ce qu'on disait de sa patience et de son habileté à instruire un pou à tout travail humain. A longueur de journée il restait couché dans son hamac, se prélassait, et on lui portait de bons repas : œufs frais d'oiseaux, yeux d'éléphant, cuisse de girafe ; les cannibales ne vivent pas seulement de viande humaine, c'est une friandise.

— L'épaule d'enfant avec une sauce relevée, disait la mère de la princesse, est ce qu'il y a de plus raffiné.

Le professeur s'ennuyait et aurait voulu quitter le pays des sauvages, mais il lui fallait emporter le pou qui était sa merveille et son gagne-pain. Comment s'en emparer ? Ce n'était pas facile.

Il tendit tant qu'il put toutes les forces de son esprit, et dit : « J'ai trouvé ! »

— Père de la princesse, donne-moi quelque chose à faire ! Faut-il que j'exerce les habitants du pays à présenter les armes ? C'est ce que, dans les plus grands pays du monde, on appelle l'instruction.

— Et que peux-tu m'apprendre ? demanda le père de la princesse.

— Mon plus grand art, dit le professeur : à tirer un coup de canon qui fait trembler la terre et tomber tout rôtis les oiseaux les plus succulents ! Le coup en vaut la peine !

— Amène le canon ! dit le père de la princesse.

Mais il n'y avait pas de canon dans tout le pays, en

dehors de celui qu'avait apporté le pou, et celui-là était trop petit.

— J'en fondrai un plus grand! dit le professeur. Donne-moi seulement ce qu'il faut! J'ai besoin d'une fine étoffe de soie, avec une aiguille, du fil, de la corde et de la ficelle, plus de l'élixir stomachique pour ballons, ça les souffle, les allège et les fait monter; ça donne le coup dans le ventre du canon.

Il eut tout ce qu'il demandait.

Tout le pays se réunit pour voir le grand canon. Le professeur ne convoqua personne avant que le ballon fût tout prêt à être rempli et à s'élever.

Le pou était sur la main de la princesse et assistait à l'opération. Le ballon fut rempli, il gonfla, on pouvait à peine le retenir, tant il se démenait.

— Il faut que je l'aie en l'air, pour qu'il puisse refroidir, dit le professeur, et il se mit dans le panier accroché au-dessous. Seul, je ne suis pas capable de le diriger. Il me faut avec moi un camarade compétent pour m'aider. Il n'y a ici personne qui le puisse, sauf le pou.

— Je ne le permettrai pas! dit la princesse, mais elle tendit tout de même le pou au professeur, qui le posa sur sa main.

— Lâchez les cordes! dit-il. Le ballon va partir!

Les gens croyaient qu'il disait : « le canon ».

Et le ballon monta de plus en plus haut par-delà les nuages, et quitta le pays des sauvages.

La petite princesse, son père et sa mère, et le peuple entier restaient là dans l'attente. Ils attendent encore, et, si vous ne le croyez pas, vous n'avez qu'à partir pour le pays des sauvages, où tous les enfants parlent du pou et du professeur et croient qu'ils reviendront quand le canon sera refroidi. Mais ils ne viennent pas, ils sont chez nous, ils sont dans leur patrie, prennent le train en première classe, pas en quatrième ; ils ont de beaux bénéfices, un gros ballon. Nul ne demande comment ils ont eu le ballon, ni d'où il vient. Ce sont gens à leur aise et honorés, le pou et le professeur.

DOSSIER

CHRONOLOGIE

1754. Mort de Holberg, le grand représentant du classicisme au Danemark. Très jeune, Hans Christian Andersen écoutera son père lui lire les comédies de Holberg ; il les évoquera plus d'une fois dans ses contes.

1768. Naissance de Thorvaldsen, qui sera l'un des sculpteurs les plus célèbres du XIXe siècle. Andersen le rencontrera et l'admirera.

1777. Naissance d'Oersted, le futur découvreur de l'électromagnétisme (1820). Il conseillera paternellement le jeune Hans Christian ; plus tard encore il l'épaulera et l'inspirera.

1779. Naissance d'Oehlenschläger, chef de file de la première génération romantique au Danemark ; il saura tour à tour critiquer et apprécier Andersen.

D'Odensé à Copenhague (1805-1819)

1805. Naissance de Hans Christian Andersen à Odensé dans l'île de Fionie ; c'est alors, avec environ 5 000 habitants, la seconde ville du pays. Ses parents se sont mariés deux mois plus tôt. Sa mère, Anne-Marie, a 40 ans ; elle est servante. Son père, Hans, a 25 ans ; c'est un pauvre cordonnier. « Avec du bois provenant du catafalque sur lequel avait été exposé le cercueil d'un comte de Trampe, il avait fait son lit nuptial. [...] A la place de la dépouille du comte, il y avait dans ce lit, le 2 avril 1805

un vigoureux nouveau-né : moi-même, Jean Christian Andersen *. »
La même année, naissent Auguste Bournonville, futur directeur de l'école de danse (1829) puis maître de ballet au Théâtre Royal, et J. P. E. Hartmann, fils et plus tard père et beau-père de musiciens fort connus, comme il le sera lui-même. Andersen aura l'occasion de collaborer avec eux.

1808. Résistant à la pression des Anglais au sujet de la flotte danoise, Frédéric VI, qui vient de monter sur le trône, conclut une alliance avec Napoléon (cette alliance se révélera désastreuse). Des troupes espagnoles de l'empereur, sous la conduite de Bernadotte, se préparent à un débarquement en Suède ; elles passent par Odensé ; des rebelles sont fusillés. « Un jour, un Espagnol me prit dans ses bras et me donna à baiser une médaille qu'il portait sur la poitrine *. »
Ces Espagnols lui inspireront plus tard un poème, *Le soldat*, des réflexions de son récit de voyage *En Espagne*, et une pièce, *Quand les Espagnols étaient ici* (en 1865 ; on doit aussi à Mérimée une comédie en trois journées sur ce sujet, *Les Espagnols en Danemarck*).

1810. Hans Christian fréquente une école pour enfants juifs, puis une école pour les pauvres.

1811. « En 1811, j'avais alors six ans quand parut la fameuse comète. D'après ma mère, elle devait produire des cataclysmes terribles et amener la fin du monde *. »
L'enfant est anxieusement sensible à la superstition maternelle ; plus tard, il s'inspirera du souvenir de sa mère pour la vieille Domenica de *L'improvisateur* et Maria, la mère de Christian dans *Rien qu'un violoneux*.
Une autre présence peu rassurante plane sur ses premières années. « Mon grand-père le fou m'inspirait une grande crainte. Une seule fois il m'avait adressé la parole et s'était servi d'un « vous » qui m'avait étrangement impressionné [...] Un jour qu'il revenait à Odensé, j'entendis des gamins crier derrière lui *. » Ce grand-père était sculpteur sur bois, comme le père de Thorvaldsen.

* Les citations suivies d'un astérisque sont empruntées au *Conte de ma vie* dans la traduction française mentionnée après la chronologie.

1812. Vers l'âge de sept ans, l'enfant, atteint d'une affection nerveuse, est emmené par sa mère chez une guérisseuse, comme le jeune Christian est conduit vers la source curative dans *Rien qu'un violoneux.*

Le Danemark entre en guerre avec l'Angleterre. Le commerce est ruiné, l'État sombre dans la banqueroute. Hans s'engage dans les troupes napoléoniennes, et son fils doit travailler dans une usine de draps, puis dans une usine de tabac. Ainsi le veut sa mère. Sa grand-mère le plaint en l'emmenant pour la première fois vers l'usine ; elle et le petit, ils ont honte.

Enfance difficile, à la *Oliver Twist,* à la *David Copperfield.* Cette année-là, précisément, naît Dickens. — Et les frères Grimm commencent à publier leurs *Contes.*

1813. Naissance à Copenhague de Søren Kierkegaard.

1814. Par la paix de Kiel, le Danemark cède à la Suède la Norvège, qu'elle gouvernait depuis 1442. Au début du XIXe siècle, les Norvégiens utilisent encore le danois comme langue littéraire (le plus grand écrivain de langue danoise au siècle précédent, Holberg, était en fait un Norvégien d'origine). Le nationalisme va promouvoir l'emploi d'une langue littéraire norvégienne, mais ce n'est qu'en 1917 que les Norvégiens manifesteront leur besoin de traduire Andersen dans leur langue. — Celui-ci les a traités sans aménité dans un de ses contes, *La butte aux elfes.*

1816. Hans Andersen revient de l'armée, malade ; il meurt chez les siens. Cette mort inspirera au conteur en partie l'un de ses récits, *Le compagnon de voyage.* Pour l'instant, Hans Christian conserve le livret de soldat rapporté par son père et y inscrit le titre de pièces qu'il a l'intention de composer. L'une d'elles s'intitule *Le revenant.*

« A partir de ce moment, je fus pour ainsi dire entièrement livré à moi-même. Ma mère allait en journées faire la lessive *. »

1818. Sa mère se remarie (avec un autre cordonnier), comme Maria dans *Rien qu'un violoneux.* « Mon beau-père était un homme tranquille et de caractère égal qui ne voulait pas se mêler de mon éducation et me laissait une entière liberté. Dès lors, je vécus uniquement pour mon panorama et mon théâtre de marionnettes *. »

L'enfant deviendra-t-il tailleur, comme le souhaite sa mère, ou tourneur, comme l'y encourage le prince

Christian Frederik, rencontré au château d'Odensé ? Il veut devenir célèbre, et un soir, le Théâtre Royal de Copenhague étant en tournée, il paraît brièvement sur la scène dans le rôle d'un page.

Du danseur au conteur (1819-1835)

1819. Il passe sa confirmation, cérémonie religieuse qui marque un peu l'entrée symbolique dans le monde des adultes. On lui a taillé un habit brun dans un manteau de son père pour l'occasion, et c'est avec cet habit et dix rixdales en poche que peu après, le 6 septembre, il arrive pour la première fois à Copenhague. « J'entrai à Copenhague avec mes treize écus dans ma bourse et tout mon bagage dans un mouchoir de poche. Je m'installai dans la première auberge qui s'offrit à ma vue, et, comme je ne savais rien de la vie pratique, je me fis servir sans hésiter tout ce dont j'avais besoin. Quelques jours après, j'étais ruiné *. » Bientôt il habite dans la capitale un quartier de prostituées ; mais la nature de leur activité échappe à son âme innocente.

Mu Muni d'une recommandation reçue à Odensé, il se présente devant Mme Schall, danseuse étoile au Théâtre Royal. « Pour être plus léger, je demandai la permission d'ôter mes bottes. Et frappant sur mon chapeau comme sur un tambour, je me suis mis à danser en chantant. Mes gestes étranges et mon exaltation firent croire à Mme Schall — elle me l'a avoué bien des années plus tard — que j'étais fou. Elle me congédia au plus vite *. »

Il n'a pas plus de succès auprès du directeur du théâtre, qui le trouve trop maigre. Il tâche vainement de se faire embaucher dans une usine.

1820. Sa voix intéresse le directeur de l'académie de chant, l'Italien Siboni, qui décide de la former. Moins d'un an plus tard, elle a mué : « Le petit oiseau dans sa poitrine fit couac », nous dira-t-il de Peer, héros de *Pierre le chanceux* (on se rappelle que la petite sirène, elle aussi, perd sa voix).

1821. Un danseur étoile du Théâtre Royal, Dahlén, lui apprend qu'il ne doit pas songer à faire une carrière de danseur, mais lui permet de jouer pour un soir le rôle d'un petit troll (esprit follet de la mythologie scandinave) dans le ballet « Armida ». Un professeur au grand cœur, Guldberg, l'aide un peu matériellement et lui donne quelques leçons de danois et d'allemand. Les leçons de danois comportent des poèmes de Guldberg à copier et à apprendre ; un jour, avec l'accord du professeur, Hans Christian leur substitue une œuvre à lui, *La chapelle de la forêt*.

1822. Il envoie au Théâtre Royal une pièce, *Les voleurs de Vissenberg*. « Au bout de six semaines de folles espérances, la pièce me revint, accompagnée d'une lettre. On m'y invitait à ne plus présenter de pièce où se révélait une absence totale de la culture la plus élémentaire [...] A quelques jours de là, je recevais une seconde lettre de la direction, m'apprenant que j'étais exclu des classes de danse et de chant qui étaient sans utilité pour moi *. » Puis il écrit une tragédie, *Alfsol*, qu'il porte chez un éminent traducteur de Shakespeare, le futur amiral Wulff. *Alfsol* est refusée par la direction du Théâtre Royal, comme la pièce précédente, mais Hans Christian a pu faire la connaissance des Wulff, chez qui il trouvera appui et amitié, et surtout, grâce à la pièce, il rencontre celui qui va être son protecteur décisif et comme son second père, Jonas Collin. C'est un personnage influent, conseiller du roi et directeur financier du Théâtre Royal.

A l'automne, Collin lui fait entreprendre des études au collège classique de Slagelsé (à une centaine de kilomètres de Copenhague) dirigé par le recteur Meisling ; Andersen a 17 ans, ses camarades en ont 11 ou 12.

Quelque temps auparavant, une première œuvre du jeune homme est imprimée, grâce à d'amicales souscriptions ; intitulée *Essais de jeunesse*, elle comporte un prologue et une histoire et paraît sous le pseudonyme de Villiam Christian Walter : Villiam à cause de Shakespeare et Walter à cause de Walter Scott.

1823. Publication des *Contes populaires danois* de Mathias Winther, où Andersen puisera plus tard le sujet des *Cygnes sauvages*.

1825. Le 27 octobre, il emménage chez le recteur Meisling, qu'il suivra en 1826 dans son transfert à Elseneur. « J'étais seul dans la maison du recteur et cet homme semblait avoir pris à tâche de m'humilier, de me faire sentir à toute heure le poids de ma pauvreté et de mon isolement », raconte Andersen à Xavier Marmier. Ce sont encore, en effet, de dures années sur le plan matériel, comme en témoigne cette lettre de 1825 à Collin, écrite après un examen de passage : « J'ai trois choses à vous demander [...] maintenant que l'examen s'est bien déroulé, je m'enhardis à le faire, puisque je ne peux m'adresser à quelqu'un d'autre — la première est une nouvelle paire de bottes — celle que j'ai tombe en morceaux, elles ont beau avoir été réparées, elles prennent l'eau, et mes souliers eux aussi ne sont secs que par beau temps. » La deuxième demande concerne un manteau et la troisième, des manuels : on est loin des souhaits fabuleux formulés par Aladin, le personnage des *Mille et une nuits* cher à Andersen. Aladin est aussi un personnage d'Oehlenschläger, et Hans Christian, de retour à Copenhague pour la fin de l'année, lit à son illustre aîné quelques-unes de ses œuvres ; Oehlenschläger goûte assez un petit poème qui s'intitule *Pour l'âme.*

1827. Près de quarante ans plus tard, Andersen rêvera encore de Meisling et ce rêve sera bien entendu un cauchemar. Pour l'instant, un poème, *L'enfant mourant,* témoignage de son désespoir écrit l'année précédente, paraît dans la *Libauschen Zeitung* en traduction allemande ; et seulement plus tard, la même année, en édition bilingue allemand-danois, dans le *Kjøbenhavnsposten* (le poème y paraît anonymement, avec la signature H.).

Averti par un professeur de ce que souffre Hans Christian, Collin rappelle le jeune homme à Copenhague. Andersen dîne chaque semaine chez les Wulff. Il s'y lie d'une profonde amitié pour leur fille Henriette, bossue et toute petite ; son affection pour elle lui inspirera l'un de ses premiers contes, *Poucette.*

1828. Service militaire, sans astreinte à une vie de caserne.

« De 1828 à 1839, je vécus de ma plume, traduisant des pièces, du théâtre et écrivant des livrets d'opéra. Temps durs s'il en fut. Le profit était maigre et, à cause de mes relations, je devais toujours être convenablement vêtu *. »

Pendant ces années, il compose aussi des poèmes humoristiques, tels que *La plainte du chat, Le poète malade* ou *Le soupir à la lune.* Il a rencontré chez Oersted l'introducteur du vaudeville au Danemark qui est aussi un poète et un critique redouté, Heiberg.

Celui-ci publie des poèmes d'Andersen dans sa revue, *La poste volante.* Les relations entre les deux écrivains seront plus tard moins bonnes : Andersen se heurtera à l'hostilité de Heiberg, en particulier contre ses pièces de théâtre.

1829. Le *Voyage à pied du canal de Holmen à la pointe ouest d'Amager,* d'abord publié aux frais de l'auteur, obtient du succès. Il s'agit d'un récit de voyage humoristique, un peu à la manière d'Hoffmann, qui mène le lecteur du centre de Copenhague à une île située juste en face de la capitale (et dont une partie prolonge aujourd'hui Copenhague). C'est l'année des premiers succès, car une première pièce également est jouée au Théâtre Royal : *Idylle sur la tour de Saint-Nicolas.* Il y parodie son propre romantisme juvénile (Nicolai Taarn est une tour du XIIIe siècle qu'Andersen pouvait voir de sa mansarde de la Vingaardsstraede à Copenhague).

Ses études se terminent par un « examen philologicum et philosophicum ». Parmi les examinateurs, une figure célèbre : Oersted.

1830. Il fait un voyage d'été dans le Jutland et sa Fionie natale; à Faaborg, pittoresque petite ville du sud de l'île, il s'éprend de Riborg Voigt, sœur d'un ancien camarade d'études. La jeune fille est déjà à demi engagée, et elle en épousera peu de temps après un autre : Hans Christian a désiré l'impossible. Elle lui inspire quelques-uns de ses poèmes les plus réussis : *Je vis tantôt une paire d'yeux bruns* et *La pensée de ma pensée, voilà ce que tu es devenue,* qui sera plus tard mis en musique par Grieg (Robert Schumann a lui aussi composé sur des poèmes d'Andersen, en utilisant la traduction de Chamisso).

Ces poèmes figureront dans le recueil poétique de 1831, mais un premier recueil de *Poèmes* est publié dès 1830 ; aux poèmes est joint un conte, *Le revenant,* précédé d'une préface où l'on peut lire notamment : « Enfant, ma plus grande joie était d'entendre des contes, dont un grand nombre sont encore tout vivants dans mon souvenir, et quelques-uns d'entre eux sont peu ou pas connus. »

1831. *Fantaisies et esquisses.* Ce recueil poétique est suivi, en 1832-33, de plusieurs autres : *Vignettes pour des poètes danois, Les douze mois de l'année, Poésies complètes.*

Andersen voyage à ses frais dans le Harz, en Saxe et en

Bohême. Il rencontre à Dresde Ludwig Tieck, déjà célèbre comme poète, romancier, critique et traducteur, et à Berlin Chamisso, dont il imitera plus tard *L'étonnante histoire de Peter Schlemihl* dans un de ses contes, *L'ombre* (publié en 1847). « Chamisso était un homme grand, solide, maigre. Robe de chambre brune, longues boucles grises, visage empreint de bonté. Il ressemblait à un ermite du désert » (*Journal,* 12 juin 1831).

Le voyage à l'étranger n'est que le premier d'une longue série : Andersen a passé en tout l'équivalent de 9 années de sa vie hors du Danemark. De cette première découverte il tire un livre, *Silhouettes d'un voyage dans le Harz,* à la manière des *Images de voyage* de Heinrich Heine (le premier volume des *Reisebilder,* paru en 1826, contenait du reste un *Voyage dans le Harz*). On y trouve déjà un conte qu'il n'a pas introduit dans ses recueils. En voici de très brefs extraits : « Je finis par m'asseoir et me conter à moi-même un conte d'enfant que vous allez entendre, mon lecteur : [...] Il y a longtemps [...] vivait un vieux roi aux cheveux gris d'argent, qui avait une telle foi dans le monde qu'il ne pouvait pas imaginer que personne pût dire un mensonge [...] il promit de donner sa fille et la moitié du royaume à celui qui viendrait lui rapporter un fait où il serait obligé de reconnaître un mensonge. » A la fin de l'histoire, on frappe à la porte du conteur, et surprise ! c'est le vieux roi qui prenait tout pour vrai : « Je t'ai entendu rappeler l'histoire de ma vie, dit-il, c'est ce qui m'a fait venir. Sais-tu peut-être un mensonge qui pourrait me procurer le repos dans la tombe ? » Le conteur lui narre l'atroce pièce de théâtre à laquelle il a assisté. « C'est un mensonge », s'écrie le vieux roi, et délivré, il disparaît. « Lorsque je me réveillai le lendemain, ce conte m'apparut tout entier comme un rêve » (traduit par P. G. La Chesnais).

Cela préfigure déjà bien des contes ultérieurs, avec les coulisses successives par lesquelles ils s'éloignent du lecteur, se désignant eux-mêmes comme fictions (tout en prenant ici pour thème, humoristiquement, le mensonge).

1832. On représente au Théâtre Royal deux pièces d'Andersen : *La fiancée de Lammermoor* (le roman de Walter Scott date de 1819, et l'opéra de Donizetti de 1835) et

Le corbeau, d'après un conte de Gozzi. L'année précédente, l'écrivain danois avait adapté pour la scène une nouvelle de Scribe et Mazères, *La quarantaine* (devenue un vaudeville sous le titre *Le navire*).

C'est vers ces années, un peu avant le voyage en Italie, qu'il faut situer la rédaction du *Livre de ma vie,* la première autobiographie d'Andersen, éditée seulement en 1926.

1833. Chamisso publie en janvier trois poèmes d'Andersen : *Le soldat, Rêve d'une mère* et *Violette de mars* ; ses traductions s'accompagnent d'une analyse du talent poétique de l'écrivain danois, où on lit notamment ceci : « Doué d'esprit, de tempérament, d'humour et de naïveté populaire, Andersen a aussi en sa puissance des tons qui éveillent un écho plus profond. »

Andersen reçoit une bourse pour un grand voyage en Italie, comme l'avaient fait avant lui Goethe, Oehlenschläger, et bien d'autres. Il va parcourir l'Allemagne, la France, la Suisse et l'Italie. Il part le 22 avril, séjourne du 10 mai au 15 août à Paris, où il rencontre pour la première fois Hugo et Heine, du 25 août au 14 septembre au Locle, où il visite l' « Asile pour les enfants malheureux », du 18 octobre au 1er avril 34 à Rome et en Campanie. A Rome, il se lie d'amitié avec Thorvaldsen ; il le fera paraître, de façon directe ou allusive, dans plusieurs contes, *La cloche* et *Ogier le Danois,* publiés en 1845, *Les familles de voisins,* édité en 1847, *Papotages d'enfants,* qui date de 1859. « A Rome, je fus très bien accueilli par le petit groupe danois » : un tableau de 1836 au château de Frederiksborg, *Artistes danois dans une auberge du Trastévère,* par D. C. Blunck, peut nous donner une idée de ce milieu, que le *Journal* d'Andersen évoque aussi ; sur ce tableau, le grand sculpteur est représenté au bout de la table, un peu à l'écart des autres.

Le 16 décembre, l'écrivain note dans son *Journal* : « Il est venu une lettre du vieux Collin. Ma mère est morte, m'apprend-il. Dieu soit loué ! fut mon premier mot. Maintenant prend fin sa souffrance, que je ne pouvais pas soulager. Mais je ne peux m'habituer à la pensée d'être maintenant si seul, sans un seul être qui tienne à moi par les liens du sang » (*Le conte de ma vie* dit les choses en termes à peu près identiques). Elle avait été recueillie à l'Hôpital des Frères Gris d'Odensé, où l'on

prenait en charge les miséreux et les malades, elle avait sombré dans l'alcoolisme.
Peu après, le 27 décembre, il note : « Commencé ce soir mon roman *L'improvisateur.* »
Cependant, à Copenhague on imprime *Agnès et l'homme de la mer* qui se heurtera lors de représentations en 1843 à l'hostilité générale. C'est un poème dramatique d'après une légende populaire, déjà traitée par Oehlenschläger.

1834. Le carnaval romain, célébré par Mme de Staël et par Hoffmann, le Vésuve et Pompéi, lieux jamais morts pour l'imaginaire romantique, qui les fait revivre en ses profondeurs, autant de moments marquants du voyage, dont Andersen se souviendra dans *L'improvisateur.* A Naples, il entend la Malibran chanter le rôle principal de *La Norma* de Bellini (créée moins de trois ans plus tôt); elle contribuera à donner naissance au personnage d'Annunziata, à la fin de *L'improvisateur.*
Le 1er avril s'amorce le voyage de retour, par l'Émilie et la Vénétie, Vienne et l'Allemagne. Le 6 mai, à Munich, il note : « Maintenant j'ai achevé le *Voyage en Italie* de Goethe. [...] C'était comme si je lisais mon propre journal. Cependant j'ai vu plus de choses qu'il n'en dit. Maintenant j'ai reçu *Corinne,* j'aimerais savoir avec quels yeux elle voit l'Italie. » A Vienne, « je fus présenté au poète Grillparzer, l'auteur de *L'aïeule* et de *Médée,* qui gaiement me souhaita la bienvenue en vers * ». Il se souviendra de Grillparzer dans la seconde partie de *Rien qu'un violoneux,* où le poète autrichien apparaît fugitivement, nommé par son nom.
Le 3 août, Andersen est de retour à Copenhague ; il s'installe au n° 20 de Nyhavn. « Nouveau Port » reflète encore aujourd'hui ses maisons anciennes sur l'eau d'un canal, à deux pas de l'Académie Royale des Beaux-Arts et du Théâtre Royal (qui remplace, depuis 1874 — l'année précédant la mort d'Andersen — l'ancien théâtre). L'écrivain danois s'y est installé maintes fois, lors de ses retours à Copenhague, à différentes adresses ; de 1849 à 1865, il y est descendu au n° 67, chez un aubergiste.
Le 9 août paraît un poème de lui bientôt fameux, *Adieu à l'Italie.*
Le 30 mai de cette année-là, il avait dû subir une sorte d'interrogatoire de la part d'un fonctionnaire autri-

chien : « Etes-vous un érudit ? — Non, un poète qui a reçu du roi du Danemark une bourse pour voyager. — Existe-t-il une version allemande pour vos honorables écrits ? — Non, à l'exception de quelques petits poèmes que Chamisso a traduits. — Dans quel domaine travaillez-vous, si je puis me permettre la question ? — Pour le théâtre, ou sinon surtout pour la poésie lyrique » (*Journal*). Bientôt, les choses vont changer : d'Andersen, on traduira aussi des romans et des contes. On ne lui demandera plus qui il est, on l'accueillera partout, on le reconnaîtra dans les rues. Le vœu de sa jeunesse se réalisera : il sera devenu célèbre.

La célébrité (1835-1875)

1835. *L'improvisateur* paraît en avril. Ce premier roman est traduit la même année en allemand, sous le titre « Jeunesse et rêves d'un poète italien ». Il faudra attendre 1847 pour disposer d'une traduction française, que Mme Camille Lebrun intitule « L'Improvisatore ou la vie en Italie ». C'est l'histoire d'un artiste malheureux, ainsi que *Chatterton* de Vigny qui paraît la même année ou *La mort du poète* de Ludwig Tieck qui date de 1836 — ainsi que tant d'œuvres romantiques ! « Comme dans Hoffmann, comme dans Nerval, comme dans Eichendorff, l'Improvisatore d'Andersen poursuit, à travers ses années d'apprentissage et de voyage, certaines images de femmes qui, tour à tour, s'abolissent et se superposent », écrit Jean Cassou.
Puis paraissent les deux premiers recueils de contes, suivis d'autres en 1837, 38, 39, 41. Ils portent en danois comme titre *Eventyr fortalte for Børn* (« Contes racontés pour les enfants »). Andersen écrit en 1835 à Henriette Wulff : « Oersted dit que si *L'improvisateur* va me rendre fameux, ces contes vont me rendre immortel, ils sont ce que j'ai écrit de plus parfait. Mais je n'en crois rien. » L'écrivain danois fut sans doute influencé par les critiques : « Les gens qui me voulaient du bien, ou qui le prétendaient, se lamentaient. Après une œuvre solide comme *L'improvisateur,* j'étais, regrettaient-ils, retombé dans mes puérilités. On me persuada d'abandonner ce genre, ma manière de le concevoir n'étant pas du tout celle dont on avait l'habitude*. »

1836. « Je délaissai donc les contes et fis paraître un nouveau roman : *O.T.* », poursuit *Le conte de ma vie.* Les initiales sont aussi celles d'un des deux personnages principaux, Otto Thostrup ; l'autre, le baron Vilhelm, représente face à Andersen Edvard Collin, fils de Jonas, ami parfois rude, mais dévoué, de son « frère adoptif » (Edvard se marie précisément cette année-là ; à la fin de sa vie, le conteur demandera à être enterré auprès du couple). Andersen définit ainsi le livre à une amie, Henriette Hanck : « C'est une description de notre époque entre 1829 et 1835, elle n'a trait qu'au Danemark. » Cependant, l'un des paysages du roman, avec un torrent et un moulin, transpose un souvenir du Locle.

Deux pièces de lui sont également publiées : *La fête à Kenilworth* (d'après W. Scott) et *On se sépare et on se rencontre.*

« Le poète [...] a vraiment l'air absolument génial », écrit aussi cette année-là l'écrivain à Henriette Hanck. Il s'agit de son portrait le plus connu, celui que vient d'achever C. A. Jensen, qui est alors, depuis déjà quelques années, le portraitiste le plus coté du pays.

1837. A Göteborg, Andersen rencontre l'évêque suédois Ezaïas Tégner (1782-1846), poète, patriote, historien, nourri de légendes scandinaves. A Copenhague paraît son troisième roman, *Rien qu'un violoneux,* récit largement autobiographique des tribulations de l'artiste méconnu. Traduit dès l'année suivante en Allemagne, il y obtient un succès considérable. Un encyclopédiste et libraire réputé, Heinrich Brockhaus (1804-1874), écrit dans son *Encyclopédie pour le temps présent,* entre autres choses : « H. C. Andersen, un des poètes les plus talentueux du Danemark, dont le renom est cependant mieux reconnu en Allemagne qu'au Danemark. »

1838. *Trois poèmes.* Andersen reçoit du roi une pension de 400 rixdales, à titre de poète. — Dans un texte de 1838, *Papiers d'un homme encore vivant,* Kierkegaard attaque violemment, à travers *Rien qu'un violoneux,* les illusions de la fiction romantique (renseignement communiqué par M. Steffen Sondergaard).

1839. On donne de l'écrivain danois, au Théâtre Royal de Copenhague, une farce en un acte, *L'invisible à Sprogø.* Le mince volume du *Livre d'images sans images* publié la même année comprend 33 historiettes souvent proches des contes, situées dans des lieux très divers (l'Inde, Paris, le Danemark...) ; elles nous sont dites par une narratrice malicieuse et tendre qui en est le témoin, la lune.

Les contes sont pour la première fois traduits en allemand, sous le titre *Contes et récits pour enfants.* Il faudra attendre 1848 pour en avoir une première traduction française, celle de Victor Caralp illustrée par Derancourt. *L'Histoire de la littérature en Danemark et en Suède* paraît en 1839 ; Xavier Marmier y consacre presque tout le dernier chapitre de sa section danoise à Andersen. Mais s'il y parle de la vie de l'écrivain, de ses romans et de ses poèmes (avec une adaptation de *L'enfant mourant* pour clore le chapitre), il n'y souffle pas mot des contes. Cependant X. Marmier, qui a publié deux ans plus tôt dans la *Revue de Paris* un article sur Andersen sous le titre *Vie de poète,* peut être considéré comme l'introducteur de l'écrivain danois en France.

1840-41-42. On donne quatre pièces d'Andersen au Théâtre Royal : *Le mulâtre* (1840), drame romantique en 5 actes, son plus grand succès théâtral, d'après la nouvelle de Mme Charles Reybaud intitulée *Les épaves* (il rencontrera Mme Reybaud, qui est la belle-sœur de l'auteur de *Jérôme Paturot,* trois ans plus tard à Paris), *Histoires d'amour de Michel à Paris,* monologue de vaudeville, *Une comédie en vert* et *La fille des Maures,* tragédie en 5 actes.

En Suède, l'écrivain danois reçoit un accueil enthousiaste de la part des étudiants de Lund ; il évoque ce moment avec émotion dans *Le conte de ma vie.* Au Danemark, il est invité à la cérémonie du couronnement de Christian VIII à Frederiksborg. Une nouvelle bourse lui permet un second grand voyage, sept ans après le voyage en Italie de 1833. Via l'Allemagne, Rome, Naples et Athènes, il arrive à Malte le 17 mars 41, au Pirée le 23 mars, à Gallipoli le 24 avril. Le voyage de retour, amorcé le 4 mai, le conduit le 6 mai à Constantza, sur la Mer Noire (alors turque, aujourd'hui roumaine), puis, en naviguant sur le Danube vers l'amont, le 30 mai à Budapest (plus exactement à Pest, nous dit le *Journal*), et le 4 juin à Vienne, où il retrouve Grillparzer. Il rentre par Prague, où il arrive le 23 juin, par Dresde, où le bateau qui remonte l'Elbe le dépose le

28, et il foule à nouveau le sol danois le 8 juillet, à Lauenburg.

Il prend de nombreuses notes dans son *Journal.* Ainsi le 22 mars 41 : « A l'entrée, des vagues montagneuses paraissent l'une derrière l'autre, chacune dans sa nuance propre [...] Du Pirée retentit un chant, si joyeux dans le calme matin. » Ou le 3 mai à Constantinople : « Demain, c'est l'anniversaire de Mahomet, c'est pourquoi aujourd'hui tous les minarets sont illuminés. » De tout cela, il tire un livre, *Le bazar d'un poète,* publié en 1842 : le titre indique déjà qu'il s'agit d'un de ces « Voyages en Orient » chers à l'exotisme romantique (cf. le *Voyage en Orient* de Lamartine, paru en 1835), mais il n'y est pas question que de l'Orient. Plusieurs récits du *Bazar d'un poète* seront repris dans des volumes ultérieurs des *Contes.*

Andersen, pendant l'été 1844, est invité dans les châteaux de l'aristocratie danoise (et à Sorø); depuis quelques années, et jusqu'à sa fin, il a passé une partie de sa vie dans ces châteaux, où il est traité comme un coq en pâte; il les a évoqués, avec la belle nature de leurs parcs, dans plusieurs de ses contes et de ses romans.

1843. Voyage en Allemagne, en Belgique et en France. Du 8 mars au 8 mai, il séjourne à Paris, où il rencontre Balzac, Dumas père et Rachel, Hugo, Lamartine. Le 15 mars, il note dans son *Journal* : « Victor Hugo m'a fait envoyer par Marmier un billet pour voir sa nouvelle pièce *Les Burgraves.* Dans une « Stalle d'Orchestre ». La pièce ne m'a pas du tout amusé. Je ne l'ai pas comprise. Les décorations au premier acte étaient excellentes. » Il prendra sa revanche en assistant à des parodies des *Burgraves* : *Les hures graves* le 30 mars, au Théâtre du Palais-Royal, *Les buses graves* le 13 avril, aux Variétés. Le 22 mars il a été reçu dans les coulisses du Théâtre-Français par Rachel, costumée pour le rôle de Phèdre; il la voit jouer le 27 mars et, la comparant avec Mlle Mars, il note : « Les dieux et les héros de la Grèce sont morts pour nous, mais s'ils pouvaient reprendre une place vivante dans notre vie, ils réapparaîtraient comme Rachel nous les représente. » Il a rencontré Rachel grâce à Dumas père, qu'il évoque ainsi dans son autobiographie de 1855 : « Alexandre Dumas me recevait en général au lit, même après midi passé. Entouré de papiers, de plumes, il travaillait à son dernier drame. » Il est ébloui le 1er mai par l'appartement somptueux qu'habitent, rue de l'Université, les Lamartine (comme il aime les animaux, il note aussi la présence de chiens gambadeurs) ; le surlendemain le poète français lui adresse quelques vers : « Cachez-vous quelquefois dans les pages d'un livre/ Une fleur du matin cueillie aux rameaux verts ? » (Oui, Andersen garde des fleurs séchées dans des livres.) Il est touché par l'accueil de Vigny : « C'est lui qui, le dernier soir de mon séjour à Paris, grimpa mes nombreux étages pour m'apporter, en souvenir, ses œuvres sous son bras, alors qu'à cette heure son rang social, sa valeur littéraire auraient dû briller dans quelque salon réputé *. »

En septembre, à Copenhague, Andersen est tombé amoureux d'une cantatrice suédoise, Jenny Lind, célèbre, jeune et belle ; il lui propose de l'épouser, elle refuse ; il savoure l'amertume de ce refus ; le 25 décembre 1845, il notera dans son *Journal :* « " Je ne vous hais pas, car je ne vous ai jamais aimé " me dit-elle un jour. Je ne comprenais pas. Maintenant je comprends. » Plus tard, dans l'autobiographie de 1855, il magnifiera ce souvenir : « On pourrait écrire là-dessus un poème, un livre du cœur [...] à travers Jenny Lind j'ai compris la valeur sacrée de l'art. » Elle lui inspire des poèmes et plusieurs contes : *L'ange* et *Le rossignol* publiés en 1843 — ce deuxième oppose la diction « naturelle » de la Suédoise à celle des chanteurs italiens en vogue, oiseaux mécaniques ; *Sous le saule,* qui paraît en 1853. — En 1836, Nerval, autre victime des amours impossibles, s'était épris d'une autre étoile de la scène, également prénommée Jenny ; et Kierkegaard, génie bloqué lui aussi dans sa chair, avait rompu, en 1841, les fiançailles avec Regine Olsen. — Cependant, à l'automne 43, Andersen retrouve Riborg Voigt ; il avait cru l'aimer, il avait souffert, il avait écrit *La fiancée du roi de l'Elbe* qui contient en germe *La petite ondine* de 1835 ; maintenant il voit les choses avec plus de recul, avec un brin de cynisme même : il compose *Les fiancés,* qui paraît en 1843, la même année que *Le rossignol.*

Cette année-là, en effet, commence la publication de *Nouveaux contes,* qui se poursuivra en 1844, 47 et 48. Par ailleurs, un ami d'Andersen, Thiele, fait paraître le premier volume de ses *Légendes populaires du Danemark* (le 3e volume paraîtra en 1860). Ces légendes suggèrent à Andersen des éléments de certains de ses contes : *La fée du sureau* et *La butte aux elfes,* parus en 1845, *Le trou de la cloche,* publié en 57, *Le vent raconte l'histoire de Valdemar Daae et de ses filles,* édité en 1859. Andersen dédiera en 1868 à Thiele le conte inspiré par la récente exposition universelle, *La dryade.*

1844. A la mort de Thorvaldsen, l'écrivain compose un chant funèbre en son honneur et une esquisse biographique qui paraît en allemand.

Depuis le 14 juin Andersen se trouve une fois de plus en Allemagne. Il s'y rend presque chaque année jusqu'en 1864 (mais pas en 1848-50, années de la 1re guerre du Schleswig-Holstein). A Weimar, où il séjourne du 24 au 30 juin, il médite sur les tombes du Goethe et de Schiller et se lie d'une vive amitié avec le grand-duc héritier Carl Alexander. A Leipzig, en juillet, il rencontre Weber, Robert et Clara Schumann : le 22, Clara accompagne au piano trois lieder de son mari d'après des poèmes d'Andersen. A Berlin, le 26 juillet, il fait la connaissance de Jacob Grimm — qui n'avait jamais entendu parler de lui ; il rencontre également Schelling, Humboldt, Meyerbeer, Bettina von Arnim.

A la fin août, il est invité par le couple royal danois dans la ville d'eau du Føhr. Il en évoquera le cadre naturel bien particulier dans un de ses romans, *Les deux baronnes* (publié en 1848).

1845-46. En 1845, on joue de lui au Théâtre Royal *La fleur du bonheur,* une comédie féerique, et *La nouvelle chambre de l'accouchée,* une comédie qu'il a fait représenter anonymement pour déjouer les préventions malveillantes de la critique. L'année précédente il avait donné un drame en un acte, *Le roi rêve.* La pension royale en faveur d'Andersen passe de 400 à 600 rixdales.

Le 18 novembre 45, l'écrivain est reçu au château de Graasten par le duc d'Augustenborg : « Là, dans la somptuosité et la profusion princières, naquit un des contes qui montrent les privations et la misère, *La petite fille aux allumettes* * » ; le 21 novembre, il est reparti pour l'Allemagne. A Berlin, en décembre, il retrouve Jenny Lind ; chez Friedrich Karl von Savigny, illustre jurisconsulte, il lit le 27, en présence des frères Grimm, deux contes : *La reine des neiges* et *Le portier* ; et le 3 janvier 46, devant le couple royal de Prusse, à Postdam, quatre contes : *Le sapin, Le vilain petit canard, Les fiancés* et *Le porcher.* Le 6, il est décoré par le roi de Prusse — le roi de Danemark se hâtera d'en faire autant en septembre. Vers la fin janvier, il séjourne à nouveau auprès du grand-duc héritier Carl Alexander : « J'ai l'impression de vivre comme une sorte de conte, en jouant ici à Weimar le rôle d'un petit Goethe », écrit-il à Edvard Collin le 21 janvier. Le 1er février, on lui fait cadeau d'une lettre de Jean-Paul (Richter, l'un des maîtres du romantisme allemand), et le 6, d'une boucle de la chevelure de Goethe accompagnée d'une lettre du grand homme. Le 8 mars, il écoute Liszt à Leipzig dans ses variations sur *Robert le diable,* et le traite dans son *Journal* de « jongleur » ; un mois plus tôt, il écoutait dans cette même ville Mendelssohn interpréter « génialement » du Beethoven, et s'abouchait, pour un projet d'opéra (« Nøkken », *Le génie des eaux,* qui sera joué en 1853 sur une musique de F. Glaeser), avec Niels Gade, tête de file de la musique romantique danoise ; Niels Gade était l'élève de Mendelssohn, qui avait dirigé trois ans plus tôt sa 1ere symphonie en ut : il vivait à Leipzig auprès du maître.

Après Prague et Vienne, où il retrouve Grillparzer, Andersen se dirige vers l'Italie ; arrivé à Rome le 31 mars, il y fréquente à nouveau les artistes scandinaves. Par le sud de la France et la Suisse, il remonte en direction de son pays ; il est rentré à Copenhague le 14 octobre.

1847. La première autobiographie publiée d'Andersen paraît sous le titre « Le conte de ma vie conté sans romancer » (*Das Märchen meines Lebens ohne Dichtung,* ce qui fait allusion à l'opposition de la fiction et de la vérité dans le titre de l'autobiographie goethéenne *Dichtung und Warheit*) ; elle sert d'introduction aux *Œuvres complètes* qui paraissent à Leipzig en 38 volumes de 1847 à 1853 ; c'est une édition « revue par l'auteur » (« vom Verfasser selbst besorgt ») et au Danemark, une telle édition des « œuvres complètes » ne commencera à paraître qu'en 1853.

Il voyage en Hollande et en Grande-Bretagne, où il fait la connaissance de Dickens (dont il a lu deux ans plus tôt *Le grillon du foyer*) et s'arrête à Weimar sur le chemin du retour.

1848. A peine monté sur le trône, Frédéric VII, qui succède à son père Christian VIII, doit faire face à la première guerre du Schleswig-Holstein : les habitants de cette province réclament leur rattachement à l'Allemagne, et ils sont soutenus par le roi de Prusse ; la victoire du Danemark, l'année suivante, ne résout que provisoirement la question. Andersen publiera en 1851 des *Vers patriotiques et chants écrits pendant la guerre* : il se dédouane ainsi en ces temps de conflit de sa grande sympathie pour l'Allemagne, où il a trouvé un accueil chaleureux ; mais cette même année 1851, après trois ans d'interruption, il se rend de nouveau dans ce pays.
Outre *Les deux baronnes,* un roman, Andersen publie en 1848 *Ahasvérus.* Ce poème dramatique sur le thème du juif errant, déjà traité entre autres par Goethe, Musaeus, auteur de *Contes populaires allemands* (1782-86), et Edgar Quinet, prend pour personnage principal un cordonnier. Oehlenschläger, si l'on en croit Andersen, l'aurait critiqué en ces termes : « L'œuvre n'embrasse rien moins que l'histoire universelle du monde de la naissance du Christ à nos jours. [...] c'est une nourriture spirituelle peu réconfortante que ces aphorismes lyriques peuplés de nains, d'hirondelles, de rossignols, de sirènes. Tout y est semblable à un rêve *. » En 1849, on donne au Théâtre Royal un opéra d'après un livret d'Andersen, *Les noces au lac de Côme,* et à partir de cette année-là, il écrit pour le Casino, un théâtre populaire : on y représente de lui *Une nuit à Roskilde,* farce vaudevillesque en 1 acte et *Plus que des perles et de l'or,* comédie féerique d'après *Les mille et une nuits,* en 1849, *Le petit marchand de sable* (« Ole Lukøie ») en 1850, comédie féerique sur un thème déjà traité dans les *Contes* (en 1842), *Une histoire de village,* conte populaire en 5 actes, en 1855.

1849. Il est reçu en audience par le roi de Suède Oscar Ier, qu'il remercie d'une décoration reçue l'année précédente. Mais surtout, ce nouveau voyage lui inspire un livre, *En Suède,* publié en 1851, « celui qu'il me semble avoir le plus travaillé », nous dit-il. « J'ose dire que nulle part ne s'affirme plus ma personnalité avec mon goût des descriptions de la nature, du merveilleux, de l'humour et, autant que le comporte un récit en prose, du lyrisme *. »
La même année paraît la première édition danoise

illustrée des *Contes*; Andersen a lui-même choisi le dessinateur, le lieutenant de vaisseau V. Pedersen.

1850. Andersen écrit pour la mort d'Oehlenschläger un chant funèbre.

A Weimar, Liszt dirige *Lohengrin* de Wagner en l'absence du maître. Dans *Pierre le chanceux*, publié en 1870, Andersen fera chanter à Peer le rôle de Lohengrin. Il aura rencontré Wagner entre-temps, à Zurich, en 1855.

1852. Deux nouveaux recueils de contes paraissent sous le titre *Histoires* (« Historier »).

A Munich, l'écrivain est reçu par les rois Louis Ier (qui a abdiqué en 1848) et Maximilien II.

1854. Voyage en Italie, en passant par Vienne où Andersen revoit Jenny Lind, maintenant mariée.

1855. Les 21e et 22e volumes des *Œuvres complètes* en danois, qui ont commencé à paraître deux ans plus tôt, sont constitués par *Le conte de ma vie* (« Mit livs Eventyr »), une autobiographie.

1857. Il séjourne pendant près d'un mois chez Dickens, à la campagne. Il visite avec son hôte le Palais de Cristal, inauguré par la reine Victoria en 1851 et déplacé trois ans plus tard à Sydenham (« une ville féerique », nous dit-il) et il s'afflige des attaques de la critique anglaise contre *Être ou ne pas être*, son dernier roman, jugé périlleux pour les jeunes intelligences.

1858. Deux recueils sont publiés sous le titre *Nouveaux contes et histoires* (« Nye Eventyr og Historier »). D'autres contes seront publiés presque chaque année de 1859 à 1872.

Andersen est promu dans l'ordre du Dannebrog. Il a reçu le titre de « professeur » en 1851 et sa pension de poète passera de 600 à 1 000 rixdales en 1860.

1861. Voyage en Italie via l'Allemagne, en compagnie de Jonas Collin, fils d'Edvard et petit-fils du père adoptif d'Andersen, Jonas Collin, qui meurt précisément cette année-là. A Rome, ils louent un luxueux quatre-pièces près de la Trinité-des-Monts. — Il y rencontre B. Bjoernson (1832-1910) qui avait dirigé quelques années plus tôt le théâtre de Bergen, et qui allait publier l'année suivante *Sigurd le bâtard.*

1862. En compagnie de Jonas Collin, il voyage en Espagne et pousse une pointe jusqu'à Tanger. Il en tire un de ses meilleurs livres de voyage, *En Espagne*, publié l'année suivante.

Cinq ans plus tôt, à Calcutta, les contes d'Andersen ont paru en bengali. Le 21 mai 1862, l'auteur écrit au peintre bâlois G. A. Amberger : « Mes contes ont pénétré en Inde et, à ce qu'on m'apprend d'Angleterre, ces œuvres ont été traduites ainsi que plusieurs textes de la littérature occidentale dans la langue du pays et ces contes, surtout l'*Histoire d'une mère*, ont plu. Que ces contes poétiques puissent aller vers la patrie de Kalidasa et s'y familiariser, voilà qui est pour moi comme un beau rêve, un conte de fées. »

1864. Christian IX, sur le trône depuis un an, doit affronter la seconde guerre du Schleswig-Holstein, où la Prusse s'est alliée à l'Autriche contre le Danemark. Guerre désastreuse pour les Danois, qui vont perdre les trois duchés du Schleswig, de l'Holstein et de Lauenbourg ; Bismarck gagne ainsi à l'Allemagne le port de Kiel, danois depuis 1773. — Le *Journal* d'Andersen témoigne de ses très vives réactions patriotiques et de sa douleur vis-à-vis de ses amis allemands.

1866. L'écrivain danois va cette année-là jusqu'au Portugal, et en rapporte un récit de voyage. Il s'est, selon son habitude, soigneusement documenté avant de partir.

1867. Il visite à deux reprises l'Exposition Universelle de Paris et l'évoque dans un conte publié l'année suivante, *La dryade* : un journal ayant prétendu que seule la plume de Dickens pouvait se montrer digne de l'événement, Andersen a relevé le défi.

Début de la publication des contes avec des illustrations de Lorenz Frølich, dessinateur moins sentimental et plus satirique que Pedersen.

L'écrivain danois est nommé conseiller d'État et citoyen d'honneur d'Odensé ; dans sa ville natale, il évoque une fois de plus pour définir sa destinée le miraculeux bonheur d'Aladin, comme il le fera encore trois ans plus tard dans *Pierre le chanceux*.

1868-69-70. Il se rend en Suisse et en France via l'Allemagne une fois par an pendant cette période. En 68 paraît *Esquisses de voyages et dessins à la plume*, en 70, en même temps qu'un roman largement autobiographique, *Pierre le chanceux*, un recueil de contes parmi lesquels figure *La famille de Grethe-la-basse-courière*. C'est l'histoire, empruntée aux *Épîtres* de Holberg, de

Marie Grubbe, haute et puissante dame devenue passeuse et morte dans la pauvreté : elle inspirera encore quelques années plus tard un grand roman, *Marie Grubbe* (1876), écrit par Jacobsen, romancier matérialiste contemporain du naturalisme français.

1871. Andersen décline une invitation aux États-Unis, craignant pour sa santé. Il voyage pour la première fois en Norvège où il rencontre Ibsen et retourne en Suède.

1872. Voyage en Italie via l'Autriche. Parution des derniers recueils de *Contes et histoires.*

1873. Voyage en Allemagne et en Suisse. C'est le dernier de ses voyages à l'étranger.

1875. La veille de son 70e anniversaire, il reçoit des mains du roi Christian IX la croix de 1re classe de commandeur de l'ordre du Dannebrog ; et l'on publie en son honneur une édition de l'*Histoire d'une mère* en quinze langues. Atteint d'un cancer du foie, il est recueilli chez des amis, les Melchior (une famille juive de Copenhague). Dorothea Melchior le soigne avec dévouement et, du 28 juillet au 4 août, tient son propre journal sur les derniers jours de la vie d'Andersen. Le 4 août, il s'éteint dans leur résidence de « Rolligned ». Ce qui signifie en français « Tranquillité ».

OUVRAGES UTILISÉS POUR LA CHRONOLOGIE ET LA PRÉFACE

1. *Œuvres de Hans Christian Andersen*

Contes, traduits par P. G. La Chesnais [avec une préface et des notes], Paris, Mercure de France, 1937-43, 4 tomes, édition intégrale.

Contes, traduction par D. Soldi, E. Grégoire et L. Moland. Chronologie et préface par Maurice Gravier, Paris, Garnier-Flammarion, 1970.

Briefe des Märchendichters Hans Christian Andersen an den Basler Kuntsmaler Gustav Adolf Amberger [Lettres au peintre bâlois Amberger], Basel, Verlag Helbing & Lichtenhahn, 1942.

Le conte de ma vie. Traduit du danois par Cecil Lund et Jules Bernard [extraits]. Préface de Jean Cassou. Paris, Stock, 1930.

L'improvisateur, traduit par Fanny Petibon, Paris, Albin Michel, 1943.

Pierrot la chance, traduit par M. et P. Paraf, Paris, Hachette, 1959.

Rien qu'un violoneux, traduit par A.-M. et P. Paraf, Paris, Librairie Gedalge, 1927.

Aus ANDERSENS *Tagebüchern* [extraits du *Journal,* livre de poche en 2 volumes], herausgegeben und aus dem Dänischen übertragen von Heinz Barüske [avec également une introduction et une chronologie], Frankfurt am Main, Fischer Verlag, 1980.

33 clairs de lune. Le livre d'images sans images. Version française d'Anne et Pierre Paraf, Paris, Nouvelle société d'édition, 1929.

A Visit to Portugal. 1866. Translated from the Danish, with an introduction, notes and appendices, by Grace Thornton, London, Peter Owen, 1972.
A Visit to Spain and North Africa, 1862. Translated from the Danish with an introduction and notes by Grace Thornton. London, Peter Owen, 1975.

2. *Autres ouvrages*

L'âge d'or de la peinture danoise, 1800-1850. Paris, Association française d'action artistique, 1984.
Exposition Andersen, Paris, Bibliothèque Nationale, 1930.
GRIMM (Die Brüder Jacob und Wilhelm) : *Kinder-und Hausmärchen,* München, Winkler, 1984.
MARMIER (Xavier) : *Histoire de la littérature en Danemarck et en Suède,* Paris, Félix Bonnaire, 1839.
PERRAULT (Charles) : *Contes* [suivis d'autres œuvres]. Édition présentée, établie et annotée par Jean-Pierre Collinet, Paris, Gallimard [Collection Folio], 1981.
Un livre sur le poète danois Hans Christian Andersen, sa vie et son œuvre, Copenhague, Det Berlingske Bogtrykkeri, 1955 [avec en particulier *La vie d'Andersen* par Svend Larsen, et *Andersen en quatre-vingts langues* par Erik Dal].

L'intégralité des *Contes* d'Andersen figure dans l'édition de ses *Œuvres* établie par Régis Boyer pour la « Bibliothèque de la Pléiade » (2 volumes, 1992-1995). On trouvera un choix de cette édition dans le volume de *Contes* paru dans « Folio classique » en 1994.

(Nous indiquons la date de parution des *CONTES* en suivant l'ordre adopté par P. G. La Chesnais, qui n'est pas strictement chronologique.)

DANS LA COLLECTION FOLIO CLASSIQUE

ANDERSEN. *Contes choisis.* Édition établie par Alain Faudemay. Traduction de P. G. La Chesnais.

ANONYME. *Fabliaux.* Présentation et traduction de Gilbert Rouger.

ANONYME. *La Farce de Maître Pathelin.* Présentation et traduction nouvelle de Michel Rousse. Édition bilingue.

ANONYME. *Le Roman de Renart.* Préface de Béatrix Beck. Édition établie par Paulin Paris.

ANONYME. *Tristan et Iseut.* Préface de Denis de Rougemont. Édition établie par André Mary.

BALZAC. *Le Colonel Chabert.* Préface de Pierre Barbéris. Édition établie par Patrick Berthier.

BALZAC. *Eugénie Grandet.* Édition présentée et établie par Samuel S. de Sacy.

BALZAC. *Le Père Goriot.* Préface de Félicien Marceau.

BAUDELAIRE. *Les Fleurs du Mal.* Édition présentée et établie par Claude Pichois.

BEAUMARCHAIS. *Le Mariage de Figaro.* Édition présentée et établie par Pierre Larthomas.

BÉROUL. *Tristan et Yseut.* Présentation et traduction de Daniel Poirion. Préface de Christiane Marchello-Nizia.

CHRÉTIEN DE TROYES. *Yvain ou le Chevalier au Lion.* Présentation et traduction de Philippe Walter.

CORNEILLE. *Le Cid.* Édition présentée et établie par Jean Serroy.

CORNEILLE. *L'Illusion comique.* Édition présentée et établie par Jean Serroy.

DAUDET. *Lettres de mon moulin.* Édition présentée et établie par Daniel Bergez.

DEFOE. *Robinson Crusoé*. Édition présentée et établie par Michel Baridon. Traduction de Pétrus Borel.

DUMAS. *Les Trois Mousquetaires*. Introduction de Roger Nimier. Édition établie et annotée par Gilbert Sigaux.

FLAUBERT. *Bouvard et Pécuchet*. Édition présentée et établie par Claudine Gothot-Mersch.

FLAUBERT. *Madame Bovary*. Édition présentée et établie par Thierry Laget.

FLAUBERT. *Trois Contes*. Préface de Michel Tournier. Édition établie par Samuel S. de Sacy.

GRIMM. *Contes choisis*. Préface de Jean-Claude Schneider. Choix et traduction de Marthe Robert.

HOMÈRE. *Odyssée*. Édition présentée par Philippe Brunet. Traduction de Victor Bérard.

HUGO. *Le Dernier Jour d'un Condamné*. Édition présentée et établie par Roger Borderie.

HUGO. *Les Misérables*, I et II. Édition présentée et établie par Yves Gohin.

HUGO. *Quatrevingt-treize*. Édition présentée et établie par Yves Gohin.

KAFKA. *La Métamorphose*. Présentation et traduction de Claude David.

LAFAYETTE. *La Princesse de Clèves*. Édition présentée et établie par Bernard Pingaud.

LA FONTAINE. *Fables choisies*. Édition présentée par Jean-Pierre Chauveau. Texte établi par Jean-Pierre Collinet.

MARIVAUX. *L'Île des Esclaves*. Édition présentée et établie par Henri Coulet.

MAUPASSANT. *Bel-Ami*. Édition présentée et établie par Jean-Louis Bory.

MAUPASSANT. *Boule de suif*. Édition présentée et établie par Louis Forestier.

MAUPASSANT. *Contes de la Bécasse*. Préface d'Hubert Juin.

MAUPASSANT. *Le Horla*. Édition présentée et établie par André Fermigier.

MAUPASSANT. *Pierre et Jean*. Édition présentée et établie par Bernard Pingaud.

MAUPASSANT. *Une vie*. Édition présentée et établie par André Fermigier.

MÉRIMÉE. *Carmen*. Édition présentée et établie par Adrien Goetz.

MÉRIMÉE. *La Vénus d'Ille. Colomba. Mateo Falcone*. Édition présentée et établie par Patrick Berthier.

MOLIÈRE. *L'Avare*. Édition présentée et établie par Georges Couton.

MOLIÈRE. *Le Bourgeois gentilhomme*. Édition présentée et établie par Georges Couton.

MOLIÈRE. *Dom Juan*. Édition présentée et établie par Georges Couton.

MOLIÈRE. *L'École des femmes*. Édition présentée et établie par Jean Serroy.

MOLIÈRE. *Les Femmes savantes*. Édition présentée et établie par Georges Couton.

MOLIÈRE. *Les Fourberies de Scapin*. Édition présentée et établie par Georges Couton.

MOLIÈRE. *Le Malade imaginaire*. Édition présentée et établie par Georges Couton.

MOLIÈRE. *Le Médecin malgré lui*. Édition présentée et établie par Georges Couton.

MOLIÈRE. *Le Misanthrope*. Édition présentée et établie par Jacques Chupeau.

MOLIÈRE. *Le Tartuffe*. Édition présentée et établie par Jean Serroy.

PERRAULT. *Contes*. Édition présentée par Nathalie Froloff. Texte établi par Jean-Pierre Collinet.

PRÉVOST. *Manon Lescaut*. Édition présentée et établie par Claire Jaquier.

RACINE. *Andromaque*. Préface de Raymond Picard. Édition établie par Jean-Pierre Collinet.

RACINE. *Britannicus*. Édition présentée et établie par Georges Forestier.

RACINE. *Phèdre*. Édition présentée et établie par Raymond Picard.

RIMBAUD. *Poésies. Une saison en enfer. Illuminations.* Préface de René Char. Édition établie par Louis Forestier.

ROSTAND. *Cyrano de Bergerac*. Édition présentée et établie par Patrick Besnier.

SAND. *La Mare au Diable.* Édition présentée et établie par Léon Cellier.

SHAKESPEARE. *Roméo et Juliette.* Préface et traduction d'Yves Bonnefoy.

STENDHAL. *Le Rouge et le Noir.* Préface de Jean Prévost. Édition établie par Anne-Marie Meininger.

STEVENSON. *L'Île au trésor.* Présentation et traduction nouvelle de Marc Porée.

VALLÈS. *L'Enfant.* Édition présentée et établie par Denis Labouret.

VOLTAIRE. *Candide ou l'Optimisme*. Édition présentée par Jacques Van den Heuvel. Texte établi par Frédéric Deloffre.

VOLTAIRE. *Zadig ou la Destinée*. Édition présentée par Jacques Van den Heuvel. Texte établi par Frédéric Deloffre.

ZOLA. *Au Bonheur des Dames*. Préface de Jeanne Gaillard. Édition établie par Henri Mitterand.

ZOLA. *L'Assommoir*. Préface de Jean-Louis Bory. Édition établie par Henri Mitterand.

ZOLA. *La Bête humaine*. Préface de Gilles Deleuze. Édition établie par Henri Mitterand.

ZOLA. *La Curée*. Préface de Jean Borie. Édition établie par Henri Mitterand.

ZOLA. *Germinal*. Préface d'André Wurmser. Édition établie par Henri Mitterand.

ZOLA. *Thérèse Raquin*. Édition présentée et établie par Robert Abirached.

Impression Bussière Camedan Imprimeries
à Saint-Amand (Cher),
le 2 mai 2001.
Dépôt légal : mai 2001.
Numéro d'imprimeur : 011842/1.
ISBN 2-07-041821-9./Imprimé en France.

99379